U0672186

Best Time

白 马 时 光

著 顾西爵

TIME

对的时间对的人

百花洲文艺出版社
BAIHUAZHOU LITERATURE AND ART PRESS

图书在版编目（CIP）数据

对的时间对的人 / 顾西爵著 . — 南昌：百花洲文艺出
版社，2014.6（2017.2 重印）
ISBN 978-7-5500-0984-4

Ⅰ . ①对… Ⅱ . ①顾… Ⅲ . ①长篇小说－中国－当代
Ⅳ . ① I247.5

中国版本图书馆 CIP 数据核字 (2014) 第 113052 号

出 版 者 百花洲文艺出版社
社 址 江西省南昌市红谷滩世贸路 898 号博能中心 A 座 20 楼　　邮编：330038
电 话 0791-86895108（发行热线）0791-86894790（编辑热线）
网 址 http://www.bhzwy.com
E-mail bhzwy0791@163.com

书 名 对的时间对的人
作 者 顾西爵
出 版 人 姚雪雪
出 品 人 李国靖
特约监制 何亚娟
责任编辑 张 越　王丰林
特约策划 何亚娟
特约编辑 燕 兮
封面绘图 ENO
封面设计 郑力珲
经 销 全国新华书店
印 刷 三河市金元印装有限公司
开 本 1/32　880mm×1230mm
印 张 9
字 数 240 千字
版 次 2014 年 7 月第 1 版
印 次 2017 年 2 月第 6 次印刷
书 号 ISBN 978-7-5500-0984-4
定 价 28.00 元

赣版权登字：05-2014-146
版权所有，侵权必究
图书若有印装错误可向承印厂调换

目 录
Contents

第一章

被盯上了

已是春暖花开时节，姚远看着教室窗外盛开的桃花，心想，这么好的天气不去踏青真是遗憾。

上课铃声已经响过，老师还没来，教室里显得有些嘈杂。这时有一位男生踏步进来，朝教室里扫了一圈，最后走到姚远旁边落座。

因为面生，姚远不由得偏头看了他一眼。

那男生一坐下就靠椅子上闭目养神了，一副没睡好的样子。

坐姚远另一边的女生伸手扯了扯姚远的衣袖，很小声地说："嘿，这人我知道，是大四的学长。"

那男生穿着一件淡青色的高领毛衣，头发细而软，五官组合在一起，说不出来的养眼耐看。只是现在在打瞌睡，看起来有些没精打采的，或者说气色不怎么好，有点病恹恹的样子。

姚远旁边的女生低声问姚远："我说，要不要告诉他，他走错教室了？"

姚远沉吟："算了吧，反正我们不认识他，就当不知道吧。"

下一秒，那人却睁开眼睛，转头看向姚远。那双眼睛黑亮有神，让被看的人有种心慌慌的感觉。

他说："你怎么那么缺德？"

姚远从梦中醒来，百思不得其解，"怎么会做这么奇怪的梦？"她研究生都读完了，竟然还会梦到自己大一那会儿的一堂课。

"一定是最近看书看太多看傻了。"于是她决定，"等会儿起来得玩游戏缓解下才行！"

姚远从小到大都是好学生的代表，本科念的是名校江泞大学的汉语言文学专业，之后她被保送去加拿大读研，毕业后回母校工作，成了一名选修课老师，教的是《美学概论》，工龄两个月。

她没啥远大的目标，只盼流年无殇。

比如，打游戏的时候一定要保证网速畅通无阻啊！

星期天中午，姚远起床后，早饭中饭一起搞定，就开电脑登录了《盛世传说》。一进入游戏，她就看到自己的号——若为君故站在一处庭院中，高墙曲径，正前方是一方小小的池塘，里面都是睡莲，一朵朵开得艳丽。

这一处杨柳垂丝、水木清华标示着"小柳园"的清净地儿，是她瞎逛时找到的。

因为这边没什么东西好打，所以几乎都没玩家来。

剑客若为君故静静地站在一棵柳树下，剑背在身后，乌黑长发以三枚银色发簪绾在脑后，随意地垂落在身后，淡紫色雪纺里衣，烟罗紫双层外裙，配套的还有银紫色马甲和蔽膝，英姿飒爽。

"如此适合约会的好地方，竟只有我这孤家寡人在，真是浪费了。"

姚远感叹着，殊不知，此刻若为君故身后的高墙上，站着一名刀客，银白长发，衣袂飘扬，正默默地看着她。

而姚远也没能意兴阑珊多久，同帮派里的玩家花开私聊她："小君，听说你要跟咱们《盛世》里的牛人君临天下私定终身了？！"

姚远："啊？"

花开："你不知道吗？你这两天没上来，世界频道上都传疯了，说你被君临天下救了后，打算以身相许了。"

姚远："啊？！"

要说自己跟那牛人君临天下开始有交集……仔细想想，也只是近一周的事情而已。

回忆第一幕：

一周前的一天，她散步经过某一山脚下时，看到了山清水秀间一对情侣正在浓情蜜意，男号叫爷最帅，女号叫美人依旧。然后，电光火石间，一队人马冲了出来，杀向那对正秀恩爱的情侣……

咳，秀恩爱的被人杀就算了，为什么连路过的她也被攻击了？姚远很郁闷，那队人里的雄鹰一号二话不说冲上来朝她就砍。一对一对劈里啪啦打了十来分钟，最后她提剑一招瞬发，漫天花雨下剑尖划出一道月弧，此瞬发名为"花见月"，俗称"晃花你的眼"。在打断对方攻击的同时，趁着对方3秒晕眩，姚远精准无比地迅速读了两式"血祭"，1.5秒一剑，两剑总算是砍去了对方剩下的血，雄鹰一号挂了。其间那对秀恩爱的也挂了。

之后姚远以为她要被雄鹰一号的同伙围殴的时候，出乎意料，那些人只是站在那里，其中一人复活了雄鹰一号之后，就没见什么人再有动作了。

在姚远暗暗戒备的时候，之前被他们砍杀掉躺在地上的女号美人依旧在世界频道上对天下帮的帮主——《盛世》里的牛人"君临天下"喊话："君临天下，你就不能放过我们吗？"

当时并不在场的君临天下回话："不能。"

这多半是游戏里最常见的"感情纠纷"了，姚远看完只能叹自己人品不好，她这完全是在错的时间错的地点碰上了正洒狗血的一批人嘛，实属无妄之灾。

那天她以为没她什么事了，正要走，那队里一名风度翩翩的男性角色温如玉走上来跟她道了歉，说他们的雄鹰一号眼神不好看错了人，然后问她是否介意跟他互相加下好友。

她觉得无语且莫名其妙，在对方发来的加为好友的请求栏里按了"否"，回了句"加好友就算了吧，既然是误会那我走了"，说完就操控着游戏人物走了，走前倒是无意间瞄到了屏幕上的几句对话。

落水："咱们天下帮的第一财富官被拒绝了？史无前例啊！"

温如玉："吵什么？你们难道不觉得，咱们帮帮主年纪也不小了，是时候成婚了吗？"

落水："你真不怕死！"

说明：1.花见月：又名晃花你的眼，瞬发，打断对方攻击并使对方晕眩3秒。2.血祭：1.5秒读条时间，扣自己25%的血来实现4倍爆击，4招可自尽。

回忆第二幕：

上述事件发生两天后，堂姐的号水上仙被人围攻，喊姚远去救场。姚远在勉强救下堂姐跑路、被对方的人在世界频道上发通缉追捕时，那叫温如玉的人也上世界刷了几条。他说："敢杀若为君故者，均是我温如玉之敌。"

有名气的人物讲话就是不一样，世界频道瞬间就热闹了，在有人问他若为君故是谁时，他又发了条："咱帮主夫人嘛。"于是，世界频道一时间刷得跟走马灯似的。

坐在电脑前的姚远深呼吸了下，然后上去发了条："温如玉，你乱说什么？"

而同一时间，有人发了条跟她内容一模一样的话，连标点都没差。

那人叫君临天下，《盛世》第一大帮派的帮主。

随后君临天下又扔下一句："即便是事实，也别到处乱说。"

"……"

这话太值得探究和八卦了。

于是姚远的若为君故那天很是红火了一把。

回忆第三幕：

两天前，她去做任务，在迷踪林里绕晕了，找不到出去的路了，正无语问苍天感叹路痴伤不起的时候，屏幕上出现了一号人物，头顶ID：君临天下。俊美偶傥的刀客，一袭深色长衫，银白的长发束在脑后，有几缕发丝散落在额旁，两只手上分别拿着两把制作精美的极品武器，一把是障刀，一把是横刀，当他一步步朝她走过来时，第一感觉：还真是"君临天下"，《盛世》的美工们真了不起啊！

这还是姚远第一次如此近距离地接触到这位大神。

他说："我带你出去。"

然后他把她带了出去。

姚远说："谢谢。"

他回："不客气。今天我有点事，先下线了。"

姚远："……哦。"

回忆结束。

所以，哪里来的什么"以身相许"啊？

姚远觉得自己跟君临天下，那是真不熟，连认识都算不上吧，撑死就是有过"一面之缘"。

再说了，不是传说那人很凶残无度、高贵冷艳的嘛，高贵冷艳的人怎么可能会说那种话呢？

所以一定是误传！

姚远跟花开肯定完"妥妥是误传"之后，却看到世界频道上那高贵冷艳的大神发了一条："若为君故，来一下紫云山。"

被夕阳映照着的紫云山山顶上，君临天下正靠着一棵参天大树，眺望远方。对于君临天下这位大神，传说很多。

一说，他玩《盛世》方才半年时间，花了20万人民币不止，土豪！

二说，他其实是《盛世》的老板，或者老板的儿子，也是土豪！

三说，他是职业玩家，跑来玩网游是消遣，牛人！

总之，君临天下是大神，众所周知。而这人品行"恶劣"，也是众所周知。

据说他经常在游戏里泡女人，但每次泡到后"相处"没两天就拿钱打发人家走了，真是花心无情至极。本来嘛，游戏里就男多女少，把到了妹子却还这么不珍惜！

"人民币玩家了不起啊！"把不到妹的男玩家心声。

"虽然大神话很少，但是，人真的不错，至少遣散费数额很不错，我想我不会轻易忘记他的，有缘江湖再见。"被遗弃的一部分女玩家心声。

"他连我照片都没看过，怎么就知道我不是他要找的人？再也不相信爱情了！"另一部分被遗弃的女玩家心声。

而一直被外界各种揣摩的君临天下，或者确切地说，在屏幕后面操控着君临天下的那人，对那些流言蜚语并不在意，他在意的只有一件事。

姚远现在很惆怅，深深地体会到了膝盖中箭是什么感受。

至于紫云山？她当然没去。

她压根就不认识他，随传随到什么的，又不是情侣或者召唤兽。

所以她毅然选择了去逛市场。

而那天她刚到交易市场，世界频道上就开始刷出："君临天下大神在摆摊？""不是吧？你是不是看错了？这大神刚喊话不是在紫云山上等那谁吗？""ID没错啊，是君临天下，在摆摊，在卖武器！""天哪，天下帮的帮主那么富还需要卖武器吗？！""……"

但是这些姚远没看到。

姚远逛了一阵后，看到一群人围在一处，然后听到路过她身边的两人说着什么："大神报出的价格高得……他果断在玩大家伙儿吧？"

姚远不明觉厉，于是走过去也想看看究竟在卖什么东西。结果她还没看清卖的是啥呢，那被围在中心的卖家就先说了："若为君故，御魂剑，价格1金币，要买吗？"

御魂剑，中高档极品，而游戏里的1金币，相当于买一只肉兔的钱，简言之，超便宜。

对于这种好事，姚远想都没多想："买！"

交易成功，而她也终于看清了卖家的ID：君临天下。

围观党："大神果然在玩我们啊……"

君临天下收了摊子，对姚远说："不好意思，刚价格说错了，是1000金币，请再补999金币。"

姚远、围观党："……"

价格说错那么多是何等不科学啊！大神。

当然占了便宜的姚远也并不耍赖，谁让她是高风亮节的人呢？

姚远："我没那么多钱，要不我把御魂剑退还给你吧？"

君临天下："麻烦。陪我去紫云山办点事吧？"

姚远："什么事？"

君临天下没有回答，起步走了，姚远眼角一抽，只能跟上。

那天在紫云山上，一名名扬《盛世》的刀客和一名默默无名的小剑客在千岩竞秀、红梅映雪的山上足足溜达了一小时，啥都没做，连肉兔都没抓一只。

不过这段时间里姚远所在的"百花堂"的帮派频道里却很热闹。

百花堂是她堂姐水上仙建立的，成员只有十来号人，高手没有，八卦人才很多。

亚细亚："我好像看到君姐姐了，她在跟传说中的君临天下逛《盛世》十大约会胜地之一的紫云山！"

百花堂里唯一的男性玩家阿弥惊道："什么？我之前问小君，她说不去的啊，小君骗我！"

亚细亚："君姐姐真的要以身相许给大神了吗？"

姚远忍不住发了一串省略号上去。

哆啦A梦："君姐姐！你跟那君临天下大神真的勾搭上了吗？！怎么勾搭上的？求详情！"

怎么勾搭上的？

姚远也只能感叹有些事还真是天时地利人和……的反义词。

姚远："怎么说呢？我只是欠了他点钱，所以在帮他做任务偿还而已。"

阿弥："什么任务？"

姚远看着屏幕上器宇轩昂的大神号，心说，陪散步算任务吗？果然牛人的精神世界，凡人难以触及啊。

姚远一边感叹，一边在帮里含糊其辞地说："反正没你们想的那些事啦。"

阿弥："哦哦，那就好！否则人家今晚要睡不着觉了！"

这边姚远终于忍不住咨询大神："君临天下帮主，我们紫云山差不多都走遍了，请问你是在找什么呢？说出来，我也好帮你留心。"

君临天下："走厌了？"

姚远实话实说："有点。"

君临天下："那好吧，今天就到这里。下次换地方。"

姚远惊讶了："等等，大神！我欠你的999金币，不是陪一次就抵消的吗？"

君临天下："不是。"

姚远："……"

君临天下："加一下好友。"随后又补充，"讨债方便。"

姚远："我还您武器行吗？"

君临天下："我说了，麻烦。"

你这样一次次讨债不是更麻烦？！

对方发了好友请求过来，姚远迫于无奈最终还是按了确定。至此，若为君故的好友栏里多了一号金光闪闪的大人物：君临天下。

第二章
别人的婚礼

周末的时间过得尤其快，打打游戏，睡睡觉，就过去了。

周一姚远去上班，中午堂姐姚欣然来她学校找她吃午饭。

两人去食堂的路上，一向大大咧咧的姚欣然笑着说道："最近你跟某大神的传闻很火啊，我们帮里那伙人都在说如果你真嫁给了君临天下，那咱们帮算是鸡犬升天了。"

姚远"汗"，跟堂姐客观地大致说了下这几天来发生的事。

姚欣然听后，啧啧有声，"要么是看你操作好想拉你进帮派，要么就是那大神太无聊了。尤其那999金币，他完全是在逗你玩儿吧。"

姚远唯有叹息。

吃完饭后，姚欣然就开着她的小宝来走了，走前跟姚远说："今晚我会上《盛世》玩下，你也上一下吧，有好戏看。"

姚欣然没说有什么好戏。

不过当晚姚远上线后马上就知道了，不管是世界频道，还是自己所在的帮派频道里，都在热火朝天地聊着今天晚上天下帮副帮主傲视苍穹跟《盛世》第一美人水调歌谣要举行的盛大婚礼。

其实这消息一周前就在世界频道上刷了，只不过姚远一向不关注八卦，即便看到也没往心里去。

这时姚欣然发给姚远一段话："据说，第一美人以前是君临天下的女朋友，但那时候第一美人还没曝照，故而还没有第一美人的称号。据说，第一美人在官方论坛曝照之后，君临天下就甩了她。据说，君临天下不是gay就是妖人（女人玩男号）。据说，君临天下听完这些'据说'，冷哼了一声，灭了那传话的人。"

姚远："……"

自然别人也听过那些据说，阿弥就在帮里感慨着："你们看过论坛里水调歌谣贴出来的照片了吗？那姿色，君临天下竟然舍得甩。"

花开："那什么第一美人也忒搞笑，姐姐我还没贴出自己玉照来呢，这第一怎么出来的？"

阿弥："哈哈哈，下次花花去论坛贴照，我一定支持你！"

亚细亚："话说，上次我们帮主说，她堂妹，也就是君姐姐，那才是真正的美女呢，嘿嘿！"

姚远："咳，别闹。"

哆啦A梦："君姐姐上线了？姐姐你跟君临天下帮主……到底是什么关系呀？大帮派里大人物的婚礼都在天禧宫举办，都要请帖才能进，你跟他们帮主熟的话，我们就可以进去看热闹了。我好想去看啊，我一场婚礼都没看过，而且这次又是这么大的婚礼，真的好想去围观。"

姚远看这小姑娘兴致如此高昂，实在不忍扫她的兴，但……"我跟君临天下真不熟呢。"

刚说完这话，她的私聊里进来一条消息。

君临天下："傲视苍穹跟水调歌谣举行婚礼，你要来参加吗？"

姚远心说，要是这话是发在世界频道上问她的，赤裸裸就是拆她台了。

姚远："我？我跟他们不熟吧。"

君临天下："没事。我也在的。"

问题是，大哥我跟你也一点都不熟吧？！

此时此刻的神展开，让姚远失去了言语功能，只能发了个无奈的表情。

君临天下："乖。"

"……"你强！

君临天下："再说，你还欠我钱。"

什么意思？要挟？可大神你要挟人做的事怎么就那么不合常规呢？像上回去紫云山上遛弯，完全是不知所谓啊。

姚远看到帮聊里哆啦A梦还在说着想要去参加婚礼。

亚细亚："我说小A啊，别人结婚有什么好看的？又不是自己结婚。"

花心的阿弥马上叫道："小亚，你想结吗？我愿意将就！"

亚细亚："滚！如果君姐姐练男号，我愿意嫁，嘿嘿！"

看到这里，穷玩家姚远笑着回："娶小亚，那我以后就不用跑商了。"

花开："小君你这么懒，傍一富爷或富婆确实是不错的选择！"

君临天下："来吗？"

这大神还真是……好客啊。姚远看自己帮派里的人还在闹腾着，不知怎么想了想，就朝大神说："婚礼……我能带人过去吗？"

那边停了片刻才发过来："可以。你过来，我在门口接你们。天禧宫知道吗？"

这么简单就答应了？

"知道的。"不过，你在门口接？那会造成大堵塞吧？

君临天下："那好，我等你。"

姚远望着那句"我等你"不由微微一愣，随即拍了拍自己的脸，"淡定，他是债主，所以他这句'我等你'说全了是'我等你还债'……"话说，债主……有钱……富爷？

姚远："君临帮主，你很有钱吧？"

君临天下："……"

君临天下："嗯。"

姚远反应过来，觉得自己真是脑抽了，她那一刻真的堕落到想傍富爷了吗？

姚远惭愧得无以为继。

而那边停了一会儿又发来："很有。"

刚拿起手边的茶喝了一口想安安神的姚远愣是呛了出来，随即连连咳嗽。

君临天下："我刚开玩笑的。你们过来吧，我等你。"

姚远却感觉那并不像是玩笑话。不过他先给台阶下那是再好不过了。姚远心里对君临天下的好感度不自觉多了一分。这人，其实还挺好说话的嘛。

事实上，君临天下幕后的那操作者哟，是出了名的不好说话。

姚远："对了，我能带多少人？"

君临天下："随你。"

真是太好说话了，姚远赞叹，已完全忘了一开始这婚礼还是人家"要挟"她去的。

之后姚远去帮里问："谁要去参加婚礼？"

哆啦A梦："天下帮副帮主的婚礼吗？要去！当然要去！"

亚细亚："咦？除了君临天下，君姐姐还认识天下帮里的哪位高层？他们的财富官温如玉吗？"

姚远："咳，不一定是高层啊，那帮里的新人应该也可以有请帖的吧？"

于是，君临天下帮主一下子沦落成了新人。

姚欣然私下找她："我先下了，被领导催写报告，郁闷！下班了都不让人安生。回头如果有人来抢亲，记得给我打电话，我要看大戏。"

"……"

本来百花堂人就不多，最后，只有哆啦A梦、阿弥、花开和姚远这四个人去围观那豪华婚礼。

姚远原本想把帮里的朋友送去之后，她就撤了，但后一想又觉得太不"负责"了。

一伙人赶到天禧宫的坐标附近时，那儿已是人潮涌动。

哆啦A梦："人好多啊！"

哆啦A梦："等等，我好像看到君临天下大神了，他在门口干吗？！"

姚远看到这句话就马上朝天禧宫的大门口看去，果然，在那扇富丽堂皇的门边上站着……一号更加富丽堂皇的人物！

全身让人眼馋的极品装备加上他本身的势力，以及因传说而产生的气场，让过往行人纷纷瞻仰却又不敢太接近。

阿弥："我貌似低估了天下帮的这场婚礼，竟然让他们帮主大人当起门神来了？！"

花开："不得不说，够犀利！话说小君，你认识的人呢？要出示请帖才能进去。"

姚远刚要通过私聊找君临天下，那一直站在大门口受人瞩目的人看到了她，然后朝他们的位置走了过来，锦衣飘动，浮光掠影。

姚远当时竟有点小紧张，当然，比起她的紧张，身边的同伴们显然是更加的不淡定。

　　阿弥："我一直是在帮派频道发言的吧？是吧？为什么那大神朝我们这边来了？！"

　　哆啦A梦："啊啊啊啊啊啊啊！"

　　而现场其他围观群众也频频在附近频道上发出类似"君临天下是要接谁吗？！""谁这么大牌？"的信息。

　　而直到君临天下站到姚远面前，她才慢半拍地随大流地"啊"了一声。

　　那声"啊"有两层含义：刚刚她竟然看呆了，以及被众人极速聚焦到身上所产生的一种刺痛感。

　　君临天下在附近频道发："来了。"

　　姚远刚要回，似乎想到什么，又马上切换到私聊："嗯。"其实你站大门口跟我发私信就行了，不需要亲自走过来的，实在是气场太强了，有些晃眼。

　　君临天下依然在附近说着："若，一共几个人？"

　　姚远依然在私聊里回着："四个。"好端端干吗用简称了啊？

　　君临天下："除了你，还有阿弥、哆啦A梦、花开是吗？"

　　阿弥："被点名了？！"

　　哆啦A梦："啊啊，大神叫我名字了！"

　　花开："你们就没注意到上面那个'若'吗？"

　　姚远不死心地私聊过去："君临帮主，可不可以换私聊说？"

　　君临天下："暂时不想。"这句话让围观党们看得云里雾里，大神果然很深奥啊。

　　姚远想，这难道是……传说中的傲娇？

　　君临天下："我把请帖给若，让她分给你们。"

　　站在不远处目睹了自家帮主大人前一秒做门神、后一秒发传单而望天泪流满面的天下帮成员走哪是哪联系了温如玉："帮主今天好恐怖！！"

围观群众："又是若为君故啊！看来她天下帮帮主夫人的身份是没跑了。"

姚远真是欲哭无泪，欲诉无门。她接了君临天下发来的交易，然后一一关掉队友们纷纷发来询问的私聊，直到最后一条。

君临天下："好了。"

现在想私聊了？

姚远抿了口茶含在嘴里，关掉。

君临天下："乖，别生气了。走吧，今天虽然不是我们的大喜之日，但最好也别迟到。"

噗！姚远抽了好几张纸巾抹屏幕，然后颤巍巍地打字："君临帮主，你是不是弄错人了？我们大喜……我是说我跟你，我们才认识多久？"

君临天下："嗯，是快了点，那再过几天吧。"

姚远："……"

因为姚远没有回复小伙伴们，所以百花堂的人开始在帮聊里刷屏。

花开："小君认识的天下帮的人竟然是他们的老大啊，小君真坏，还说什么新人。"

哆啦A梦："君姐姐棒呆！"

姚远："我把请帖交易给你们，你们进去吧。我就先走了。"

阿弥："上次看世界上说君姐姐跟天下帮的帮主有一腿时，我还当放屁，难道真的有一腿吗？泪奔啊！"

看到这句时，姚远也泪奔了一下。她觉得此地实在不宜久留了，结果，最终还是没走成。在请帖交易完后，天下帮的一些眼熟的上层也纷纷出现在了大门口，然后，一致朝若为君故喊大嫂！

姚远那一刻电脑前的表情真的只能用"囧"来形容了。

之后，一伙人进到了天禧宫里，包括若为君故在内。

若为君故是在内外夹击的情况下进去的，外面的攻击比如——

温如玉："我之前还奇怪呢，帮主今天竟然亲自出去接客了，原来是在等大嫂啊。"

落水："如玉你真不怕死！大嫂好！"

等等。

内部的攻击比如——

花开："大嫂？！"

哆啦A梦："啊啊啊啊啊啊！"

阿弥："君姐姐，乃竟然已经成了君临天下的夫人了吗？！苍天啊！"

等等。

姚远正在灵魂出窍之际，电脑屏幕上弹出一则私聊消息。

君临天下："若，出示一下请帖。"

她下意识地点了请帖。

君临天下："按'确定'。"

按"确定"。

就这样在一片混乱中，若为君故被君临天下"控制"着带进了天禧宫。

豪华的宫殿内，虽然比外面人要少一点，但来来去去的人物可以说都是游戏里非常牛的！

哆啦A梦："啊啊啊啊啊啊啊啊！"

花开："小A，你能别吵了吗？吵得我头都疼了！"

阿弥："君姐姐，不要离我那么远，人家害怕，好多强人啊。"

花开："啧，那你就主动去小君那里嘛。"

阿弥："可是，可是小君身边的人是强人中的强人哪！"

花开："瞧你那出息！"

若为君故身边一直近距离站着的就是本服的传奇神人君临天下，以他为中心的半个屏幕之内，没多少人敢随随便便踏足。咳，说穿了，其实就是这大神平日里做事太无情太犀利，搞得很没亲和力。

除了远处的天下帮的财富官温如玉喊了一句："帮主，您要不要来宣布下吉时？"

众人看向神人。

神人君临天下在附近频道上慢慢打出："没兴趣，又不是我结婚。"

对于这种逻辑，众人都无力吐槽大神了。

而姚远听着这话怎么就觉得那么意味深长呢？加上之前被他帮派里的人叫嫂子什么的，这人到底在搞什么花样？

姚远觉得站他边上有种前途未卜的感觉，而她又不擅长揣摩人心，又实在不想被人给坑了，于是直接问道："大神，你让你的朋友们叫我……那什么……是开玩笑的吧？"

君临天下："没，我授意的。"

姚远："……"

姚远突然想到一点：要结婚的天下第一美人据说跟他有过一段？不会是想让她来刺激美人吧？可也不对啊，不是据说是他甩了美人的吗？

姚远："大神，你跟第一美人到底是怎么回事？"姚远是完全不带一点私心问的。

君临天下这次没有在私聊里回复她，也没有在附近频道上说，直接上世界了："若为君故，你问我跟水调歌谣是怎么回事，我的回答是，没有关系。自始至终，我的心里只有你。"

那一刻，姚远不止目瞪口呆，简直心跳都漏了两拍，随后还被惊得打起嗝来了。

阿弥："君姐姐！我真的没有一点机会了吗？！"

花开："呵呵，小君经常能做出一些惊人之举，比如上次刷副本，人不够，她直接一人抵三人用，帅爆！比如世界上有人喊包养唯美女性角色，她竟然就去报名了！再比如把君临天下给收了！让我不爱都不行啊！"

姚远很无奈地想，大概怎么解释都没用了。

还有天下帮的人也在起哄。

落水："真恩爱啊，真是令人羡慕。"

温如玉嘲笑落水："羡慕帮主还是羡慕大嫂？"因为落水是人妖号。

落水："滚！"

雄鹰一号："嫂子跟我再PK一次吧？"想到上次他们去杀毁他们帮主清誉的那对男女，那段时间帮主大人不知怎么突然在意起自己的名声来了，但凡说他拈花惹草、不负责任的人，都被他下了格杀令。那次雄鹰一号承认自己一时眼花杀错了人，更无语的是，最后自己竟反而被杀了。作为PK爱好者，他恨啊！丢脸啊！他还没被女玩家PK死过，关键她装备还都不是一流的。他自欺欺人地想："肯定是人妖号！"当然，现在是完全不敢这么想了。

雄鹰一号："我突然想到，如果我跟嫂子PK，我赢了，那老大肯定不会放过我，那我还是要死一次，纠结！"

温如玉："放心，不会的。"

雄鹰一号："真的？！老大不会秒我？"

温如玉："我是说你赢不了大嫂的，另外，据我对帮主的了解，他的'所有物'没有经过他的允许，你连碰一下的机会都没有，也就是说在你PK大嫂前，他就会把你给秒了。"说完，不忘附带上他的招牌微笑表情。

雄鹰一号："……"

此时穿着一身新郎装的傲视苍穹朝君临天下走了过去，旁边跟着新娘子水调歌谣。

傲视苍穹："帮主sama，好歹今天是我大婚，拜托你别把风头都抢走，OK？"然后看向若为君故又说，"大嫂，我们帮主手段虽然凶残了点，但人还是很nice的，大嫂你就勉为其难收下他吧，么么哒。"

天下帮的副帮主未免太……那什么了点？凶残跟nice不是很矛盾吗？我跟你们帮主真没什么啊！么么哒。姚远内心吐槽着，却无力回复过去。

温如玉："好了，老苍，我看人都来得差不多了，婚礼开始吧？"

傲视苍穹："OK！"

《盛世》里的婚礼模式有五十种之多，玩家可按照自己喜好自行选择。

天下帮副帮主的婚礼正式开始，在主婚台前，出现了一位手持《圣经》的神父，微笑地看着所有的来宾和两位新人。

【服务器】盛世流年，百花齐放，今天我们一起在这里见证一对新人的幸福。

来宾们纷纷送上祝福。

【服务器】傲视苍穹先生，你愿意娶水调歌谣小姐为妻，一生只为她的开心而开心，为她的不幸而一起不幸吗？请选择：A、我愿意。B、我不愿意是不可能的。

众人笑着起哄："原来这是逼婚啊。"

傲视苍穹不知道选了A还是B，反正结果都一样。

【服务器】水调歌谣小姐，傲视苍穹先生已成为你的夫君，你愿意一生只为他的开心而开心，为他的不幸而一起不幸吗？请选择：A、待定。B、私下解决。

雄鹰一号："好凶残啊，这谁选的模式？"

温如玉："出钱的人。"

雄鹰一号："阿温，你出的钱？难得难得，这么大方！"

温如玉："不是我，是帮主。"

"……"

落水："帮主永远是这么杀人于无形啊。"

傲视苍穹："帮主，你越来越血腥了，累感不爱。"

在所有人笑闹的时候，姚远看到水调歌谣望着君临天下的方向，君临天下则望着傲视苍穹，不由蹦出来一句："其实帮主喜欢的是副帮主吧？"

众人："……"

落水："敢开我们帮主玩笑的人，我终于在有生之年见到了！"

在一圈人崇拜的崇拜、笑趴的笑趴中，姚远默默泪流，各式小说看多了，就是容易想歪啊。

而正当姚远想亡羊补牢时，君临天下转向她，在附近频道上说了句："要我杀了他来证明我在意的是你吗？"

"……"

那天在场的人都忍不住感叹。当然，感叹的内容莫衷一是。

崇拜君临天下的："君临帮主跟夫人好萌啊！"

跟君临天下似敌似友的高手们："君临天下算你丫狠，谈恋爱也这么刷下限！"

百花堂那仁人："以后大概没人再敢欺负我们百花堂了吧？"

这天姚远打着嗝下线前，君临天下私聊里发来一句，让她瞬间停止了打嗝。

"你曾救过我，所以，我是来报恩的，喵。"

当晚，姚欣然打来电话："阿弥跟我说，天下帮的人都喊你嫂子了？你跟君临天下到底怎么回事？"

姚远苦笑，"他朝我叫'喵'了。"

大神求包养

　　姚远在那场婚礼之后好几天都没上线，一来本身这段时间学校事多，二来君临天下大神说的那话，确切地说，是那声"喵"，秒得她有点不敢上游戏了。

　　她曾救过他？

　　她游戏里救过的人还挺多的，所以实在想不起来自己有救过这么一号大神。或者是他玩小号的时候自己路见不平拔刀相助过？不过说真的，游戏里帮过一把，这真算不得什么事。

　　然而事实上，君临天下指的"救"并非是发生在游戏里的。

　　姚远再次上游戏，已经是离那场婚礼过去一周了，她想八卦什么的差不多也该烟消云散了，结果上去后确实没人围上来八卦她，却有很多人围上来攻击她！

最近玩游戏，怎么就那么不顺呢？

攻击她的是跟他们百花堂结怨已久的冰激凌家族。这怨自然又是她快意恩仇的堂姐结下的。姚远已想不起来，堂姐是抢了他们的怪，还是杀了他们帮里的美女了。

姚远虽然操作厉害，但是对方人数众多，外加装备也都不差，要取胜基本不可能。她一边打，一边想要不要叫帮里的人过来帮忙，但一想……还是不麻烦他们了……大不了躺尸。

走哪是哪："温长老，我看到帮主夫人了，在被人围攻！"

落水："以多欺少吗？老子最看不惯就是这种，坐标报来，我马上飞去帮大嫂杀敌。"

在姚远打到手指快要抽筋的时候，附近突然多出了一帮很牛的玩家，其中两人冲上来帮她杀敌，很快就扭转了局面。姚远抽空看了下ID：落水、雄鹰一号……天下帮的。

冰激凌家族倒下了一半人，剩下的纷纷收了手退后。姚远他们也就停了下来，没去赶尽杀绝。

玫瑰冰激凌："天下帮的，你们什么意思？！"

一直在外围观战的温如玉摇着羽扇道："不好意思，玫瑰帮主，你们欺负我们的帮主夫人，我们当然得杀你们。"

为什么他在说出这种话的时候，还要风骚地在后头加一张笑脸？姚远心想。

玫瑰冰激凌："温如玉，你们别太仗势欺人了！"

温如玉："我们势力是大嘛。"

姚远不想自己的事情牵连他人，"玫瑰冰激凌，你们要报仇来找我，我随时奉陪，不要牵扯到别人身上。"

落水："大嫂好气魄！"

香草冰激凌："若为君故，你真以为我们不敢把你怎么样？！我以后就见你一次杀一次！"

下一秒，香草冰激凌就被人给秒了！

而将人一击毙命的不是别人，正是以迅雷不及掩耳之势出现的君临天下，"冰激凌家族是吧？可以滚了。"

落水："帮主来啦。"

冰激凌家族心声："靠！"

天下帮众心声："帅！！！"

路过的某两三只玩家："哇！"

姚远："呃！"

该说他嚣张、目中无人，还是……姚远远目。

而冰激凌家族的人竟然也真的没再继续纠缠，骂骂咧咧地就离开了，让姚远惊奇不已，偷偷瞄了一眼旁边的君临天下，心说，咱也赶紧撤吧。

姚远正要撤，却被雄鹰一号拦了下来。

雄鹰一号："嫂子，我们PK一次吧，求您了！"

站在温如玉旁边的女号宝贝乖开口："雄鹰哥哥，若姐姐可是我们的帮主夫人，才不会跟你这粗人随便打架呢，是吧，若姐姐？"

帮主夫人什么的，开玩笑也要适可而止吧？"我不是你们……帮主的夫人。雄鹰一号，如果要PK的话，我可以奉陪，但今天没空。"何止"没空"，早知道就不上来了。

落水："帮主被冷落了……然后，雄鹰兄被重视了？"

姚远很汗："刚才谢谢各位的帮忙，后会有期。"客气地道过谢后，她没有再多留一秒就走了。

一众天下帮成员望天。

落水："我们老大被夫人彻底无视了？"

只有姚远心里清楚，自己这是落荒而逃啊！但不管怎样，总算是逃出来了。姚远刚要松口气，私聊里进来一条消息："999金币。"

大神啊，你这样讨债不觉得很有失你大神的面子吗？

姚远："我一定把钱如数奉上，给我三天时间可以吗？"

君临天下："现在。"

姚远咬牙，还说报恩呢，我看你是来找我报仇的吧。

姚远想了想，厚着脸皮问："君临帮主，你上次说要报恩是吧？那就把这999金币的债务免除，就当是报恩了吧，我们以后互不相欠？"

君临天下："啊。"

啊？什么意思啊？

姚远要哭了："那啥，君临帮主，我冒昧问一句，可能是我误解了……你是不是打算……赖上我了？"问完，姚远自己红了脸。什么赖上我了？脑子又秀逗了，应该问你是不是在开我玩笑，自从他们接触以来？

君临天下："没误解。"

姚远看着电脑屏幕好一会儿："这……什么跟什么嘛。"

当晚，姚远决定，远离游戏一段时间。

隔天，也是周六，姚远去了堂姐姚欣然的住处。姚远独居是因为父母已去世，姚欣然则是被家中老妈催结婚催得实在是不胜其烦才跑出来独住的。

午饭后，姚远本来想拉堂姐去逛街的，却反被押在了电脑前。

姚欣然："你用笔记本，我用台式，帮我做个任务。"

姚远推拒："别玩了吧，今天天气这么好，我们出去逛逛吧。"

堂姐看堂妹的表情——凶神恶煞。

堂妹看堂姐的表情——坚贞不屈。

无奈最后正没能胜邪。

姚远再次上了游戏，没两分钟，一条私聊进来。

君临天下："来了？"

"……"大周末的，大神你就不出去放放风什么的？

事实上，人家刚从一场宴会上放风回来，刚回住处手机就收到了一条短信："她上线了。"于是大神也上线了。

君临天下："在哪儿？我过去找你。"

姚远："啊？不，别，我要陪我朋友去做任务了。"

话到这份儿上，他应该……

君临天下："什么朋友？我帮你们。嗯，我帮里有人看到你了，这就过来。"

大神，你家帮派到底有多庞大啊？哪哪都遍布人？

而得到坐标的大神很快就传送到了若为君故身旁，然后正在若为君故身边绕来绕去问堂妹怎么不动的姚欣然怔住了，"我是不是眼花了？君临天下？他怎么会在这儿？"

君临天下私聊姚远："是要做哪个任务？"

姚远没空回他，因为堂姐突然悟了，"你真勾搭上他了？！"

姚远汗，"我没勾搭。"

水上仙："君临帮主，你有什么事吗？"

过了片刻，消息跳出来，君临天下："问若。"

姚欣然猛转头，朝旁边的堂妹号道："还说没勾搭！"

姚远百口莫辩啊。

姚远："这个任务难度系数并不高的，你……"

君临天下："我空着。"

三人队伍组成。姚远硬着头皮介绍："堂姐，这是君临天下。君临帮主，这是水上仙。"

水上仙："……"

君临天下："你好。"

姚欣然朝堂妹感叹："小样，别忘了回头跟我讲前因后果。"

姚远泪，"这'果'你看到了，这'因'我也不知道。"

由于本服的顶尖牛人倾情加盟，所以十分钟不到就将姚欣然的任务搞定了。姚欣然赞叹："这大神还真不是白叫的。"

大神私聊过来："还有什么要做的？"

姚远："哦，没了，谢谢。"

姚欣然看着画面上又不动的两人，敲了几行字："君临帮主，多谢。以后有什么事，可以找我，当然，找若若也行！哈哈，我先撤了！"

姚远转头瞪堂姐。

姚欣然目不斜视，"别瞪了，知足吧，这么一尊大神任你用。啧啧，这君临天下，真是名如其人。要不是此刻他那明显'闲杂人等可以走了'的气场，我还想再多瞻仰一会儿的。"

姚远无语，她把电脑屏幕一转，说："喏，瞻仰吧。"

姚欣然笑喷，却还真偏头过来看了。

屏幕上，银发男子傲然站立着，手持与雪剑齐名的双刀，器宇轩昂，傲视天下。

姚远也看着这丰神如玉的人物，突然有些好奇起来，这ID背后的主人，会是怎样的一个人呢？

是啊，在网游里这么牛的人物，现实中到底……"你几岁了？"

君临天下那边过了好一会儿才发过来，不过发来的内容有点多："二十八岁。自己开公司，平时除了上班，会打打网球，或者游泳。会做饭，会用洗衣机，会一般的家电修理。不抽烟，很少喝酒。下班就回家。"

一直在围观的姚欣然看得瞠目结舌："大神，这是明晃晃地在自我推销啊？"

姚远也是看得说不出话来了。

最后，她颤巍巍地回了一句："那个，大神，我先下了啊。"

这次之后，姚远又隔了一周才上游戏。

不出意外，一上去就又被逮到了。

君临天下："少一人，去刷第一峰。"

第一峰？也就是《盛世》里被传有人刷出过极品武器"雪剑"的地方。姚远一直想刷这副本来着，她练的是剑师，如果能拿到"雪剑"，那简直是如虎添翼。但她一直组不到人去刷这高难度的副本，他们帮派满级的玩家，除了她就只有花开和堂姐的号水上仙了。第一峰虽然是六人副本，但刷这副本的六人不光得满级，技术还要过硬，得是高手里的高手才行，否则只有躺着出来的份儿。

所以，那一刻姚远犹豫了。

姚远："你们是要去刷什么？"

君临天下："灵兽。"

姚远悟了，灵兽啊，全《盛世》里只有五头灵兽，就是神话里耳熟能详的青龙、白虎、朱雀、玄武、麒麟，至今白虎和麒麟已刷出，分别是从六人副本的第一峰和二十人副本的仙女峰里刷出的，而白虎的得主是……姚远看向面前的银发黑袍男子，貌似就是眼前这人啊。

姚远之所以知道，是因为以前刚刷出白虎时，他们帮派里鸡血过一阵，不少姑娘纷纷表示要去勾搭白虎主人——君临天下。

君临天下："走吧。"

姚远确实想去第一峰，不管能不能刷出她想要的剑，去未曾打过的副本里逛一遭也好，可是……

姚远："君临帮主，我看还是算了，你们帮这么大，你总不可能找不齐人手去刷副本吧？我既不是天下帮的人，贸然参与总是不好，谢谢你的好意了。"

君临天下："只是打副本而已。"

姚远脸红，觉得自己小心眼了，玩游戏就该有玩游戏的范儿，着实不该如此扭捏，一咬牙："好。"

下一秒，那传说中的白虎出现在了屏幕上，姚远不由激动了下。她之所以激动，一是因为第一次看到白虎，二是因为白虎那形象漂亮霸气得让她瞬间被萌翻，她想到了古书上描写此灵兽的句子"英英素质，肃肃清音，威慑禽兽，啸动山林"，真真贴切。

然后，君临天下发了同骑技能过来。

姚远汗，不用这么来吧，同骑这概念委实太亲昵了。

君临天下好像知道她在想什么："我们骑白虎，快一点。"

现实问题，白虎确实……她的坐骑枣红马望尘莫及。

姚远在是否与君临天下共骑上按了确认，转眼她就坐在了灵兽背上，被身后那银发男子半拥在怀里，姚远对此设定很害臊——就不能女抱男？

两人骑着白虎奔跑在唯美的山清水秀间，须臾就到了目的地。

神兽就是神兽，速度就是杠杠的。姚远心中感叹。

啧！君临天下则是嫌速度快。

若为君故从白虎上下来，就发现附近站着一些人，头上都顶着帮派"天下帮"。

雄鹰一号："帮主带嫂子来了？"

温如玉："已猜到。"

傲视苍穹："嫂子么么哒！帮主大人，组一下队吧。"

姚远不得不怀疑，这天下帮副帮主是不是女生啊？

六人队伍很快组成，队长君临天下。

血纱："好久都没上来玩了，一上来就听到这么重磅的消息！帮主大人，你们现在发展到啥阶段了呀？"

君临天下："本人求包养求顺毛求投喂阶段。"

"……"

君临天下继续淡定地说："进副本吧。其他人照以前的打法来就可以了，若是第一次刷第一峰，就先跟在我身边吧。"

所有人都已经被帮主那句"本人求包养求顺毛求投喂阶段"给秒

了，包括姚远。

大神，你真的是传说中冷艳高贵的大神吗？

进副本后，姚远很自觉地收了心不再去乱想了，因为第一峰可是《盛世》最不可预测之副本：通往打最终boss的路不止一条，还不断刷新，会遇到什么全凭运气。

不过姚远倒是发现了君临天下的运气非常之好……

由君临天下领头，一路过去没有遇到任何大的沼泽、毒雾、凶兽，碰到的都是些还算能轻松对付的小怪和陷阱。姚远虽然没刷过第一峰，攻略还是看过的，只能说这人的运气强到……姚远估计跟君临天下要点他身上的什么东西做护身符，能保出入平安、驱灾辟邪，指不定桃花运都能旺一点。

这还是人吗？姚远默默黑线，这很不科学啊！

不管君临天下的存在属不属于科学范畴，姚远此刻还有一个问题有待解决。

虽然当初她是抱着凑人数的心态过来的，但是当发现自己真的是来"打酱油"的时候，还是受到了不小打击的。她好歹也算一个高手啊！呃，虽然比不过君临天下和傲视苍穹。

姚远悲摧地发现，她跟在君临天下身边都碰不到小怪一角，甚至她和温如玉一样成了被保护的人——温如玉还能给他们远程刷刷血治疗一下什么的，她一个剑士，不仅不能远攻且但凡冲到她面前的鬼鬼怪怪，君临天下一人独揽，分分钟就清理干净了。

于是很空的姚远开始跟比较空的人发表想法："温如玉，其实你们再多带名治疗牧师，也比带剑客合理。"

温如玉："呵呵……老大有他的考量嘛。"

君临天下："嗯，我是想试一下刀剑合璧这种打法是否可行。"

温如玉："……"

傲视苍穹："……"

姚远心说，刀剑合璧？在哪？从进副本到现在，我的剑都还没挥过一次呢。

这时一声咆哮在山林间响起。

雄鹰一号刚追一只怪进林子，结果触发了一间地下石室，一波高等级的怪涌了过来。

傲视苍穹："该死的雄鹰，你搞什么鬼？"

雄鹰一号一边跑一边喊救命。

所有人马上各司其职，牧师温如玉、弓箭手傲视苍穹、术士血纱边往后跑边远程攻击，剑客若为君故、雄鹰一号和刀客君临天下奋战前线，六人打得是应接不暇。而姚远总算是"得偿所愿"地体会了一把刀剑合璧，不得不承认要不是君临天下时不时地帮她缓下，她估计就挂了。唯一欣慰的是，至少自己还是起了点作用的。而君临天下真的是很强大，在自己应对自如的同时还能帮旁边的人一一减少阻力，很有种顷刻间樯橹灰飞烟灭的气势。姚远看着那银发男子，突然有了一点景仰的情愫。

刷了将近半小时，这一波的鬼怪总算被消灭，然后休整队伍，继续前进。

君临天下："若，跟我身边。"

姚远："哦。"

君临天下："保护好自己，其他不用操心。"

傲视苍穹："如此温柔体贴的江少还真是少见啊少见。"

血纱："江？帮主姓江吗？！"

傲视苍穹："啊，说漏嘴了！"

雄鹰一号："苍穹，你在现实里也认识老大的吗？！如玉跟老大是大学同学，所以你们都是认识的？就把我排除在外了？"

血纱："还有我。"

傲视苍穹："这就是命啊！"说完，发了个摊手卖萌的表情。

正喝水的姚远差点又一口水喷在屏幕上，为那表情……

姚远真的很怀疑啊："傲视苍穹，其实，你是女人吧？"

血纱："……"

雄鹰一号："……"

傲视苍穹："……"

君临天下："哈哈哈，哈哈哈！"

姚远第一次看到君临天下这样的回复，有点讶异，不过相对而言，在这群人里姚远对此是最淡定的。

雄鹰一号："老大被盗号了？！"

血纱："这种现象我还真是第一次看到。"

傲视苍穹："哈哈哈，还是大嫂最厉害啊！不过，嫂子，我是男的，纯爷们。"

姚远汗："咳咳，那我们继续吧，刷完了我还有点事要忙。"

雄鹰一号："嫂子要忙什么？对了，嫂子是做什么的？不会还是学生吧？嘿，会不会是大美女呢？"

姚远觉得这雄鹰一号话真挺多的，不过也难得没让人觉得讨厌。

姚远："不是。"

血纱："不是学生？不是美女？"

君临天下："行了，刷副本吧。"

之后，基本也都是有惊无险。

终于到了最终boss所在的黑山洞。姚远起初以为要有一番苦战的，毕竟是最后一关，结果比预想中好，怪不得攻略里说不变的最终boss比一路上的千变万化好应付。天下帮的高手们配合默契，不到十分钟，君临天下已指挥着人把boss杀到血量低于10%，暴走了，然后近程职业退开，远程攻击火力铺开狠命攻击，从开杀到boss倒下，全程不到十五分钟，姚远只是在中途弱弱地给君临天下和雄鹰一号帮了一把手，效果可有可无。

所以当他们传送出副本，君临天下交易给了她一样东西时，姚远马上按了"否"。

君临天下交易过来的是一把极品宝剑，虽然不及雪剑，但也能排上剑器排行榜的前五。

姚远："这太贵重了，君临帮主，这次任务我完全是打了回'酱油'，实在是无功不受禄。你……你随便给我一样物品就行了，其实不给也没关系。"毕竟也蹭了不少经验。

君临天下："你拿着，我这边还有两样就留给帮里了。这次灵兽和雪剑都没刷出来，下次再给你刷雪剑。还有，我一贯不是论功行赏。"

那……看心情？咳，大神你这样酷炫狂拽，你家里人知道吗？

下次再给你刷雪剑？难道这次是为了她来刷雪剑的？不对不对，他说灵兽也没刷出，他起初说是来刷灵兽的……但他刚才也确实说"给你刷雪剑"了。

姚远觉得自己脑子都有点混乱了。

雄鹰一号："帮主在跟嫂子私聊了吧？嗯嗯，一定是在甜言蜜语。"

血纱："想当年，咱们帮主对女的那叫没耐心没爱心。"以至于有不少人怀疑他们帮主大人其实是人妖来着，直到身为帮主大学同学的温如玉指天发誓说"他要是女的，那我赚的钱都是粪土"才肯定了帮主是男的。

温如玉："好了好了，我们走吧，别打扰帮主他们二人世界了。万一帮主嫌我们碍眼，唰唰唰，就把我们给砍了。"

姚远："你们帮主很凶残吗？"

突然的一句话，引来一片怪异的寂静。

姚远其实只是想……如果他很凶残，那他给的东西，是不是就不能拒绝了啊？

没人回复，除了君临天下："我很温柔。"

接着君临天下第二次发来了交易，姚远果断接了。她现在算是有两把不错的宝剑了，一把是1金币买的，一把是他打赏的。看似走大运，却都有一段辛酸史。

姚远："君临帮主，下次有什么事需要我出力，我一定帮忙，呃，如果你需要的话。那我先下了，再会。"

君临天下："以后每次上线了就来找我吧。"

姚远："嗯？"

君临天下："我需要。"

姚远抖了一下，然后淡定地下了线……最后看着屏幕上的雪山背景图，拍了拍脸，"淡定，淡定，网恋什么的太不现实了。"

游戏里，温如玉："嫂子走了？"

雄鹰一号："是啊，怎么那么匆忙？"

血纱："估计是真有事吧。"

他们等着帮主说点啥，但是，君临天下的号也暗了下去。

"……"

血纱："夫妻双双离线了啊。"

傲视苍穹："呵呵。"

雄鹰一号："喂，苍穹，你跟老大是怎么认识的？"

血纱："对，说到这儿，从实招来，阿温跟帮主是大学同学，那么你呢？不会也是大学同学吧？"

傲视苍穹："我嘛，是给他打工的。"

血纱："老大……是暴发户吗？"

傲视苍穹："呵呵，贵族。"

温如玉："老苍你别胡扯了，贵族这种东西在中国是不存在的好吧？不过，他也的确算不得草根就是了。"

第四章

据说本人很美

　　草根姚远这天下班，堂姐来找她活动。吃完饭看完电影，两人往之前停车的地方走的时候，姚欣然终于忍不住取笑起身边的堂妹来了，"我说你胆子也太小了，不就是被人家在游戏里霸王硬上弓了吗？用得着这么躲吗？换位思考一下，人家想要占你便宜，你不如来个将计就计，人家好歹是大神中的大神，你也算是捡到宝藏了，多少人羡慕嫉妒恨呢。"

　　姚远汗，"什么叫'被霸王硬上弓'啊？"

　　"我没你那文学水平，表述不准，将就一下，反正意思差不多就成了。"姚欣然拉着堂妹慢慢走，"说真的，这也算是某种意义上的天上掉馅饼了嘛。"

　　姚远无语，"那么大的馅饼会砸死人的。"

　　姚欣然大笑，"砸死总比饿死好。"然后问她，"你到底打算什么时候再上线？我的子民们可都在等着你上线聊大神八卦呢，别让我这堂堂百花堂帮主去帮你收拾烂摊子。"

姚远听到这里不由停了停，说："姐，好像一向都是我在帮你收拾烂摊子吧？"

姚欣然认真道："若为君故，你要记住，人不能太自私。"

姚远郁闷啊。

两姐妹之前看电影的影院就在江大所在的高教园区里，所以她们现在走的这条街道来来往往最多的就是学生，而就在前一刻，一名男生听到了她们交谈的最后三句话，然后愣愣地看着姚远和姚欣然走远，好久才跳起来直奔宿舍，"天哪！！我看到大嫂了！有谁比我强？！"

姚远纠结了几天后，终于还是上了游戏，因为被堂姐召唤："妹，赶紧来救场啊！我又被人追杀了，没有你不行啊！"

姚远："……"

她登入游戏，然后，N多消息涌进来，"君姐姐，据说你是绝色啊绝色！"

"小君，有人说23号那天傍晚在江浐市某高教园区的林荫大道上看到你的美妙身影了！"

"君君，这是真的吗？你是白衣飘飘的美女吗？跟我脑海中的你重合了有没有？！"

姚远愣住了，23号？她穿的那是接近秋装的厚外套了吧，虽然也是白外套，可着实飘不起来啊。

这时一条私聊进来，水上仙："来啦！快快，打开帮聊。"

姚远原本想问堂姐那些传言是怎么回事，以及还用不用她去救场，结果敲过去两条消息都没回音，只好先开了帮派聊天。

亚细亚："君姐姐上线了？求曝照！"

花开："帮主，让你家妹子出来啊。"

水上仙："我已经叫了，少安毋躁，我先去上个WC！"

姚远："……"

亚细亚："啊啊！君姐姐你终于出现了，求曝照！"

在一片叫嚣中，姚远勉强插上了一句话："我能问一下这事的前因后果吗？"怎么好端端地竟上赶着让她发照片了？

亚细亚："君姐姐，是这样的，天下帮里有人说两天前看到了你的真身，说你是绝色佳人噢，反正消息是从天下帮里传出来的，然后一传十，十传百，一发不可收拾！不过那人没拍到你的照片，后悔了两天，哈哈！君姐姐，我们都好奇得要死，你给我们自家人看看你的玉照吧？"

姚远内心有很多情绪冒上来："我能再问一下看到我……真身的是谁吗？"

阿弥："走哪是哪！是这厮！"

花开："小君，你不会是打算杀人灭口吧？"

姚远："不是，我想去告诉他，他看到的其实是我的化身。那天，呃，我化身成人类来人间走了一遭，现在已经回天庭，阿弥陀佛。"

"……"

上完厕所回来的姚欣然看到堂妹那句话也笑傻了，"这家伙！"

此时水上仙的私聊里一条信息跳出来，姚欣然看完，掩面了一阵后，抬头打字，心中默念，一切都是为了爱和正义……和钱。

若为君故这厢刚退出帮聊，身边就出现了……是的，君临天下。

大神，作为《盛世》第一大帮派的帮主，你这样空闲真的合理吗？

君临天下召出了白虎，然后发了"共骑"请求过来："去云林地域逛逛？"

云林地域，《盛世》十大约会胜地之一。

姚远弱弱地按了"否"："君临帮主，你……没别的'重要'的事情做了吗？"特别强调了重要二字。

君临天下："没有。"

姚远："……"

君临天下再发"共骑"："走吧。"

姚远再弱弱地按"否"："能不能不去啊？"

君临天下："那你想做什么？"

问题就是跟大哥你我什么都不想做，压力太大。

君临天下："那要不要陪我带徒弟？"

姚远诧异了下："你有徒弟？"

君临天下："嗯，我叫过来。"

姚远刚反应过来，想说不用了。后一秒，身边已多出了一个人。那是个穿着初级装备的20级小剑士，女性角色，头上违和地顶着名字：杰克。让人不得不怀疑是人妖号。

杰克一上来就很热情："师娘你好！"

姚远嘴角忍不住抽了抽，正欲说"我不是你的师娘"，那杰克小剑士绕着她又说了："师娘师娘，你要带我练级吗？哥哥……不对，师父平时很懒，都不高兴带我练级！"

杰克："师娘，你是用了多长时间升到满级的啊？"

姚远："小半年。"从外面读完书回国后开始玩的。

杰克："哦，那我应该三个月就可以了吧？如果师父师娘带我的话。"

君临天下："我组下队伍。"

杰克："嗯嗯！"

队伍很快组成，姚远是在眼前的小剑士蹦蹦跳跳叽叽喳喳中点击进入队伍的。

杰克："师娘，听温哥哥说师娘是大美女耶！"

姚远："……"

君临天下："小杰。"

杰克："哦，闭嘴。"

姚远心说，这人淫威……咳咳，还真是强大。

之后与君临天下带那小剑士升级的过程中，姚远渐渐少了拘束，主要是那小孩子太有爱了，他说他才十四岁，应该是真的，讲话天真活泼，很能让人放松。总的来说就是时间在不知不觉中溜走，回首小剑士已经升到了24级，姚远很欣慰。

杰克："师娘，你以后能多带带我吗？师娘带比师父带升起来要快呢。"

呃，不奇怪，那是因为你师父一路在"打酱油"。

姚远："我有空的话，可以的。"

杰克："谢谢师娘！师娘真好！"

姚远："应该的。"说完，她隐约觉得哪里不对，不过那丝疑虑很快被小剑士的兴高采烈给打消掉了。

而此刻坐在电脑前一身睡衣的男人看着这画面微微笑了笑，然后打了一行字："今天谢谢你了。"

姚远："没事。"

她刚打完没事，这边就出事了。

亚细亚："君姐姐，论坛上刚有人贴了你的照片！是不是真的啊？你快点来看看，虽然很模糊！"

姚远一打开亚细亚发来的地址，就看到标题：君临天下夫人玉照。

姚远来回看了两遍，第一反应是，就这么简单？因为论坛里的标题通常都很耸动，这等简洁利落的还是头一次。

姚远看似淡然从容，实则心里七上八下。滚动鼠标，一楼的照片刷了出来，她瞪大眼看了好久，一个趴桌子上睡觉的侧影，很模糊，只看出了长头发，脸特白，跟僵尸似的，衣服是套红色的运动装。这照片简直就是雾里看花，但是，姚远皱眉头，这人确实是她。不过照片还是大学时期拍的，因为那套红色运动服她只在大三的时候穿了段时间。

姚远一头雾水，一楼的ID叫向钱看齐，这人怎么拍到她照片的？竟然还知道她是游戏里的若为君故！姚远想了半天都想不出来，因为一点线索都没有，她甚至连自己什么时候被偷拍的都不晓得。

姚远又去看帖子下面的评论："这就是君临天下的夫人？那个若为君故？挺好看的啊，虽然模糊了点，但感觉是美女。"

"液化成这样，是谁都美啦！"

"弱弱地说，如果把我的照片模糊成这样，那我也是美女了，呵呵。"

姚远拉着帖子看了会儿，评论不外乎是惊讶见到了君临天下的夫人，或者评头论足说虽然照片上的人感觉很唯美，但是PS了不真实云云，言而总之，就是羡慕有之嫉妒有之恨有之。

姚远也挺郁闷的，她才是最大的"受害者"好不？无缘无故被人贴了照片出来，尽管很模糊，还被冠上了某某夫人的名号，虽然貌似之前就已经被冠了。

在郁闷地关闭网页前，姚远不经意地看到一个稍稍眼熟的ID——走哪是哪："液化？液化毛！我们帮主夫人本人更好看，OK？！这模糊的照片连她三成姿色都没展现出来！"

姚远汗颜，这人也太会吹了吧？

姚远在看帖的这三分钟里，私聊里已进来不少消息，她跳着看过去，当看到君临天下的消息时，愣了一下。

君临天下："因为我的缘故，最近有不少人开始议论起我跟你的关系，对此我很抱歉。"

大神，你忘了你是罪魁祸首了吗？

不过姚远是那种人家对她友善点，她就马上更友善的那种。

姚远："你也不用太过意不去。"以后注意别再乱说话就好。这后一句姚远还没来得及打出来呢，就见君临天下说："你的名声我会负责。"

姚远："呃？"

君临天下："以后你不用再为那999金币烦恼。"

姚远："啊？"

君临天下："也不用担心没钱买装备。"

姚远："啊？"

君临天下："更不用担心有人会找你麻烦。"

姚远："……"

君临天下："怎么样？"

出于条件反射，姚远："什么怎么样？"

君临天下："我们把婚结了吧？"

姚远目瞪口呆地看着屏幕："君临帮主……为什么我觉得你是在威胁我？"

那边停了好一会儿，君临天下："不是，我想合法地潜规则你。"

过了一会儿，君临天下又发过来一句："我有钱有势。"

姚远："……"

君临天下："考虑一下。"

这不是威胁是什么啊？

然后若为君故掉线了，是真的掉线。姚远看着自动关机的电脑，傻眼了。

当天姚远住的这幢楼停了一小时电，不过来电之后，姚远也没再登录游戏。她洗完澡就上床睡觉了，一夜到天亮，当然睡眠质量不咋地，其间还做了噩梦，但醒后却是一点都回忆不起来究竟梦到了什么。

第二天一早，姚远精神不济地去学校，忙了一天回到家，简单弄了晚餐，吃完一个人在家，无所事事，又不得不开了电脑。

一登录游戏，就有很多消息闪进来，姚远大致浏览了下，最晃眼的就是某帮主的消息。

君临天下："139××××××××，我电话，你上线了联系我。"

姚远吓了一跳，怎么一下子上升到现实里了？！在姚远的思想里，游戏、QQ、邮箱这些都是属于虚拟世界的，是隔着距离的，互动一下还可以，可电话就感觉瞬间升华到了现实中的接触，跨越幅度过大，有点接受不了。

所以，她看着那串号码愣住了。显然，她不可能去拨那个号码，思来想去，纠结不已。一半原因是觉得自己挺不好意思的，那天话说一半她就下线了，尽管是客观原因，但后来的一整天却是有意躲避，怎么说人家还是挺友好的，虽然貌似有点友好过头了。另一半原因则是，好端端干吗给电话号码呢？姚远不知怎么就想到了非奸即盗，刹那寒了下。

姚远这边还纠结着呢，私聊里又来消息了，所幸不是现在让她一见就心惊的某位帮主。

阿弥："君姐姐上线了啊！你能不能过来帮我打个野外boss？"

稀少的野外boss比副本里的boss要珍贵得多，可遇不可求，只要不是人品太差的，爆的东西基本都是极品。

所以姚远马上回复："就来！坐标报来。"

若为君故赶到阿弥那边，两人在一块大石头后方会合，然后看到了周围……树后面、石头后面稀稀拉拉的人同样在时刻关注着那树林间走动的野外boss。

野外boss很难打成的主要原因就是见者有份，不同于副本里boss所有权明确归属某队人马，野外boss是只要见到人人都可打，这直接导致玩家们为抢boss大打出手，所以打野外boss，应付boss的同时还要应付其他玩家，很是劳心劳力。

而现阶段，《盛世》里的野外boss基本是被那几家大帮派垄断的，他们有专门的人员在各地搜索野外boss，一旦发现就召集人员过来打，小帮派，特别是个人，在这方面竞争力就小太多了。

姚远望着对面也在回望他们的那几个人，他们现在不动手，估计就是在等人过来。

姚远："阿弥，你还叫了帮里的谁？"

阿弥："帮主不在，我叫了君姐你，还有花开、亚细亚和小A。"

姚远汗，小亚级别还没到满级呢，更别说还是新人的小A，这么说来只能是靠她、阿弥和花开合力打看了。

姚远："我们速战速决，那边要是大帮派的人，他们叫了人过来我们就没戏了。"

阿弥："嗯嗯，我也是这么想的，最先发现这boss的是我，我就马上叫你了，他们是你来之前刚出现的，我之前瞄过都是侦察兵，级别不高，暂时不足以为患，就怕他们精英部队过来，所以等花开到了我们要马上动手，否则就没指望了！"

跟大帮派抢boss，他们这小小百花堂确实赢弱了点。

阿弥："话说花开怎么还不来啊？"遇到野外boss的阿弥难免有些心潮澎湃，无法淡定。

结果没等到花开和亚细亚她们，倒是等来了别帮的人，打头阵的叫爷最帅，男剑客，一身红衣，杀气腾腾，旁边跟着一个叫美人依旧的女牧师。姚远望着这两ID心说怎么有点眼熟？两人后面还跟随着两名彪悍的玩家。

阿弥："君姐，他们是天刹帮的，这帮派虽然只是个三流帮派，但是最近不知从哪儿招来了一批高手，后面那两人就是，据说这批高手都很厉害，所以天刹帮的人现在挺横的。呜呜，要拱手相让boss了吗？"

姚远刚抽空去看了下那只叫貔貅的野外boss的攻略，"如果你真要打的话，我去缠住那些人，花开说她们马上到，她们到了后你跟她们去打boss，我做外援，大不了一死嘛，试试看吧，你看如何？"

阿弥："君姐，为毛我每次听你说话都觉得你好高大呢？！"

姚远笑笑。花开等三人下一秒就到了，阿弥迅速组队，听了那简单战略，都没意见。花开感叹了句"小君就是这么有气魄"后，带着姑娘们跟阿弥向boss冲去，若为君故则站在了那队人面前。旁边的侦察兵可以缓缓，先要解决的是这队明显就要动手打boss的人马。

爷最帅带头的这队人原本在察看四周的形势，却发现有人先一步动手了，马上要追上去，却被若为君故挡住了去路。

姚远："不好意思，要过去，先打赢我吧。"

场面静了两秒钟。

爷最帅："给我杀了她！"

姚远做好了战斗并牺牲的准备，结果，那站出来的两名高手竟然马上友好地跟她认亲了。

北极星："是君临天下的夫人吗？"

南斗拳王："若为君故？还真的是，久仰久仰啊！"

爷最帅："你们搞什么东西？给我灭了她没听到吗？"

北极星："我说天刹帮主，这人可是君临天下的夫人，杀她？我们可不敢。"

爷最帅："你们佣兵团不是只要有钱收就办事的吗？！"

南斗拳王："那也是要看对象的啊。"

姚远："……"于是，不打了吗？

阿弥："君姐，你那边咋样？！扛不扛得住？"

姚远："呃，你们先打着吧，我这边暂时没问题。"

阿弥："君姐果然厉害！"

姚远心说厉害的不是我，我只是享用了某人的余威而已。

姚远不由想，要不暂时跟这两名高手虚假认下亲？不管他们是不是真对君临天下有所忌惮，真会给她面子，拖延点时间也好，虽然这做法很屄。

姚远："咳，你们好，我是君临天下的夫人。"

然后，一道熟悉的身影从她刚才注意到的右手边冒了出来。

当时姚远就一副完全傻掉的表情。

来人可不就是让她一见就心惊的某帮主嘛。

华丽衣摆垂落，君临天下随意地站定在了若为君故的右侧。

我前一秒说了什么？他看到了吗？姚远无语凝噎。

北极星："哟，君临帮主，好久不见了啊！"

南斗拳王："老君啊，最近都在忙什么呢？找你PK都不回复。"

君临天下："每次都输有意思吗？"

南斗拳王："靠靠靠！"

北极星："老南淡定！他这次至少没说秒你没劲什么的。"

南斗拳王："有差别吗？有差别吗？！"

旁边的爷最帅也总算回过神来了，然后，果断带着身边的美女走人了，让姚远看得……对君临天下折服不已。大神你平时做事得多狠，才能让人家这么知情识趣？好吧，从那两位高手的话里能略知一二。不过，那美女走前连番回头望大神又是什么意思？

莫非……她下意识地侧头看身边的君临天下。

君临天下纹丝不动，但是消息却很精准、很BT地闪了进来，"单恋，跟我没关系。"

姚远："……"

君临天下："我处理下这两人。你跟你帮会里的人去打boss吧，附近的人苍穹他们会解决。"

姚远完全不知道该说什么了，犹豫了会儿，说了声"谢谢"，转身奔去boss那边帮忙了，不过心里是复杂不已、说不清的感觉啊。

之后，姚远在跟小伙伴们打boss的时候，就发现周围微妙地站了一圈人，他们保持着合适的距离，不会让人觉得突兀，但这观光团，或者确切地说是保护团，到底还是让姚远泪目了下，怎么感觉不是在打野外boss而是在打家养boss了？而圈养这boss的正是某位帮主。想到某帮主，姚远又是一滴汗下来了，冷汗，那是一种犹如被人盯上、如俎上鱼肉的感觉。

阿弥他们也渐渐发现了这一前所未有的情况，周遭围着一圈陌生人，却不见他们出手抢boss，反而是帮着他们阻止了要上来抢boss的人，出手狠决，不带一丝犹豫，杀完又站那儿"守卫"他们……

阿弥："我是不是穿越了？穿到某个牛逼人物身上了？"

哆啦A梦："阿弥哥淡定！"

阿弥："我蛋疼！那些人不会是想螳螂捕蝉，黄雀在后吧？"

亚细亚："难道是想等我们先灭了boss，然后他们再来灭我们，来个渔翁得利？"

姚远："……不至于。世上还是好人多的。"

队伍频道里刷出三条省略号。

花开："小君这时候还懂得开玩笑来活跃气氛，真心淡定。"

纠结的某人能怎么说？说是某位帮主的恶趣味？那产生的冲击力估计更加严重吧。

姚远："总之先把boss打下来再说吧！"

若为君故、亚细亚和阿弥都是老将，这难度中等的野外boss还是不怎么难杀的，在三人合力另两人辅助的情况下，boss的血已经只剩下五分之一不到。

阿弥也有点激动了，在队伍中激情演说："姐妹们，胜利就在眼前，我们百花堂的第一个野外boss就要收入囊中了，大家再接再厉，冲啊！"

姚远："等等！"

在阿弥冲上去的瞬间，boss暴走了，在阿弥白光之后，姚远马上在队伍里说："都退下来，我来牵住它，你们远程攻击！"

姚远刚说完，却看到有人先一步拉住了boss的仇恨值，上蹿下跳，卖力十足。

走哪是哪："嫂子我来T（拉怪），你们砍吧！"

姚远："……"

之前那圈围观党围得比较远，亚细亚他们又忙着打怪，无暇去细看那些个ID，这会儿跳上来的这人头顶上清晰的ID名和帮派名以及那句话，无一不让包括姚远在内的人瞬间凌乱了，当然凌乱的原因不同。

雄鹰一号："走哪你抢我风头，说好的一有问题我上的！"

走哪是哪："咦？我没答应吧？嫂子给点面子，尽情地上来砍吧，老大在那儿看着呢。"

雄鹰一号："大嫂，快点把这boss砍了，我要砍那小子！"

哆啦A梦："怎么回事？怎么回事？是天下帮的人？！"

亚细亚："嘻嘻，君姐姐这帮主夫人好给力！"

姚远深深呼吸："相逢就是有缘，既然两位仁兄如此仗义，那在下和在下的朋友就不客气了。"然后跟同伴说："我们继续刷boss吧。"

"……"

站在远处望着这边的天下帮其余高层人员在听己方队伍频道里的实况转播，听到这里时不由都笑了。

温如玉："哈哈哈，我越来越欣赏嫂子了！"

落水："温哥，难道你之前只是稍微欣赏大嫂吗？"

温如玉："滚，别陷我于不义，没见帮主大人千年难得也在ＹＹ上嘛。"

君临天下："呵。"这声不咸不淡的低沉笑音，让温如玉心一颤，马上说："帮主近来心情很不错吧？"

"你废话真多。"君临天下的声音仿佛天生带着点沙哑，说话节奏慢条斯理，所以听起来有种漫不经心的感觉。

走哪是哪："报告老大，嫂子刷完boss了，她说掉的东西他们拿一半，我们拿一半，怎么整？"

傲视苍穹："义气啊！"

落水："问题是帮主不会要这些东西的吧？"

大家都很有默契地沉默了，终于在五秒钟后等来了某道声音。君临天下："我过去。"

落水："我也跟着膜拜嫂子去。"

傲视苍穹："我先让那边的帮众都撤了吧。"

走哪是哪："说真的，帮主大人这次干吗叫那么多人啊？这任务又不难拿下。"

温如玉："腹黑的人啊。"

雄鹰一号："什么意思？"

温如玉："你懂的话，你就可以坐我的位子了。"

温如玉："我接下电话！"

落水："帮主竟然对阿温的不敬之词不闻不问？"

傲视苍穹："呃……"

下一刻，温如玉："泪奔啊！江公子的电话，全程两字——'闭嘴'！"

傲视苍穹："哈哈哈哈！果然是他的风格，直接！明了！犀利！"

第五章

最快速的一场婚礼

姚远这边，因为在分赃中遇到了问题，所以就卡那儿了。他们帮的人是习惯公平的，结果人家死活不要，最后走哪是哪说："嫂子，要不你把东西直接给我们老大吧？"

姚远："啊？"

她这才回过神来，君临天下已不知何时又回到这儿，他身后还站着一排酱油党。

看着眼前的阵仗，姚远脑海中莫名冒出一个念头："我怎么感觉我会成为被圈养的家养boss呢？"

君临天下："打完了？"

"嗯。"这不明摆着嘛，姚远默默地想。

君临天下："东西你都拿着吧。"

姚远："那个，君临帮主，我觉得你们还是拿一半吧，毕竟你们帮出了很多力。"应该说是出了主力，没有这帮彪悍的外援，他们根本抢杀不到boss。

君临天下："你太见外了。"

我们本来就是外人吧？姚远郁闷，这人怎么老这样啊，火大："你收也得收，你不收也得收！"

君临天下："这么凶？"

姚远："……"

两人面对面私聊着，外人虽不知他们在聊什么，但画面看上去很和谐，有人已经在截图拍照了，这其中包括亚细亚、哆啦A梦、落水和傲视苍穹。

落水："话说我们帮主对大嫂，到底是从什么时候开始有想法的？"

雄鹰一号："好像是在我们实行肃清那些散布帮主'人妖''花心''滥杀无辜'等言论的人那阵子吧，准确地说应该是如玉在世界上说不要欺负我们帮主夫人那之后开始的吧？"

傲视苍穹："呃……"

落水："小苍，你有话就说，别老是发出想上厕所又拉不出的声音！"

傲视苍穹："我想说，他很早以前就对嫂子有想法了。"

"啊？"

傲视苍穹那句"他很早以前就对嫂子有想法了"引得众人瞬间都发出了惊呼声，主要是他们帮主大人一向走的是"绝情花心"路线，一下子从绝情男上升到了深情暗恋男，这也太违和了点吧？

有人意志力不够，祸从口出了。走哪是哪："原来老大是纯情男吗？"

系统提示：走哪是哪被帮主君临天下移出本帮。

众人刹那消音，除了一下没刹住车的。雄鹰一号："怎么走哪……"下一秒看清了执行那权力的人是帮主，立马闭了嘴。在天下帮里，帮主、副帮主以及温如玉是有资格加人删人的，但帮主大人从来没操作过踢人功能，这次是首次，可见走哪是哪同学的话是有多么不入耳。

而走哪是哪因为被踢出了帮派，只能在附近频道上声嘶力竭地说："帮主我错了，你放我回去吧！你不是纯情男，你是伟男！"

"……"

天下帮这边的YY里已经炸开锅了，纷纷表示这孩子没救了，估计今天会被帮主虐。

此时已转成围观党的百花堂几人对走哪是哪的声嘶力竭表示很好奇，大神君临天下对他这名帮派成员做了什么，让他如此悲戚？

姚远自然也是汗了一下，那伟男正在她跟前站着呢。

天真的孩子走哪是哪在附近继续说："大嫂！您帮我跟帮主说说，让我重回故里吧！我刚因为言辞不敬被老大踢出了帮派！"

"啊？"姚远惊了一下，看向屏幕上那张俊美无比的脸，心一颤，竟没来由想到了"蛇蝎"二字。

姚远："我的话你们帮主也未必会听的吧？"

"你可以说说看。"这是附近的某帮主接的茬。

围观群众都忍不住猜测其实某帮主踢人只不过是想多制造一条跟夫人可聊的话题吧？于是纷纷看向走哪是哪，眼带怜悯，他连炮灰都不算啊。

但姚远觉得这完全不关她的事吧？不过，见走哪是哪一直在默默地望着她，不由侠义心起，然而该说什么呢？半天想出了句："君临帮主，万事以和为贵。"

"……"

语音里，落水大笑出来："我斗胆说一句啊，如果嫂子不是已经是帮主的人了，我也想追追看了。"

温如玉："以女人的方式还是男人的方式？"

落水："滚。"

众人等着君临天下的回复，结果半晌都没动静，直到又一次呃了一声的傲视苍穹说："帮主应该是已经拿下了麦，然后在跟嫂子私聊了吧？"

没错，姚远正在被私聊中，而君临天下的回复是："以和为贵吗？听起来不错。"

为什么听起来感觉暗含深意呢？姚远草木皆兵地想着，结果对面又说："你们帮派挺好的。"

找不出陷阱，应该没有陷阱。姚远："谢谢。"

君临天下："既然如此，我们两帮和亲吧？我代表我们帮派，而你代表你们帮派，你意下如何？"

和亲？！

君临天下继续道："刚boss打出来的东西你也不用让我收了，就当一部分的聘礼吧。"

聘礼？

大神你一定要这样子吗？这样很难继续聊下去啊！

姚远："君临帮主，我目前尚未有嫁娶之心。"

君临天下："那心可以缓缓，身子先给我。"

若把这句话截图，发到世界频道上绝对会引起很强烈的刷屏吧？

君临天下："剩余的聘礼……"说着便发来一张截图，华丽丽的聘礼单，差点闪瞎某人的眼。

姚远："……"

姚远："好！"

然后姚远看到附近频道上某帮主发出了结婚公告，终于在愣怔了两秒后回神了，她刚刚说好了？说了？她那一瞬间真的贪财了吗？

还有，他们为什么会突然聊到结婚的？居然还聊妥了？刚开始不是……不是在聊他帮派里的某一位被踢出去的玩家吗？

附近频道上，君临天下帮主颁布了明日要与若为君故成亲的消息后，果然引起了轩然大波，惊讶的、鸡血的、撒花的都有。

落水："原来刚刚两人是在聊结婚吗？！"

温如玉："帮主果然在哪方面都可以被称之为神人啊，神速！"

哆啦A梦："啊啊啊啊啊啊啊！"

花开："我也想叫一下了！"

走哪是哪："帮主要结婚了，OMG，我有生之年终于看到了！"

等等，等等。

帮主大喜，大赦天下，被踢的某男重回故里，泪流满面，不忘感谢恩人："嫂子，谢谢您的大恩大德大仁大义！虽然上次我只来得及在人群中匆匆看了您一眼，但只一眼我就知道您是天仙下凡，您的心灵就像您的外表一样美好得一塌糊涂！"

当世界也刷出天下帮帮主君临天下与百花堂若为君故要缔结连理的消息时，姚远终于明白她被霸王硬上弓了，呃，或者说，被迫上了霸王？

姚远觉得自己邪恶了，然后……脸红了。

网恋什么的太讨厌了！

既然话已说出口，为人一向正直不阿、说话算数的姚远，接受了命运齿轮的突然逆转。

这天直到下线，她眼前都是眼花缭乱的，依稀记得最后收到某帮主的一条私信："早点休息，明晚八点半前上线行吗？"

姚远有些神思恍惚，于是回复："可以。"

君临天下："好的，那事情我安排好，你什么都不用操心，只要人来就行。"

姚远："哦。"正要下线，又被叫住。

君临天下："把你手机号码给我，我明天八点左右打你电话。"

姚远："……我会上线的。"

君临天下："还是给我吧。"

姚远："……"

姚远："138×××××××。"

君临天下："好，明天见。"

他好像很淡定啊，姚远觉得自己实在是弱爆了，不就是游戏里结婚吗？又不是现实生活里结婚，那么大惊小怪干吗？游戏而已嘛，这么一想，犹如任督二脉被打通了，姚远也淡定了。

她刚要淡定地关电脑，手机响了一下，进来一条短信："我叫江天，这是我的号码，晚安。"

"……"

现实生活也被渗透了啊。

第二天上班，吃午饭的时候，坐对面的同事问姚远："姚美女，怎么了，今天一上午都看你心事重重的？"

姚远在外还是很正经的，所以她正经地说："婚前恐惧症。"

同事惊讶不已，"你要结婚了？！"

后话是下午江大教职工圈子里就都知道了这个从加拿大留学深造回来的、刚任职不到两个月的、进校第一天就吸引了不少未婚男老师的姚大美女要结婚了。

君临天下要是知道他这招无形中就干掉了不少现实中的情敌，应该会更早点要求"结婚"，不带丝毫犹豫。

回到姚远这边，同事还没能细问，她已经破罐子破摔地说："算了，船到桥头自然直吧，再说，咳咳，婚后要是不爽了，就离婚好了，反正离婚也很容易。"

同事更惊叹了，出过国的就是不一样啊，思想太开放了！

同事正感慨，有人过来跟姚远打招呼，是两名男学生，打头说话的那个头发弄得像刺猬，T恤马甲哈伦裤，帅小伙笑眯眯地朝姚远嘿了一声。姚远同事又不禁连连叹喟，连学生都来表白，不过迟了，人家要结婚了，再说了，姚老师刚进学校那天就被人有意无意地问过能否接受姐弟恋，答案是不能接受，所以小弟弟，歇了吧，学生时代还是以学习为主啊。

结果那男生笑眯眯地叫了声："大嫂好！"这让同事脑中的剧情卡带了，姚远则是被这声"大嫂"给呛到了，咳了半晌才盯着面前的人问："你是？"

"我是走哪是哪。"对方笑容灿烂。

呃，姚远心想，怎么又碰上了？上次网上关于她是美女的言论就是这学生传出去的吧？虽然是……力捧她，可捧得太过了也不行哪。

"你是这学校的学生？"

"不是，我是隔壁大学的，原来大嫂你在这所学校里啊！能再碰到大嫂你，我觉得真是太有缘了！我前段时间还老在那条街上逛呢，结果一次都没遇到过你，今天我来这边找同学玩，结果就看到你了，你说有没有缘？"

"呃，挺有缘的。"这大学城不是挺大的吗？

"大嫂我能不能给你拍一张照片啊？"

"不能。"

"不要这样子嘛！"

"……"

"大嫂你是这儿的学生吗？太强了！这学校我们高中班里就考进来两名，其中之一就是我身边这个书呆子。"他揽着旁边男生的肩膀说，"我这兄弟连《盛世》是什么都不知道，太菜了！大嫂你太牛逼了，游戏玩那么好，学习还能那么棒！"

"……谢谢，你吃过饭了吗？"

"没有，大嫂你要请我吃饭吗？"

之后姚远去给两学生刷卡买了饭，然后就跟同事速速走人了，反正也吃得差不多，多留实在不是明智之举。走哪是哪端着饭菜望着姚远的背影，"哎呀，怎么走了呢？我还没激动完呢！"

书呆子拍了拍他的肩膀，说："走是正常的，顺便说一句，她是我们这儿的老师，不是学生。"

走哪是哪惊了，"啊？！"

那天中午在书呆子的寝室里，走哪是哪激动万分地爬上了游戏，在天下帮的帮派频道里轰炸了一堆："我今天见到大嫂了！"

"而且我还近距离地跟大嫂聊天了！"

"今天大嫂请我吃饭了！两荤两素！"

"大嫂的声音超级动听的！"

"还有，原来大嫂是大学老师！太年轻了，完全看不出来啊！"

中午在线的人还不算多，但天下帮帮众多啊，三分之一的人在线刷屏也够看了，N多省略号之后就是求更多内幕、求照片。

走哪是哪："大嫂不让我拍啊。"

雄鹰一号："尾随啊！笨蛋！"

落水："呵呵，估计会被灭口吧。"

走哪是哪："大嫂很温柔的！"

落水："那你怎么没跟上去？"

走哪是哪："泪，她给我买完饭之后就马上走了，我都还没反应过来呢……"

血纱："腹黑啊。"

傲视苍穹："小走你这已经是两度见大嫂了啊，我们帮主可都还没把大嫂娶进门呢，你胆子很大嘛。"

温如玉："嗯，这事说大不大，说小绝对不小，你们要时刻谨记啊，帮主是很凶残的。"

雄鹰一号："老大不在，如玉就敢于傲娇了啊。"

温如玉：“这不叫傲娇，这叫知根知底，信不信随便，反正我是信了，祝你好运啊，走哥。”

走哪是哪：“……”

落水：“小走别听如玉瞎扯，帮主很明事理的。”

事实证明，在爱情面前，其他都是浮云。

系统提示：“走哪是哪被帮主君临天下移出本帮。”

温如玉：“帮主大人您来啦，撒花撒花！”

落水：“……”

傲视苍穹：“咳咳，老大，不用这么凶残吧？”

君临天下：“手误。”

众人：“……”

不一会儿，君临天下又屈尊降贵解释了一下：“等会儿把人拉进来吧，提醒他一下，别人现实生活里的情况在网络上还是不要到处乱说的好。”

温如玉：“好的好的，我来处理！”

君临天下脑残粉心声：“帮主就是这么正直不阿啊！”

傲视苍穹私聊过去：“其实，你也挺想听到更多内幕的吧？”

君临天下：“呵。”

傲视苍穹心说，自己去调查人家的私事面不改色、毫无愧疚，却不允许别人谈论人家一点点，这叫什么来着？反正，不讲究啊。

再回到姚远那边，到下班点，听说她要“结婚”了的姚欣然打来电话笑着开解：“和亲这事儿你也不用想得太严重，网络上玩玩而已嘛。”

可是人家已经把手机号码都要去了，还第一时间就联络过来了，她后知后觉地记起自己那会儿还娇滴滴地回了一句“你也晚安”……这太像谈恋爱了吧！

"再说了，不爽就解除婚姻嘛，没什么大不了的，去NPC那儿走下程序就搞定了。"

这一点姚远也想到了，可是下午她就莫名又收到短信："晚上八点半举行婚礼，希望你没有忘记。我对我们的婚姻很认真，希望你也是。"姚远不知道为什么，听君临天下说话，总有种网络跟现实傻傻分不清楚的感觉，所以才会特别有负担。她深深觉得大神是在精神折磨她。

但那天晚上，避免对方真的"很现实"地打电话来催促她去"结婚"，姚远七点钟就爬上了游戏，一点进自家帮派就又迅速退了出来，太热闹了！

而她的私聊频道上也是五花八门，多数是祝贺她跟君临天下百年好合的，还有零星一些是说她抢了君临帮主，恨她云云。

姚远心说，我也恨啊，恨自己一时被财迷了眼。

水上仙："妹子进帮聊，大伙都准备了结婚礼物要给你！"

姚远："啊？不用了吧，你之前不是也说……"不是说这场婚礼不用太较真吗？

水上仙："亲妹……温如玉刚来联系我，说他们的帮规里有一条是'顺我者昌，逆我者亡'……我理解了半天，得出的解释是，如果你跟他们帮主离婚，就是和亲失败……我们也许会被灭门。"

姚远一愣，拍案而起，"这太无耻了！"

水上仙："哎呀，你要想顺我者昌啊。"

姚远："姐……你是不是其实挺想我去跟人家和亲的？"

水上仙："我是那种人吗？！"

姚远："网络上那张模糊的照片是不是你传上去的？"

水上仙："我是那种人吗！"

姚远："……算了。"

事已至此，多说无益，一贯政策：船到桥头自然直。

于是，八点左右，姚远在收全了自己帮派成员的一堆结婚贺礼后，看到好友名单上君临天下上了线，她不由又心律不齐了两秒，很快对方发来消息："早。"

姚远："……"

君临天下："刚还在想如果你还没上线，我就可以给你打电话了，可惜。"

姚远心想，你这是盼着我出状况啊？"我在了。"

之后两人会合。

今天君临天下换上了一套红衣，艳丽得……像新郎。

然后他交易给了姚远一些东西，姚远一看，是一套顶级红装以及人人梦寐以求的神兽朱雀……这些还都不是上次那张清单里的。

姚远："为什么？"

君临天下："刚拿到的。抱歉，一直找不到雪剑。"

姚远："不……我是说为什么给我这些？"

君临天下："怕你逃婚。"

姚远突然想到一点："君临帮主，如果我逃婚，你们会不会真的灭了我们帮派？"

君临天下："你要逃婚吗？"

姚远："……不会。"

君临天下："那就没这可能了。"

也就是说如果她逃婚，他们就真的会……？！

之后大神又发给了姚远上次让她英雄瞬间折了小蛮腰的那堆聘礼，姚远接得是五味杂陈。

大神心情却很好："走吧，快到吉时了。"

她终于要成为家养boss了吗？这是那刻姚远心中唯一的感受。

家养boss被迫换上了鲜红大衣，被领着进了天禧宫。一进去，里面已经很热闹了，她还记得，就在不久前，自己作为围观群众来过这里围观过别人的婚礼，没想到这么快就轮到她了，真是世事无常啊。

落水："新郎新娘到场，撒花撒花撒花！"

N多人同撒之后，若为君故身边的角色微微举了下手，场面瞬间安静了。

要不要这么牛逼啊？

一向低调惯了的姚远觉得这场面实在是……让她有点想临阵脱逃，但看着周围里三层外三层的人，中间还高手如云……估计跑的话，会死无全尸吧？自己帮派的人也陆续传送进来了，姚远求助地望过去，然后，看到百花堂帮众几乎一致地发着："君临帮主大神，吉时将到，赶紧拜堂吧！"

以前怎么就没见过自己帮这么有组织有纪律过？

姚远不知道该怎么说，是的，她有点紧张，不提现实，就算是游戏里结婚，她也是从未有过的，而且，一上来还这么大场面。

君临天下："怎么了？"

姚远真的很想吐槽一句，然后她也真的说了："你太铺张浪费了。"

这就是阶级差距吗？姚远是"贫苦"惯了的，也依稀希望他能明白，有句老话怎么说来着：他们是不同世界的人，结婚什么的要慎重啊。

君临天下："嗯，不过结婚一辈子就一次，我们就铺张一次，以后你管账，我要用钱就到你那儿拿，这样行吗？"

"咳咳咳咳！"电脑前的某人咳红了脸。

君临天下："对了，他们让你进YY。"

刚平息咳嗽，就看到"进YY"，又是惊了惊，进YY？就是说能听到声音……太"现实"了！

刚要拒绝，水上仙来了条私聊："进YY，频道是××××××！"

后一刻，姚远无语了，她怎么就那么傻呢？她怎么会以为这是自己帮派的YY呢？

温如玉："哎呀，帮主夫人总算进来了！大家欢迎！"N多人跟着一起问好，可以听得出都挺激动的。

雄鹰一号："大嫂吱一声吧，大伙儿都盼着这一刻呢！"

水上仙："我妹害羞，大家不要把人吓跑了，我好不容易才忽悠进来的。"

姚远："……"

阿弥："君姐姐就算在自己帮派YY里也是很少开口讲话的。"

总算有一号不是白眼狼了，姚远甚是欣慰。

阿弥："所以好期待啊，今天君姐姐大婚，不知道可不可以在YY里献唱一首，以前帮主说君姐姐你唱歌很好听的，真心期待！"

她家堂姐还有什么没说过的吗？再说，她唱歌哪里好听了？堂姐还说她嗓音扯不过伴奏音呢。

傲视苍穹："真的吗？那真的很期待啊，是不是啊，某人？"

众人都很有默契地清了音频，静默着等了几秒钟，但君临帮主未置一词。

反倒是一道轻柔的女音带着微笑说："原来你真的不是女的。"

"……"

"……"

N多省略号打上来，默然无语不是因为那句话，而是那声音以及说话的人。

雄鹰一号："是大嫂吗？刚才？！"

傲视苍穹："是的，然后万分荣幸嫂子开口的第一句话是对我说的！"

温如玉："你真不怕死。"

傲视苍穹："我说的是事实啊，不过，那话……"

花开："呵呵，小君一如既往的很萌啊。"

走哪是哪："我就说吧，嫂子的声音很好听吧？"

宝贝乖："嫂子再多说点吧。"

亚细亚："估计君姐姐害羞了，嘿嘿。"

姚远确实……挺不好意思，被聚焦，压力总是大的。

而某人也总是出场精准，包括出声。君临天下："吉时到了，我们去主婚台那边吧。"

很低沉的声音，从容不迫，呃，姚远心说，总体来说……还不错，然后不情不愿地回："哦。"

傲视苍穹："啊呵，终于得偿所愿了啊！某人。"

十秒后，温如玉："小苍，对不住，你口中的某人、我们伟大的帮主让我和谐你的声音。"

"……"

婚礼终于开始了，若为君故跟着君临天下走到主婚台前，一路过去祝福的对话泡看得姚远眼花。

婚礼模式是君临帮主亲自选的，而大神选择模式的要求只有一个：速度。

所以那天在场的人见证了一场《盛世》有史以来最快速礼成的婚礼。

君临天下，你愿意娶若为君故为妻吗？

愿意。

若为君故，你愿意嫁给君临天下吗？

……愿意。

礼成，送入洞房。

半分钟的静默，然后，场子沸腾了。

"怎么？好了？！"

"不是吧，那么快？我还没反应过来啊！"

"不是吧，老大已经礼成了，我刚进来，啊啊啊啊啊！"

"人呢人呢？！老大和大嫂呢，被卡掉线了？！"

温如玉："白痴，传送到洞房里了！"

这场《盛世》最盛大、最迅速的婚礼，被后人传诵成一段佳话：

"当年，有一场婚礼，新郎君临天下是当时《盛世》某服里的NO.1，啧啧，那场婚礼，N多高手齐聚一堂，可谓盛大，可谓隆重！花费一万金币，包下天禧宫整整一周，可整场婚礼全程不到两分钟，新郎就拉着新娘礼成进洞房了，这才是牛人中的牛人啊！"

"是浪费中的浪费。"这是一位旁听的萝莉小号发表的评论。

萝莉小号曾经问过那新郎，干吗要包天禧宫整整一周？

新郎回答："怕你跑了，但我确信一周之内能将你找出来。"

萝莉："……"

这是后话，现在萝莉小号还是若为君故，还在洞房里。

姚远已经拿下了耳麦，因为里面已经炸开了锅，耳朵不能承受。

此刻，姚远看着这厢红彤彤的洞房，呃，系统大神还蛮敬业的，喜帐、红烛、檀香桌……

然后，俊美喜庆的新郎走近她，拉住了她的手，姚远下意识地心一跳，最后心想不会真滚床单吧？系统没那么……无耻吧？

系统确实没那么无耻，但跟前的人很无耻："害怕吗？"

姚远："……"

君临天下："凡事都有第一次。"

姚远："……"

君临天下："那夫人，我们上床吧？"

不晓得为什么，姚远感觉君临天下背后的真身在笑。

姚远："你在笑？"

君临天下："嗯。"

君临天下："开心。"

然后姚远又不晓得为什么，犹如被夺去了心魂，若为君故像传说中的提线木偶一般被君临天下带到了床边，撩开喜帐，相对而坐，拥抱，屏幕暗下。

姚远最后只觉得，系统其实也挺无耻的。

第六章

大神的美照

婚后姚远问大神的第一个问题是："如果，我是说如果，如果结婚那天我逃婚，会不会死无全尸？"

君临天下："不会。"

刚想松一口气，对方马上接了后半句："会被守尸。"

姚远至此确定这人……绝对不是什么正人君子，有比"守尸"更残忍的手段吗？有吗？岂止死无全尸啊，复活一次就要被杀死一次，简直万劫不复啊！

姚远那时想，幸好结婚了。

单纯的姚美人一点都没有意识到，这就是人家要的结果啊，让她"心甘情愿"地嫁给他。

姚远，不，若为君故嫁给君临天下后，头上多了一个称呼——君临天下的夫人，这称呼让她走在路上总是会引得一些人回头看，然后感叹一句"原来她就是天下帮帮主的老婆啊"之类的。

姚远觉得由于某人的气场太强,导致她的自我存在感越来越弱了,就好比达官贵人家的孩子,总被说成是谁谁谁的儿子一样,没有自我。姚远终于有幸体会到了作为贵人家……家人的感受,有种深深的此消彼长的感觉。

她也算是满级的高手玩家好吧?

虽然比起某人来说,技术差点,装备差很多,钱……算了,跟人攀比什么的是最没意义的事!

姚远闭了闭眼,继续操作着若为君故……做跑商任务赚钱中。因为所得聘礼都捐献给了帮派。

亚细亚:"君姐姐你在跑商吗?不是传说姐夫将所有钱都转给你管了吗?怎么还会缺钱呢?!"

姚远叹息,花别人的钱手软:"这是两回事,我只是帮他管钱而已。"

亚细亚:"君姐,你不是一直想傍大款的吗?怎么傍上了却不花啊?"

姚远再次叹息,这款儿太大了,傍得太有心理负担了,而且主要是,那人绝对不是善茬啊,总觉得如果自己迈错了一步,就是条不归路,由俭入奢易,由奢入俭难啊。

没一会儿,帮里又有人来问她怎么在跑商。姚远也懒得多解说了,就说是跑着玩。

君临天下:"在跑商?"

姚远:"嗯……跑着玩。"

君临天下:"玩腻了,要不要去刷副本?"

姚远:"……好。"

确实腻了,她向来对一成不变的跑商任务兴致缺缺。

结婚后最大的好处就是,夫妻之间的传送技能,无须坐标,无须赶路，只需点击"传送到老公/老婆身边"即可瞬间移动到另一半身边。

若为君故传送到君临天下那儿时，有好些人在了，包括堂姐的号水上仙，还有花开。

还有一件事有必要提一下，就是她跟君临天下结婚后，天下帮又跟他们百花堂结成了同盟。百花堂的人自然都开心疯了，除了姚远。渗透得太彻底了啊！

花开："小君来啦？嘿，我做梦也没想到可以跟排行榜上的这些大高手一起刷副本，真激动！会不会如传说中一样一路秒杀过去直到将最终boss秒掉？"

姚远："不会。"

如果那些高级副本里的最终boss都能被玩家分分钟给秒了，那说明这游戏也可以歇菜了。

花开："YY一下也好嘛！"

姚远："唔，好吧。"YY是无所不能的。

队伍成立，百花堂三人加上君临天下、傲视苍穹、雄鹰一号、落霞满天。

落霞满天："这位就是君临的夫人吗？"

傲视苍穹："嫂子，给你介绍下，落霞是我们一老朋友，云海帮的帮主夫人。"

云海帮姚远听说过，也是一大帮派。

姚远："你好。"

落霞满天："你好，我一直以为君临不会结婚的，没想到……总之，挺高兴见到你，听说你现实中也是大美女，哎，美女总是比较吃香啊。"

姚远听到后面下意识地皱了皱眉。

水上仙："我妹心灵也很美的好不？"

雄鹰一号："嫂子技术也很OK。"

落霞满天："你们干吗啊？我又没说小若不好。"

君临天下："进副本吧。"

领头人发话，其余人都不敢再多聊，进了副本。刚进去姚远就收到了领头人的私聊："落霞满天是苍穹带来的。"

一句没头没脑的话，像陈述又像解释，跟他没关系，姚远看着突然就笑了。

他很敏感啊！她没乱想什么，就是别人一上来就叫她大美女什么的，她有些排斥，毕竟，人总是不希望别人只关注自己外表的。

内心什么的比较重要嘛。

姚远起初确实没乱想，后来刷副本的时候，还是乱想了，不得不乱想啊，那落霞满天是牧师，负责给大家治疗的，可她一路过去，几乎都只在照顾君临天下了……血最牢靠的那个人。

最先叫出来的自然不是姚远，而是血条告急的姚欣然："我说大姐，你也帮我加加血啊！"

落霞满天："Sorry，刚没注意到，马上加。"

后来类似事又发生一次，不过喊的是雄鹰一号。

姚远心想，幸好她技术也真的算OK，没有丢脸喊救命，在进到最后一关PK终极boss前，君临天下喊了停。

君临天下："落霞满天，你要么认真配合，要么现在就退出去。"

频道上静默了一会儿。

落霞满天："对不起，君临，后面我会注意的。"

堂姐私聊堂妹："你有没有觉得这女的喜欢君临天下啊？"

姚远心想是人都感觉出来了吧？不过她不习惯谈人是非，所以没搭腔，姚欣然又发来："不过这君临天下真心酷啊！要么配合，要么滚！哈哈，开心吧？我看着都觉得爽，我跟花开在说，这落霞满天再这么不识好歹，你让君临天下直接秒了她，死于爱慕之人手下什么的最虐了。"

姚远汗。

下一秒，君临天下的私聊也进来了："别多想。"

她没怎么多想啊，不就是有人喜欢你，你喜欢……别的人，那别的人总不能……去计较所有喜欢你的人吧？那样太小心眼了。所以姚远大方地回了一句，甚至还带着点安慰的性质："受欢迎，挺好的。"

没一会儿，傲视苍穹来了："嫂子，抱歉啊！我以为落霞已经对君临死心了，所以才答应让她来刷这副本的。其实落霞以前是我们帮的，后来，呃，反正帮主大人除了你，没在其他女的身上花过一点心思！"

姚远："你别这么激动。"

傲视苍穹："嫂子，我不激动你男人会将我碎尸万段的，后果很严重！"

姚远汗："好了好了，我相信的。"

君临天下私聊她："刷完这最后的boss，带你去无暇山上走走？"

无暇山？

大神，你对《盛世》的约会胜地是有多偏爱啊。

虽然《盛世》里的场景是做得美轮美奂，她平时也很喜欢骑着她的枣红马在里面东逛西逛，但是……

姚远："可不可以不去，我等会儿想看部电影。"

君临天下："哦，那等会儿一起看电影？"

姚远惊了，对方继而说："你告诉我你看什么电影，我也去看，一起看。"

姚远："……"

刚想松口气，下一波更犀利的就又来了。君临天下："等会儿，要不要视频？"

姚远："啊？"

君临天下："开玩笑的。"

还没等姚远在这接二连三的浪潮里回神，傲视苍穹发来对话："对了嫂子，我有没有跟你说过老大很帅？真的，非常帅！"

最后这一句话，姚远分析不出来是某人授意的，还是傲视苍穹真的是突然想到的。

总而言之，跟高贵冷艳的大神"网恋"，很伤神啊。

她潜意识里认定这是在谈恋爱了（网恋也是恋）。

最后boss倒下后，"金牌摸金手"傲视苍穹上去摸了尸体，这次boss掉的东西不好不坏，三方分了掉落物，也可以说是两方，因为天下帮的所得都送给了帮主夫人所在的百花堂，傲视苍穹将东西传给若为君故时，还补了句："大嫂，我将我们上次没来得及送给你的结婚礼物也打包在里面了，祝你跟我们帮主新婚愉快哈。"

还有这茬？

姚远："没关系的，不送也没事的。"

君临天下："收了吧，礼轻情义重。"

傲视苍穹瞪着的是"礼轻"二字，哪里轻了？！

姚远盯着的是"情义重"三字，某帮主你一定要这么……积极重申、确凿再三吗？

这才是真正的秒杀啊，还是一箭双雕。

队伍系统提示：落霞满天退出了队伍。

呃，一箭三雕？

刷完副本，已经晚上九点了，等看完电影估计要十一点了，姚远跟队伍里的人说要下了，其余人纷纷表示：怎么那么早？夜才刚开始！

姚远："明天早上有课要早起。"

雄鹰一号："大嫂真的是大学老师啊？我刚升大二，感觉有点……嘿嘿，还从来没跟老师玩过游戏呢。"

花开："小君是老师吗？还是大学老师？汗，我也才知道呢！话说，仙仙你不是说你才二七一枝花吗？那你妹几岁啊？"

水上仙："我妹比我小两岁。"

傲视苍穹："二十五啊，嗯嗯，那比我们帮主小了三岁。"

水上仙："耶？君临帮主二十八啊，那正值壮年嘛。"

雄鹰一号："噗！"

傲视苍穹："呵呵，是啊，正值那啥。"

姚远："我准备下了，你们慢聊。"

有点脸热啊，这样的话题实在是……而某帮主刚才竟然都没有出来灭音，不是一向顺吾意则生，逆吾心则死的吗？下一秒傲视苍穹的私聊进来："嫂子，我被你男人砍杀掉了，求安慰。"

"……"

君临天下："你明天要早起，那看完电影就睡吧。"

杀完人后转身温柔地对你说早点睡什么的……姚远突然就有点萌了起来，哎，原来她其实也是邪恶之人吗？

姚远："哦。你也是。"

君临天下："我下周会去江泞市出差。"

姚远眨了眨眼，再眨了眨眼，没有看错，江泞市，不就是她所在的城市……轻易地就又心跳加快了。

君临天下："会住一晚。要见面吗？"

忽然就想到了前面的"正值壮年"，姚远果断回："我是传统的人！"

君临天下："……"

第一次看到君临天下的省略号，然后，姚远反应过来，羞愧欲死！这时旁边的手机响了，她没细看来电显示就接起了，"你好。"

"你好。"

磁性的男音，有点耳熟，看屏幕，姚远脑子再度宕机。

那头的人带着点笑说："我之前在想，你第一句话会跟我说什么。'你好'，挺好的。"

"……"

"接到我的电话很意外吗？"性感的嗓音不紧不慢。

"咳，还好。"

"还好就好。"慢慢腾腾的……像在勾人？

姚远轻声问："你有什么事吗？"

"没什么事。"他说，"只不过想打你电话，我想这样做挺久了。还有，下周我去江浒市，要不要见我，你做主。"

"……"

"好了，你去看电影吧。"

这样让她还怎么看得进去电影？

他说了再见，她嗯了一声，电话挂断。N久，姚远在电脑前的表情都是呆呆的。

第二天，姚远去上班，坐公交车，顶着黑眼圈，刚坐下，旁边的阿姨看了她一眼，说："姑娘，你外套穿反了。"

姚远将开衫重新穿好后，后座有人碰了碰她的肩膀，姚远回头，那人就说："姚远，真的是你啊。"长相斯文的男人笑着说，"我刚还不敢认，你头发剪短了，看上去……变了不少。"

"啊，是。"她从去国外读书开始就一直留着短发了，打理起来方便。

那人问："你什么时候回国的？现在在哪里上班？"

姚远说了，那人笑道："回母校了啊，挺好的。"

"嗯，还好。"姚远突然想到昨天某人说的那句"还好就好"，不由摇了摇头，昨晚都想了一晚上了，这会儿还想，要死了。

那人又说："你一直是坐这路公交车上班的吗？怎么都没碰到过你？"

姚远其实不怎么喜欢在公交车上跟人聊天，但老同学碰到了，置之不理说不过去，便有一句没一句地回着，至于以前怎么没在车上碰到过，那是因为她第一次坐这路车，平日里都是走去学校的，反正走走也就二十来分钟，当是锻炼身体。

姚远先到目的地，下车前那人问她要了手机号码，她出国后换了号码，回国又换了，现在能联系到她的就只有她的亲人和大学时期的那帮室友，以及……君临天下。

姚远下车后，还看到老同学陈冬阳在窗口朝她挥了下手，她走进校门的时候猛然想到，这人貌似曾经跟她传过"绯闻"的！据说，以前她常常坐在篮球场旁边看着场上最耀眼、最活跃的男生运球上篮，那个男生就是陈冬阳。

再次感叹YY无所不能，她只是在盯着那颗篮球看而已，看篮球赛眼珠子不都是跟着篮球走的吗？怎么偏偏传言她而不传另外围观的人呢？

其实细数起来，从小到大姚远被当话题人物传八卦的段子还真不算少，美女总是是非多。

姚远却觉得，她分明是"躺着也中枪"啊。

走在校园里的时候，接到了堂姐的电话，姚远先开口问："我说我没谈过恋爱是不是都没人信？"

"我信。"敷衍完一直以来不曾愁过没人要的堂妹，姚欣然开始说她的事，"昨天晚上我们帮跟天下帮的人在同盟频道里聊得热火朝天，你昨晚睡得早太可惜了。"

她昨晚几乎一整晚都没睡好不好？

姚欣然接着说："你在江泞市，天下帮的人都知道了，后来在同盟频道里聊得欢，聊到不少人在我们大江泞，就有人提议下周在这边搞场网友聚会，是不是很激动啊？"

先不说姚远一点都不激动，这"江泞市""下周""网友聚会"跟之前某人的"江泞市""下周""见面"是不谋而合呢，还是暗箱操作？这太需要深入思考了。

"这聚会谁提议的？"

"网友啊。"

"网友里的谁？"

"走哪是哪，小伙子热情高涨，江汀市一日游的行程表都排好了，先是在万达广场的喷泉处集合，接着去吃饭，然后去逛植物园，再去海边看灯塔，就是我们小时候常去捡贝壳的地方，晚上吃完饭去唱K，最后逛逛夜市。"

"……"

"不过他们帮主，也就是你夫君君临天下貌似不参加。"

"他不去？"

莫非真的是她想多了？姚远有点惭愧了，人家可能真的只是来出差而已。

某帮主是否清白，那只有他知天知了。

所以这天晚上，没上帝视角的姚远怀着补偿之心在上游戏后主动联系了君临天下。

姚远："在忙吗？"

君临天下："不忙，在等你。"

姚远："……要去无暇山吗？"

君临天下："好。"

然后两人会合，共骑白虎。在赏风景途中，姚远心想，他送她的那只灵兽她都没放出来过，下次放出来吧，与他并肩而骑，恣意天地间。姚远想着也将想法说了出来，得到的回复却是——"不好。"

赏风景？恣意天地间？No，No，No，这位爷要的只不过是"共骑"而已。

姚远看着眼前屏幕上的画面，觉得跟君临天下的关系发展得真的是太速度了，虽然只是在网游里，但还是觉得"感情升温"快得跟坐火箭似的，嗖，就手牵手闯天涯了。

约会完，姚远又被堂姐叫进了同盟频道。

温如玉："嫂子来了啊。"

宝贝乖："大嫂大嫂，求照片！"

花开："对哪，我也没见过小君的照片。"

宝贝乖："话说，花开姐姐你真的长得好清纯啊，头发好长，好羡慕。"

花开："清纯这玩意离我已经很遥远了，至于头发，养了好多年了啊。"

雄鹰一号："今天真爽，看到了不少美女！"

姚欣然让姚远去翻记录，姚远就拉上去看了看，发现花开还有另外两名天下帮的女孩子曝了照片。

水上仙："做好心理准备吧，他们对你求知若渴！"

姚远："……"

不过说真的，花开的样子比想象中要淑女得多，姚远一直以为她是很干练的那种女生，毕竟平时讲话都是"你丫找抽啊"这种。

雄鹰一号："弱弱地再次求嫂子玉照！"

宝贝乖："求大嫂照片！"

后面一堆人同求，包括自己帮派里的。

水调歌谣："好热闹啊，在聊什么呢？"

宝贝乖："水调姐姐来啦？你好久没上线了呢。"

水调歌谣："是呀，最近比较忙。"

水调歌谣的出现总算让"求大嫂照片"的话题转移了，姚远松一口气，然后看到水调歌谣说"你们在发照片啊"，接着天下第一美人也发了几张自己的照片上来，无一不娇美动人。

姚远跟着围观群众一起欣赏了一番，作为围观党总是幸福而无压力的，在无数的赞美声中，姚远却看到有人逆袭而来，走哪是哪："其实，我想说，还是大嫂好看……"

姚远差点拍案而起！

花开："看来第一美人要让位了。"

落水："强势求嫂子玉照！"

N多人附和，连水调歌谣也说："呵呵，同求。"

水调歌谣的话里有些微的挑衅，但姚远实在觉得"比美"什么的万分无聊，又不是选环球小姐，赢了还有20万美金。

花开私聊姚远："她还真有自信，有本事就别拿P过的照片出来，虽然姐姐我如今只是在开花店，但好歹当年也是Information Technology出身，有没有P过随便扫一眼就瞄出来了，还真以为谁都看不出她那些照片处理过啊？搞笑！"

花开："小君，你照片要不要我帮你稍微P一下？拿出去将丫咔嚓掉，坐上下一任天下第一美人的宝座！"

姚远："右护法，淡定。"

花开："……"

姚远看着同盟频道上那些人还在孜孜不倦地求照片，貌似还真敷衍不过去了，怎么办呢？

突然，姚远看到了一句让她灵感一现的话——宝贝乖："我能不能说弱弱求老大玉照啊？"

姚远："咳，同求你们老大玉照。"

频道里在惯性地刷了两三秒后，取而代之的是满屏的惊叹号。

宝贝乖："哇哇哇哇！"

雄鹰一号："嫂子威武！"

温如玉："嫂子威武，绝对的！"

花开："小君又卖萌啊，噗！"

不是卖萌，是卖……夫。

而一直没有开口的君临天下终于开了金口："要我照片？"

宝贝乖："是是是是是是！"

君临天下："我没问你们。"

姚远汗了，之前只是想高效地转移火力，没想后果，现在……她是不是在找死啊？

姚远："也不强求。"

宝贝乖："一定要强求啊！嫂子。"

花开："同强求。"

宝贝乖："机不可失时不再来啊，嫂子强上吧，求你了！"

雄鹰一号："求上！"

为什么感觉有点不对了？

君临天下："要吗？"

你一定要这么配合吗？

众人："嫂子要的！"

压力太大，姚远终于手抖地打了："好。"

这是历史性的一刻啊！

在众人屏息的等待中，君临天下发了照片，照片慢慢地刷出，众人齐齐呆掉。

一张小宝宝的玉照，还是未满半周岁的宝宝，裹在红色的襁褓里，襁褓上绣着精细的图案，像花又像某一种符号，而宝宝睁着眼对着镜头，稍稍咧着嘴在笑，眉目清晰，鼻梁已经依稀可看得出来很正挺，肌肤像雪一样白，唇像血一样红，头发像窗框檀木一般黑……咳，总之这孩子看上去要多漂亮就有多漂亮！

宝贝乖："这是帮主小时候吗？哇哇哇，好萌啊！我不行了！"

在一片"可爱""萌"的刷屏中，一群人已经完全忘了他们讨的应该是某帮主长大后的照片，而不是连正太照都算不上的婴儿照。

温如玉真的真的很想提醒他们一句："你们的原则呢？！"

姚远也在深深感叹好可爱，下一瞬就收到了某人的消息："我牺牲了我的色相，你要不要补偿我点什么？”

性格一点都不可爱。

求照片的风波就这样过去了，姚远将那张婴儿照存到了电脑里，一度想以后自己生的孩子不知道会不会有那么可爱。

答案是，有过之而无不及。

当然这是后话了。

进入12月，天气转冷不少，但游戏里依然是热情如火。这些天他们一直在说的就是江泞市网聚的事情，对于这次的网聚，起初姚远是决定不参加的，但后来得知某帮主过来的时间跟网聚是同一天，她果断去报了名！不用再想借口去推托他的约，二选一，简单明了。

姚远去报名后，温如玉、雄鹰一号、水调歌谣这些离江泞市天南地北的人也都去报了名，于是又带动了不少不是江泞市的人，最后敲定的网聚人数是33人，规模算得上庞大。

其实这里面好多人姚远压根不熟，都是天下帮的，天下帮里除了那几号元老她接触得多以外，其他人几乎都没怎么说过话，基本是她“被说”得多。

不过不熟也没事，百花堂的人总是熟的，再说，她主要是为了逃避某人才去的，目的达成就行。

要说姚美人为什么那么怕跟江帮主见面？战斗值问题。在姚远心中，她宁愿一挑百也不要单挑他。

可是，姚远同志，你不觉得“同一天那么巧”什么的，很值得深入思考一下、推敲一下吗？真相简直是呼之欲出啊。

跟着姚远报名的温如玉摇头再摇头，“江天，你强！”

姚远再次见到陈冬阳是在学校的教师办公楼下，挺意外的，她上去打了招呼：“好巧，又碰面了。”

陈冬阳一笑，"我是特地来找你的，在这儿都等半天了。"

姚远讶然，"找我？那怎么不给我打电话？"号码不是要去了吗？

对方说："你给我的号码是错的。"

姚远尴尬啊，说是意外不知有没有可信度？

陈冬阳说："找地方坐坐吧？想跟你谈点事。"

姚远心想，她跟陈冬阳不怎么熟，谈什么？不过基于同学情谊，对方都邀请了，拒绝也不大好，便点头道："我现在要去吃饭，你吃了吗？"

"没。"

两人就这样去了学校食堂边上的一家特色小餐馆，点了两份烩饭、两杯饮料后便交谈了起来，不过多是陈冬阳在说，姚远听着。主要也是饿了，饭一上来，姚远就在那儿吃着，偶尔点点头。说起来，姚远其实挺莫名其妙的，这老同学找她究竟所为何事？就是来跟她聊多伦多的天气的吗？

吃完饭，姚远正要叫服务生过来结账，陈冬阳先拿出了钱说他请，姚远看他那么有诚意也就不争了，说了谢谢。

陈冬阳说："不客气。姚远，你有男朋友了吗？"

"嗯？"

"我想，如果你没男朋友的话……你看我怎么样？"

原来重点都是放最后的？姚远愣愣地说："我刚结婚了。"

陈冬阳一怔，慢慢皱起眉头，张口欲言了几次，最后笑了笑，"是这样啊。"

而姚远说那话也是嘴巴快过脑子，回过头去心里也是一惊，看来这"结婚"对她造成的阴影果然不小，潜意识里都把自己当成已婚妇女了？

陈冬阳起身说："不好意思，打扰你了。"然后跟她说了再见，就转身走了。好像有点生气了？姚远看着那背影，原本想解释一下那口误的，但是，这样算不算无巧不成书？或者说顺水推舟，善意的谎言？

这时，手机响了响，是短信，但没有任何字句，只有简洁的一个问号。

号码是陌生的，但是是本地号。姚远想起吃饭前陈冬阳刚要去她"正确"的电话，就先入为主地认定了是他。

她想了想，回复："真的很抱歉，我有交往的人了，你人很好，篮球也打得好，我相信你一定会找到比我更好的人。"

那边半晌没回，姚远想，即使不信之前"结婚"那套说辞，现在大概也明白了吧？当她走出餐馆时，电话响了，是之前那陌生号码。她接起，对方说："有人跟你表白？"

声音明显不是陈冬阳的，陈冬阳的声音没那么低沉，倒是有点像……"君临天下？"

"嗯。"

姚远望天。

"有人跟你表白了？"对方云淡风轻地又重复了一次。

姚远挺窘迫的，"也不算是。"

"他做什么的？"

"不清楚。"

"几岁？"

"跟我同龄。"

"长得有我好看吗？"

这位大哥，我没见过你吧？她想象力再怎么丰富，也无法从一张婴儿照上幻想出他如今的风姿啊！"那啥，可能又是我多想了，你……是不是吃醋了？"

那边停了停，然后嗯了一声，清晰干脆，直击姚美人的大脑神经。她就算有疑惑放心里想想就好了，问出来干吗呢？尴尬了吧？脸红了吧？

对方问："你晚上有空吗？"

"做什么？"

"视频。"

怎么又绕到视频上了？

电话那端性感的声音说："免得夜长梦多，因为看过我之后你就不会再想多看其他人一眼了。"

该说这帮主目中无人呢？还是目空四海呢？还是目空一切呢？

"太自傲了吧。"作为心灵的辛勤园丁，姚远严肃地批评道。

"不，我是胆小。"

"……"

挂断电话前，姚远想到一点，他怎么换电话号码了？否则也不会出这么一出乌龙。

君临天下说："为长久打算。"

不就是游戏里结婚吗？又不是现实生活，那么大惊小怪干吗？当初这想法如今想来真是太肤浅了！

姚远觉得自己压力是越来越大了，从游戏到现实，那人过渡得怎么就那么自然、那么顺畅、那么不带犹豫的？

一想到晚上要视频，她就有点心惊肉跳的。

然而那天晚上没有视频成功，姚远收到对方信息说他有一个推不掉的应酬，要弄到很晚，让她别等了。

姚远满面笑容地惋惜道："没事没事，还有机会的。"

对于她语气里掩都掩不住的如释重负，电话那头的男人只笑了下，"那你早点休息吧。"看得见摸不着的，不看也罢了，他想要的是——既能看得见又能摸得着的。

第七章

第一次网聚

　　网聚的时间安排在了周六，周末嘛，大家都比较好抽出时间。网聚前一天，也就是周五那天晚上，同盟频道里异常热闹。

　　落水："老大不来，大嫂来了，夫人外交吗？"

　　傲视苍穹："还真说不定呢，以后嫂子嫁过来的话……"

　　走哪是哪："嫂子不是已经嫁了吗？"

　　傲视苍穹："你小孩子还不懂。"

　　走哪是哪："谁小孩子了？！小爷我二十了，二十了！"

　　傲视苍穹："谁家的孩子？二成这样也不来管管啊？"

　　走哪是哪："……"

　　血纱："老大不是明天也去江浐的吗？干吗不来跟我们一起聚聚呢？"

　　傲视苍穹："他忙嘛。"

我是路人："说真的，小苍哥，你跟帮主大人到底是做什么工作的？我们真的很好奇啊，你们平时也没怎么花时间玩游戏，神龙见首不见尾，可排名却一直没下来过，尤其帮主，一直是榜首啊！太牛了！苍爷你就老实说了吧，其实你跟帮主是游戏公司的领导吧？老大是游戏公司的老板或者小开？"

傲视苍穹："你不知道在你睡着的时候还有代打这玩意在默默耕耘吗？"

众人："……"

傲视苍穹："至于为什么要永葆第一，因为那很显眼嘛，闷骚的男人就是这样子的。"摊手的表情。

血纱："帮主今天不在吧？"

傲视苍穹："纱纱你怎么知道？"

温如玉："你的嘴脸出卖了你的心。"

傲视苍穹："啧，彼此彼此！"

落水："看来帮主真的很霸气外露哪，如玉跟苍穹是唯一现实中接触过老大的人，一只只都跟老鼠见到猫似的，搞得我对老大更加好奇了！苍哥，你能不能跟帮主说，让他无论如何抽出点时间过来跟咱们聚聚啊？"

傲视苍穹："你都说我见到他是老鼠见到猫了，我可不敢去随便撩拨龙须，你让嫂子问嘛，肯定一问他就去了！"

姚远刚去整理了下若为君故身上的包裹，返回频道时就看到了这么两句话，大惊失色。

姚远："我也不敢啊。"

温如玉："呵呵，我们帮主又被冷落了啊。"

这是冷落吗？

水上仙："各位天下帮的父老乡亲们，要不要进YY来唱歌啊？YY号是××××××！"

姚远松一口气："谢了，姐。"

水上仙："啊？什么？"

姚远："……"

之后在YY里，有天赋没天赋的都上去吼了一嗓子，直到一道划破天的高音响起……

哆啦A梦："我终于搞定我的期中考回来啦！我也要唱歌！我也要唱歌！"

花开："小A？！你是男的？！"

人妖、妖人什么的就像一盒巧克力，没剥开那层糖衣之前，你永远无法知道你遇到的是人妖还是妖人，或者是人妖中的妖人、妖人中的人妖，这就是游戏人生哪。

终于到了周六，这天早上，姚远早早地就醒了，然后收到走哪是哪的短信。昨天晚上一伙人互相留了号码。

"大嫂，温哥他们已经上飞机了，大概两小时后到这边的机场，我还在学校，你呢？"

"我在家。"

"哦哦，大嫂你家到广场大概要多长时间？"

姚远想了想，回："半小时左右吧。"

"哦，那你跟我差不多，我们就九点左右过去吧？我穿了一套红衣服，无敌好认！嫂子你穿什么？不过大嫂你穿什么都很好认的，美女啊！老大不来真是太可惜了！"

"那我九点左右出发，先这样了。"

"不要这样嘛，大姐头，陪我聊聊天嘛，我今天真的很激动啊！"

可我一点都不激动啊！姚远心道。

她总觉得这两天太过平静了，这份诡异的宁静也不知道是黎明前的黑暗还是暴风雨前的黑暗，总觉得有事要发生。

她默默地希望今天一天顺利。

九点不到，姚欣然就开了车来接她，一看见她就叫道："你就穿这身衣服？"

姚远穿的是牛仔裤和厚毛衣，都不是新衣服，而且还全是黑色系，不过好在她身形高挑，气质好，穿得再普通暗沉，也有股特别韵味在，就像人常说的，美女嘛，披块麻布也好看。可真当披麻布时，还是会被人说的。姚欣然摇头，"我说你就不能稍微打扮打扮，化点妆，穿得鲜艳一点？一定要这么糟蹋自己吗？"

姚远汗，"我平时不都是这么穿的吗？"

姚欣然痛心疾首，"所以说你暴殄天物啊。"

那天她们去得算是比较早的，约定的时间是九点半，她们到的时候才九点一刻，姚欣然去停车的时候，姚远说要去买两杯咖啡。广场上有很多餐厅、咖啡厅，她就挑了最近的一家进去。

她排在一个外国男人后面，给姚欣然发信息，告诉她自己在哪里。

等轮到姚远的时候，姚欣然打来电话，挺兴奋地说，她已经跟花开和天下帮的雄鹰一号会面了。

"哦，他们也好早啊，你问问花开他们要不要饮料？"

对面传来雄鹰一号的豪爽声，"大嫂要请喝饮料？那必须要的啊！"

姚远收线时，后面有人凑上来，"嫂子，也请我吧？"

姚远一惊，侧头就看到一张笑得明朗的脸，"你……"

高瘦的男人，穿着一身深色西服，文质彬彬。

"你好，傲视苍穹。"对方伸出手。

姚远慢一拍地回握了下，对方又笑道："很高兴见到你，呵呵，嫂子，我叫李翱。"

中国唐代伟大的思想家和文学家啊！"你好，姚远。"她自我介绍道。

“我知道。”

“……”

之后她埋单，在埋单的过程中，李翱接了一通电话：“是，是，是，是。”

挂断后，李翱朝一旁拎着东西在等他的姚远笑道：“我老板要我代他向你问好。”

姚远手一抖，李翱接了她手上的东西，“他今天很忙。”

“哦。”

“他前两天也忙得没怎么休息，今早飞江泞的飞机上他还在看资料，而一到这边就跟客户马不停蹄地开了两小时的会，然后客户又约他午饭后去打网球，虽然boss网球技术一流，不过在缺乏睡眠的情况下就不一定了，会累倒也说不定。哎，做人难，做boss更难啊。”如果是在网聊，估计这傲视苍穹又会打出那个摊手的表情。

走出咖啡厅的时候，姚远终于说了一句：“哦，确实要多注意身体啊。”身体是革命的本钱。

李翱停下步子，说：“嫂子，你介不介意再说一遍刚才那话？”

“啊？”

李翱拿出手机，说：“我录下音，这话很值钱。”

姚远很汗。

李翱笑说：“要是听到你关心他，一贯走冷艳路线的江少会瞬间温暖如春也说不定哈。”

“……”

接着，姚远又听到身边的男人突然像想起了什么般惨叫了一声，“嫂子，我少要了一杯咖啡！”

“嗯？”顺着他的视线看去，距离咖啡馆门口五米之外的地方停着一辆黑色轿车，一尘不染的车身清晰地映照出路过人的身影……姚远突然莫名地心跳加速，她望着车后座处的那扇车窗，看不清里面，却感觉那里坐着人，正看着她的方向，那人……

旁边李翱咳了一声，"嫂子，我刚才那句'老板很忙'还没说完，本来我们以为跟那大客户要磨一天的，结果提早结束，boss他贵人事多，但凡出门办完事之后的娱乐活动是一概不参加的，所以就勉强有了点时间……"

百忙之中抽出时间来网聚？

这暴风雨来得也太快了吧？

姚远内心掀起千层浪。

她对此做出的第一反应是对身边的人丢了句："少要了一杯咖啡是吧？我去买。"说着，她转身跑回了咖啡馆。

真的是"跑"回，李翱目瞪口呆，然后回头去看那轿车的后座，最后一咬牙慢慢地走到车边。车窗摇下来，李翱笑说："老板，嫂子给您去买咖啡了。"

"我看到了。"磁性的嗓音慢慢吐字，让人听不出他是生气还是开心。

而姚远这厢，一跑回咖啡馆，就反应过来自己这举动有多傻帽了。不禁掩面呻吟，没道理啊，她又没跟他现实中接触过，怎么也跟老鼠见到猫似的？

心还狂跳！

只不过是见"网友"而已，就紧张得落荒而逃，这一点都不像她，她可是一贯被人夸"早独立、早懂事、少年老成"的啊。

不应该，太不应该了。

"老成"的姚远深呼吸了两下，然后走到柜台前又要了一杯咖啡，再三告诉自己，不就是见光死吗？早死早超生！

当姚远再次走出咖啡厅时，李翱已经不见踪影，但那辆车还停在那里，而车边靠着一人。姚远愣愣地看着这号"陌生人"，半天后心里啊了一声，这声"啊"依然有两层含义：刚刚竟然又看呆了，以及被那陌生人的犀利视线射到身上所产生的一种刺痛感。

车边的男人一身西装，身材挺拔，加上突出的五官、矜贵的气质，以及那站姿、那眼神昭然若揭的冷艳范儿，让姚远不禁感慨："跟那张婴儿照一点都不像啊！"

在姚远这么胡思乱想的时候，对方已经走到了她面前，比她高了近20厘米。他微微低头看着面前的人，又偏头看了眼她手里的咖啡，慢腾腾地问："买给我的？"

"……是。"

"谢谢。"他有礼貌地道了谢，拿过她手里的咖啡，指甲修剪干净的修长手指轻轻滑过她的虎口处。姚远一惊，抬头就对上了他的视线，对方慢慢地扬起了笑，"你要喝？"

"……不是。"

"姚远，我叫江天，也叫江安澜，安好的安，波澜的澜。"

姚远呆呆地伸出手握了握他抬起来的手。

而当姚美人脑子里如电光火石般想起"江安澜"这名字时，彻底呆住了！

"嘿，这人我知道，是大四的学长！姚远，我们要不要告诉他，他走错教室了？"

"算了吧，反正我们不认识他，就当不知道吧。"

"姚远，你不认识他吗？他可是江安澜啊！"

姚远之后再听到这名字是她同寝室的一个姑娘慷慨激昂地说："我在路上碰到商学院的江安澜江师兄了，我们文学院怎么就没有这样才貌双全的人呢？不是长得难看，就是没深度，还李白再世呢，他们要是李白，那江师兄就是有着隋炀帝的相貌、南唐后主李煜的才情、秦始皇嬴政的魄力的综合体。"

三帝王综合体？姚远那时听后是摇头不已，哪有这么夸张的人？

如今看来，确实还是夸张了的，但是，从某种程度上来说，某人确实艳冠群芳。

而现在这艳冠群芳的江师兄正站在她跟前跟她自我介绍呢，姚远凌乱了。

但姚远又想到，会不会是同名同姓呢？

因为她已经完全不记得当时对她说"你怎么那么缺德"的人长什么样了。

"你……"

"我曾经与你同校。"

江安澜微微歪着头看她，他的头发特别柔软，所以当他歪头的时候，一丝一缕的头发滑落下来，姚远看着，竟然如同被繁花迷眼，被吸引去了所有注意力。

是的，他们曾经同校。她大一的时候，他大四。她大二的时候，他已经毕业走人了。

他最开始知道她，或者说接触到她，是在他大四第二学期选论文课题那段时间。

第一次见面，她救了他；第二次见面，她说："反正我们不认识他。"压根就没记住他呢。

江安澜看了她一会儿，挑起嘴角似乎又要笑了。他说："李翱先过去了，我们也去那儿，还是去私会？"

"噗！咳咳咳！！"姚远喷了又咳，然后举手指了一下广场的喷泉处——约定网聚的地方，"去那儿。"

江安澜笑着点头："也行。"

江安澜让司机将车开走了，大概是去停哪儿待命。在朝五十来米外的喷泉走去前，他又问："夫人要不将就一下，我们牵下手当共骑？"

君临帮主你对共骑是有多爱啊！"不用，谢谢，我们正常走吧。"

"还是牵一下吧。"

姚远暗暗做了次深呼吸，"君临帮主，不是，江安澜师兄，可能又是我误会了，你是不是……对我一见钟情啊？"一上来就牵手？

江安澜说："没误会，不过，钟情得比你认知里要早一点。"

"……"

姚远就这样失魂落魄地被牵住了手，朝目的地走去，所以也就没有注意到这一路过去，他们二人回头率有多高，俊男美女总是抓人眼球。

姚欣然等了半天没等到堂妹回来，目前已经到了十号人，天下帮到的人有傲视苍穹、雄鹰一号、血纱、走哪是哪以及路人甲、乙、丙，百花堂到的人除了姚欣然，还有花开和亚细亚。姚欣然正想拨电话催堂妹呢，身边的亚细亚推了推她，让她朝身后看，然后轻声问："我说帮主，你堂妹有过来的那女的亮眼吗？"然后又推推另一侧从到了之后就一直在打电话的李翱，轻声问："我说天下帮副帮主，你们帮主有过来的那男的亮眼吗？"

最先叫出来的是走哪是哪："大嫂？！"

终于结束了通话的李翱跟着众人望去，然后深深折服，"老大永远这么有效率。"

姚远一走到喷泉边，就感觉到气氛的不寻常，她后知后觉地抽出了手，不晓得脸上有没有红。应该没有吧，因为她觉得自己一路都在出冷汗，不管是额头上，还是手心里。

雄鹰一号是个有点微胖的二十岁出头的小伙子，此刻张大着嘴在姚远和江安澜之间看来看去，"老大和大嫂？"

一身干练长风衣、头发在脑后扎成髻、明显OL装扮的血纱笑着说："早知道帮主那么帅，我就一早拉下老脸去追了。"

花开是花店老板，二十七八岁，长相秀气，性情豪爽，"小君跟我想象中如出一辙哪。"

亚细亚是个眉目清秀的在读研究生，"呜呜，早知道我不来了，这对情侣完全是来打击人的嘛。"

姚远发自肺腑地跟着叹气，"早知道我也不来了。"

花开皱眉，"喂，小君，难道你不想见到我们吗？"

"不是，只不过……"

亚细亚也笑道："就是啊，我是自惭形秽，君姐姐你干吗呢？还傲娇哪？"

姚远有苦说不出啊！而她身边的某男微微笑了笑，看到李翱在那儿暗示他过去，就偏头跟她说了句："你跟他们聊吧，没事的，我去那边一会儿。"

"……"大神你这语气怎么那么像是圈养人授意家养boss可以稍微出去放放风的感觉呢？

江安澜走到了李翱那儿，李翱马上给他介绍了一番在场的天下帮成员，然后问："老大，还有一部分人没到，你要不要先跟到的人讲几句？"

江安澜瞥了他一眼，李翱垂首。然后江安澜说："去前面的那个酒店订一间包厢，一起过去那边等，这边人来人往的太杂。"声音杂，人也杂，江大爷不喜欢，最主要是今天温度偏低，而她穿得有点少。

李翱笑眯眯地说："遵命！"

为什么那么多人面对江安澜都那么的"毕恭毕敬，唯命是从"呢？一部分人是起哄，比如温如玉，比如李翱，一部分人是真的崇拜他，玩网游玩到如江安澜那样大气的真算少的，他进《盛世》才半年时间，君临天下是他买的满级号，一买到手就组帮派，然后没两天江湖上就传开了一句话，跟着君临老大有肉吃！所以N多人为了肉，咳，为了江湖正义，加入了天下帮，果然待遇非常好，有那么好的待遇，他们自然愿意为帮派崛起出更多力，所以仅半年时间，天下帮就一跃成了他们服人员不算最多但实力绝对顶尖的帮派。

这次终于见到了帮主大人真身的天下帮成员，又飞速地将那份崇拜转成了膜拜。因为老大一来就要带他们到高端大气、富丽堂皇的五星级酒店去歇脚。

而去酒店那短短百来米的路上，姚远跟堂姐走一起，江安澜并没有去打扰，他走在离她两米远的后面，带着点微笑看着她。

到了酒店那五十人间的大包厢时，江安澜终于走到了姚远身边，李翱很有眼力见儿地马上去招呼大伙儿就座。摆着五张豪华大圆桌的敞亮大包间里，确切地说，应该是小宴会厅里，十几号人就只坐了两桌，还没坐满。

而姚远被江安澜似有若无地扶着后腰坐在了他右手边，两名服务生递来菜单，李翱说还有人没到，等会儿再点，先上茶。

服务员出去后，李翱道：“还有半数人没到，各位打电话去催一下，顺便告诉他们我们换地儿了。”

不一会儿，走哪是哪挂断电话说：“温哥快到了！还说给咱们带特产了。”

李翱笑说：“这家酒店不可以自带外食的，那就让他蹲外面吧。”

在众人说笑间，姚远却是浑身别扭着，左边那个很有存在感的男人一只手搁在她的椅背上，身子微倾向她，虽然他是看着别人在聊天，但是，她周身全是他的男性气息，细闻有一股淡淡的说不上来的清香，大概是香水吧，非常淡，也很好闻，挺配他这人的……姚远思绪已被搅得毫无重点，只觉得这香味好闻，最后竟还问了声：“你搽的是什么牌子的香水？”

江安澜偏头看她，然后笑了一笑，“我不搽香水。”

姚远不信，江安澜说：“我真的没有搽，你再仔细闻闻？”

姚远下意识地靠过去，然后她听到有人猛咳了一声，她侧头就见那些人都不说话了，都望着他们这边。姚远反应过来，刹那窘得要命！江安澜这时淡淡开口，是对旁观者说的：“非礼勿视不懂吗？”

“……”

“……”

走哪是哪大笑，"这种感觉好像回到了游戏里，老大一句话，众人就都跪了。"

花开道："小君倒是比在游戏里要更恬静一点呢，是因为有老公在的原因吗？"

姚欣然说："她没谈过恋爱，你们要体谅她。"

姚远狂汗，就听李翱说："是吗？我们老大也是第一次。"

血纱一副不可置信的表情，"不是吧？！"

走哪是哪叫道："哇，那两人初吻都还在咯？！"

如果是在游戏里，走哪是哪大概又要被踢出帮派了。

姚远尴尬不已，"我去下洗手间，你们慢聊。"她走得快，花开从后面追上来，"等等我，我也去。"

两人去洗手间的路上，花开笑道："君君，第一次见你'退缩'呢，那君临天下帮主气场不得了啊。"

姚远无言，不过确实有被说中的感觉，面对那人总让她不能全然自在，心里头乱糟糟的。

此时迎面过来一个男的，身材瘦削、高挑，戴着副黑框眼镜，气质文雅，他错身而过后又退回来，伸手拦住了姚远她们，对着姚远笑眯眯地叫了声："大嫂？"

姚远一愣，下意识地问："你是？"

他提了提双肩包，伸出一只手，笑容真诚，"游戏ID温如玉，真名温澄，久仰了，大嫂。"

姚远回握之后，他又跟花开握手问了好，花开见他还要跟姚远说话，出声阻止了，"哥们，我们要上洗手间，有话回头再说吧。"

温澄笑，"那行，我先过去，回见。"

到洗手间后，花开就捂住胸口说了声"我操"，"刚那是谁谁谁吧？！"

姚远听得莫名，"谁？"

"就是一访谈节目的主持人，很有名的啊！"

姚远很少看电视，"不清楚。"

"他那节目还挺上档次的……"花开激动完了，笑说，"这次网聚还真是含金量十足，温澄，名人，你老公也一看就知不是省油的灯，不知道接下去还会有什么惊悚的人物冒出来？"

最后证明还真有，哆啦A梦，十八岁小男生，竟是国内知名漫画家。以及最后到场的水调歌谣，虽不是名人，但至少是美女，还是《盛世》第一美人，一头大鬈发，皮肤白皙，身材娇小，说话温柔。

有男同胞就嫉妒副帮主了，"便宜咱们副帮主了，娶到水调美人！"

李翱笑着拱手，"好说好说。"

人到齐之后，所有人做自我介绍，其中最简略、最偷懒的当属天下帮的帮主，只颔首说了名字："江天。"别人对此有何感慨撇开不说，就姚远来讲，她非常好奇这人在何种情况下是用"江天"这名字，又是在何种情况下用"江安澜"？

虽然当天出现了不少"名人"，但是大家鸡血过后，还是该玩玩，该闹闹，该欺负的就欺负。花开揽着哆啦A梦的脖子说："好小子，一直玩人妖号忽悠人啊。"

哆啦A梦嗷嗷叫："我又从来没说过自己是女生。"

花开眯眼，"小小年纪还敢顶嘴？"

哆啦A梦大哭，"不敢啦，大姐头！"

之后，一伙人分坐了三桌吃饭。冷菜上来后，李翱起身举杯说："今天，咱们有缘千里来相会……"

温澄笑骂："你官方发言发多了吧，老兄，直接喝酒吃肉吧。"

姚欣然也拍桌子，"兄弟，我们都饿得前胸贴后背了，废话就省了吧！"

李翱，当年的名校大才子，如今江大少公司的官方发言人兼江大少助理，自尊心被狠狠地剃了一下，最后咬牙看向boss。结果后者却巧妙地拉起身边的夫人，向着在场所有人微微举了下酒杯，声音清清淡淡，但所有人都听得一清二楚，"大家都随意吧。"然后饮完自己杯里的酒，引得众人欢呼，还有人号叫："祝帮主、帮主夫人百年好合！"

温澄内心无限佩服老同学，"从没见过比你江少爷还有手段的，两三下就能把场面搞得跟自己结婚似的。"

而姚远对此的感慨是：认真就输了。所以，她继续装鸵鸟。

饭菜很丰盛，大伙儿都吃得心情舒畅，其间姚欣然发现跟她同桌的走哪是哪和雄鹰一号两人却在一脸严肃地摆弄手机。

姚欣然好奇地问他们："你们在干吗？"

走哪是哪头也不抬，"今天的午饭，拍照片上传微博@雄鹰。"

雄鹰一号也是捣指如飞，"回走哪的微博。"

"你们俩就坐在彼此旁边吧……我说，宅男都这样？"姚欣然转头问一旁的温澄。

温澄只是笑笑。他不会说，他刚到酒店大门口就拍了张照片发了微博。

午饭结束，饭后的活动也是丰富多彩的，随着走哪是哪的脚步，一伙人逛遍了江汴市所有好玩的点，说是走，其实出了酒店后就有一辆大巴在等着他们了，大巴自然是江安澜让李大才子安排的，然后循着景点一路过去，在临近傍晚时巴士开到了海滩边。

一伙人争先恐后地下车往海滩上冲，即使是那几个早已看惯了这条海岸线的江汴人，也因陪着新朋友来，而又生出了不同的乐趣。

姚远"陪"着江安澜走在最后面，后者走得慢悠悠的，甚至是有些故意的慢，姚美人不由内心黑暗地想，会不会有阴谋呢？虽然之前玩的那些地儿都是风平浪静的，但她隐约觉得在这里会发生点什么。

果然，姚远觉得自己应该改行去做预言家或者算命师。

当两人走到一块大石头旁，这一侧几乎挡住了所有同伴的视线，江安澜开口："你是不是有点怕我？"

姚远矢口否认，"没啊。"

江安澜笑道："那你怎么一直不敢看着我说话？"

姚远抬头，然后，郁闷了，真紧张，最后垂头，气馁。

江安澜看着她，眼里都是笑，当他轻轻拥抱住她的时候，她完全呆住了。过了半晌，江安澜淡淡地说了句："夫人，要不今天我们把初吻解决了吧？"

那天，姚远的初吻没了，在蒙了的情况下。

她只记得他将她拉进了怀里。

然后他勾起她的下巴，说："乖，你闭上眼睛。否则，我也会紧张。"

再然后真正紧张到已经分不清楚东南西北的她闭上了眼。

一片黑暗中，她感觉有温润的气息靠近自己，然后他的嘴唇贴上了她的。她觉得自己的心脏都要快跳出来了，怦怦怦，怦怦怦。

他揽着她后背的手滑到她的腰上，抱紧了她一些。但嘴上还是很温柔，没有深入，只是轻轻地摩挲了一下，然后又一下，最后轻咬了一下她的下嘴唇，气息才渐渐离去。

在大排档吃完消夜之后，当天的行程彻底结束，不过海滩之后，姚远就属于脑瘫状态了，后来在KTV时，姚欣然就跑过来问她："怎么有气无力的？"

姚远摇头，"头昏。"

那会儿江帮主被他们帮派的人拉去打扑克了，花开、血纱她们在唱歌，她窝在角落里，一直默默地望着江帮主的背影，导致姚欣然忍不住打趣她，"你这游戏老公真心有型，背影也美得可以，我说，你是不是真动心了？哎，理解理解，说真的，如果你们能发展到现实中，也不错啊！不过，这得慢慢来，现实不比游戏，上来就能结婚什么的……"

姚远心说，今天这速度绝对赶得上游戏里了啊。

网聚活动结束之后，一伙人去了早先预订好的酒店，李翱招呼大家去酒店的时候说："江泞本市人也都一起去吧，咱们难得聚一次，晚上还能聊聊，明早起来也还能再一块儿活动活动，是吧？"除了姚远，其他确实意犹未尽的人再次叩谢出钱的江帮主！姚远是被意犹未尽的堂姐硬拉着去的。

之后在酒店里，大家分房间，姚远自然和堂姐一间。江安澜站在远一点的地方看着姚远，不过姚远今天累了一天，正靠着堂姐的肩在打盹呢，没有注意到江安澜的注视，直到后来无意间抬头，对上那道视线，他微微一笑，姚远只觉得脑袋里嗡的一声，脸上就又起臊意了。

之后无话，大家各自进了房间。不过姚远这边，在堂姐进浴室洗澡时，有客服送来了两杯温牛奶，她刚要问是不是送错地儿了，对方已微笑地递上一张纸。

漂亮大气的字体："It is graceful grief and sweet sadness to think of you, but in my heart, there is a kind of soft warmth that can't be expressed with any choice of words."

可怜的姚远在国外奋斗过两年，瞬间就懂了，"想你，是一种美丽的忧伤和甜蜜的惆怅，而心里面，却是一种用任何语言也无法表达的温馨。"

后一秒，又有人来按门铃，她脑子里瞬间闪出江安澜的脸，犹豫了一番去开门，外面站着的是温澄，他笑容亲和地说："大嫂，能否跟你聊两句？"

温澄见她面色不大好，"嫂子，不好意思，这么晚还来打扰你，但是我怕之后没机会跟你说了，我是说面对面。我一直想请你老公上我的节目，但是他老不乐意，所以我想请大嫂帮我跟他说说。"

"我？"

温澄微笑点头，"对，你。"

"我跟他……"

"别说不熟啊，嫂子。"

还没等姚远汗，就发生了件惊天地泣鬼神的事，迅速秒飞了要她"吹耳旁风"这茬，即姚欣然忘记拿自带的洗面奶，中途围着大毛巾从浴室出来，看到门开着，而门外站着一男的，她惊叫一声，手一抖，毛巾从胸口滑下……就是这晚，姚欣然和温澄结上了大仇！

真的是状况频出的一夜啊！姚远觉得自己的心脏都要超负荷了。

好在之后总算再无事端。

第二天早饭后、散场前，心里无负担的人都表示有机会一定要再聚。姚远心说，她下次是铁定不参加了，身心俱疲，甚至最后还"麻烦"江师兄送她回家。姚远很奇怪，怎么一向跟在他左右的李翱这下竟消失无踪了，堂姐也是……所以那时那刻在那辆宽敞的轿车里，除了司机，就只有她跟江安澜了。

江安澜说："昨晚原本想过去找你。"

姚远问："那纸条是你写的？"

"嗯。"

"咳，你下次别写了。"

"不喜欢？"

这要她怎么说啊？姚远觉得此人外形虽然走的是冷艳风，但行为处事绝对是犀利派。

江安澜看着她，淡声道："我不知道怎么去追人，如果你喜欢慢慢来，那我就再放缓点速度。"

姚远张口欲言，几次均以失败告终，大神不会问你愿不愿意，他直接就问你什么样的追求速度你比较喜欢……

江安澜又说："说起来，我还欠你笔钱没还，姚学妹。"

"啊？"

第八章
美女救英雄

五年前。

高教园区，月明星稀夜，姚远酒足饭饱后，慢悠悠地走回江浐大学。她大一第一学期拿到了特等奖学金，所以这学期一拿到钱就请从去年便吵着要她请吃大餐的室友们吃了晚饭，原本还要去唱K的，但是她实在太累了，昨晚来"大姨妈"了，整宿都没怎么睡，就给寝室的姑娘们赔了罪，拿了钱出来让她们自己去玩，多退少补，她就先回寝室补觉了。

吃饭的小饭馆离江大不远，姚远跟室友们告别后，花了十分钟走到江大后门的那条马路上。这条路历史悠久，路两旁的树木高大阴森，天气好的时候，在这路上散步约会的学生还挺多，但现在是三月份，且还是晚上，温度还是很低的，所以路上几乎没什么人走动。在快走到江大后门时，姚远看到前方路边停着一辆车，而车旁站着的一道身影正抬脚用力踢了车，她不由吓了一跳，这不会是……那种不良社会分子吧？

姚远看前后都没人，心想还是别管闲事了，万一被game over就不划算了，正想要绕远一点走，就见那人又狠踹了下车门，她还是忍不住出了声："喂，你别做坏事了，这里安装了摄像头。"据说以前确实有摄像头，只不过后来拆除了，但不管怎样，先诓诓再说。

那人侧过身来，路灯是隔了好远才立一盏，光线又被树枝树叶遮去大半，所以姚远看不清他的样子，只知道人挺修长，然后听到他冷冷出声："滚。"

姚远心说，如果言语能用温度来衡量，这声估计得在零度以下。下一刻，姚远就见他一手按着额头，一手扶着车身滑坐到了地上，这意外发生得太突然，姚远没来得及多想就跑了过去，"喂，喂，你没事吧？！"

他好像很痛苦，吃力地喘息，姚远迟疑地蹲下去，伸手过去想要查看他的情况，却被他推开了手，"别碰我，我还死不了。"

姚远头一次碰到这种事情，有点六神无主，而没一会儿，那人却没了动静，靠着车好似昏死了过去。

"喂！喂！"

没有回应。

姚远急了，无论如何，无论他是否是"社会不良分子"，先将人送医院吧？那天也算幸运，姚远刚起身，身后就有出租车经过，她马上招手叫住了。但她自认以一人之力将那人从地上搀进车里不现实，于是就过去叫了司机帮忙。司机倒也好说话，下来帮着将人弄进了车里。其间那人睁了睁眼，也没再多说什么。

一上车，姚远立刻道："师傅，麻烦去最近的医院，快一点，他快不行了。"

已经恢复了点意识，占了三分之二后座的男人冰冷而吃力地开口："谁快不行了？"

姚远转头看他，车子开动了，外面时不时有光照进来，忽明忽暗，姚远此刻总算隐约看清了些这人的长相，挺出众的，不过讲话倒是显而易见的"难听"。姚远没答复他，心想，今天就当给自己积善了吧。

男人在跳动的光线里也看了她一会儿，最后闭上了眼。

到了医院，姚远先下了车，绕到另外一侧，刚开了车门要扶那男人下来，就听他缓慢地说："我走不了，去叫人推轮椅出来，还有——我没钱，钱都放在车上。"

于是，姚远又跑去叫人来推这位脾气不太好的陌生人，之后又给他办了住院手续，身上的奖学金一下子用得只剩不到五百了。等到事情都搞定时，姚远已疲倦万分，自然没有精力再等他出来，在医院的椅子上休息了一会儿，就打车回了学校。

在宿舍躺下的时候，姚远才迷迷糊糊地想到，这会不会是什么新的诈骗形式？然而事已至此，多想也无济于事了，她就干脆抱着热水袋睡了。

江安澜在医院住了一晚，第二天就回了学校，一回宿舍，脱了外套倒床就睡。在研究论文选题的温澄回头看他，"回来了，澜爷，昨晚去哪儿玩了？"另外两个在打游戏的室友也附和问道："是啊，澜爷，去哪儿逍遥了啊？"

江安澜没回答，闭着眼睛躺了一会儿后，突然坐了起来朝温澄说："我们学校的校花、系花有哪些？找出来看看。"

其中在打游戏的胖一点的那哥们惊呆了，"哇，安澜你终于也要对我们学校的花花草草出手了吗？"

江安澜高贵冷艳地白了小胖一眼，起身走到温澄身后，"找出来，给我看下照片。"

温澄笑着说："那么急不可待啊。"说着，便很迅速地打开了江大论坛，校花、院花、系花、班花的美女集合帖想都不用想，一定妥妥地被顶在首页，所以一下就找到了。温澄点进去。

江安澜看了一眼刷出来的第一张照片，摇头说："不是她。拉下来。"

然后温澄往下拉，照片一张张地刷出，江安澜一次次地否定：
"不是。"

看到最后一张照片的时候，江安澜不由皱眉，"没了？"

"是啊，都在这儿了。"温澄实在好奇，"你到底想找谁啊？"

江安澜道："找个人。"顿了下，又说，"债务问题。"

温澄在心里吐槽："我当然知道你是在找'人'啊，问题就是什么
人？"不过听到债务问题，温澄就有点不可思议了，"谁又欠你钱？现
在不光男的跟你借钱，莫非还有美女厚着脸皮来跟你借钱了吗？"

江安澜皱眉："是我欠她钱。"

江安澜再次遇到姚远，是在他搞定论文选题的那天。他计划那天下
午飞北京，早上，他从论文导师那儿出来，在回宿舍的路上，就看到了
跟人有说有笑地走进旁边一幢教学楼里的姚远。

江安澜只想了两秒就跟了过去，看到她走进底楼的阶梯教室，犹豫
了一会儿，也走了进去。

他这段时间身体状况一直不大好，在她旁边坐下后，正闭目想怎
么开口还她钱，就听到她说了那句话，因为她那句不认识他，他有些着
恼，一气之下钱也没还就出来了。

而事后每次想起这幕，他都不免咬牙切齿。

当晚回到北京，他就把那本来要还的钱扔进了床头柜里，在之后五
年多的时间里，都没再去动它一下。

而这五年里，他跟他从国外生活了七八年回来的ABC表弟赵子杰创
办了一家经贸公司，业绩不错。除了本身身体差这点，他江安澜可以说
是风光无限——出身名门，聪明过人，加上长相着实也出色，身边对他
有想法的女性两只手数不过来。他在外面吃饭，都有姑娘大着胆子上来
跟他要电话。可他活到二十八岁，却未曾交过一任女友。前两年江家家

族里就有人心焦地问过他好几次，他到底喜欢什么样的姑娘，江安澜的回答每次都是："见过一次，让我念念不忘的就行。"

让他念念不忘？家里的伯母、堂姐们无不头大，他让人家见一面念念不忘倒是简单，反过来，怎么想怎么无望。

只有江安澜自己知道，他这几年一直没忘记过一道身影。

江安澜二十五岁那年，再次遇到姚远，是在北京一家名声在外的餐馆里。他跟李翱吃完午饭后走出餐厅，门口有不少人在排队等叫号，他皱着眉挤过人群，正要出大门时，不由停下了脚步，偏头看向右手边。

你道巧不巧，昨晚上他刚想起过这人，虽然他一年也就想起两三次，因为一想到这人，他就皱眉头。没想到第二天，他出来吃顿饭，就遇上了她，活生生的。且不说两人是在不同的城市，就算是在同一座城市，这种相遇的概率都是少之又少的。

江安澜当时啧了一声，回身对李翱说："我先出去，你去里边跟经理说一声，先给那边的那两位安排下位子。"

李翱循着老板的视线望过去，看到是两个低头说笑的女生后，讶异了下，随即马上回身去办事了。江安澜背景颇深，人家一听是这位大少的请求，马上就让服务生去安排了。李翱出来报告结果，坐车后座的江安澜听后嗯了声。李翱又忍不住笑着问："老大，那两美女谁啊？"

江安澜自然没回答李翱的八卦，兀自沉思着。

最终，江安澜下了车，让李翱先行回公司。

此刻，江安澜正看着车里近在咫尺的人。她不知道，那次北京相遇，她后来吃完饭跟堂姐去一处茶馆喝茶听戏，他就坐在她们后面那桌，慢条斯理地剥着瓜子，从容不迫地看着她。那次他咀嚼出来一种感觉，原来，看着她比想起她，要舒服得多。

这会儿，江大少也从容不迫地看着她，然后开口："说起来，我还欠你笔钱没还，姚学妹。"

"啊？"

"但我不打算还了。"

"……"

"是不是很好奇是怎么一回事？"

姚远连连点头。结果大神说："我偏不告诉你。不过如果你今晚失眠了，可以打我电话，我陪你解闷。"

"……"

车子终于到了姚远的住处，江安澜很平常地与她道了别，姚远却连说再见都无力了。

而那天下午，江安澜坐飞机走之前又给她发了短信："睡不着给我打电话。"

你说这人是有多坏啊！

以前没见面前，这大神给她的印象可是从里到外的大方、体贴、无敌。

现在，"大方"和"体贴"的味道变得有点诡异了，至于无敌，自然还是无敌。

传说中江师兄的形象在姚美人心目中已然倒塌，然后重新构建，而第一块砌起来的砖上面就写着："此boss很腹黑，PK要当心。"

而这次网聚所产生的后续影响也挺大的，同盟频道里没日没夜地刷屏了整整两天：江浒市怎么好玩啦；帮主怎么慷慨英俊无敌啦；副帮主办事怎么面面俱到、啰里啰唆啦；温长老每次笑都让人如沐春风，但又觉得有杀气，关键他是名人啊是名人；美女N多，尤其是大嫂，不过大嫂已经是老大的啦，等等。

不过，那两天姚远因为失眠而没有精力上游戏，所以躲过了这场群侃，不知该说幸还是不幸。直到第三天姚远才被堂姐拉上了线，因为傲视苍穹在组织人刷二十人副本的仙女峰，姚欣然对仙女峰很感兴趣，所以就拉着姚远来报名了。

一进同盟，温如玉就好客地先打了招呼："大嫂好啊，水帮主好。"

水上仙："滚。"

温如玉："呵呵。"

雄鹰一号："我说水上仙帮主，你跟我们温长老结什么仇了啊？讲话这么冲。"

水上仙："看不顺眼而已。"

傲视苍穹："理解，我们都看他不顺眼。"

温如玉："哈哈，以后我依然会不负众望的。"

傲视苍穹："好了，人员齐了，今天我们刷仙女峰，这两天老大身体有些抱恙，所以这次就由我来指挥吧。"

大家在指定坐标集合后，傲视苍穹组了队伍，君临天下自然没在其中，因为他都没上线。

进副本前，姚远去QQ上找到了他，QQ是上次要视频的时候加的。姚远想问问他身体怎么样，毕竟……咳，也算是相识一场。她发过去的时候，他的头像正显示着"忙碌"。

后来，姚远告诫自己，人家忙的时候千万不要去打扰啊。

姚远："你身体没事吧？"

JAL："［自动回复］我爱你。"

JAL："没大碍。"

姚远："啥？"

JAL："［自动回复］我爱你。"

JAL："我说没事，不用担心。"

姚远："不，我是说你的自动回复……"

JAL："［自动回复］我爱你。"

JAL："哦，特别设置。"

姚远："……"

JAL："〔自动回复〕我爱你。"

这"特别"设置是什么概念啊？

依照江安澜的为人，应该不至于能容忍对此刻所有在QQ上找他的人都自动回复"我爱你"吧？

如果真的只针对她，QQ有这项设置吗？

所以你一定是手动在发吧？

大神你一天不让我好过就不痛快是吧？

想到没上游戏的前两天，两人也有过"交流"：早上八点整，姚远会收到江安澜的一条消息，"早。"中午十二点整，"午餐吃了吗？"晚上六点整，"记得吃晚饭。"

对方这么一大忙人，竟然不忘每天来关心她的三餐，实在是让她受宠若惊，着重点在"惊"字。

而此刻姚远则是脑海里回旋着"我爱你"进入了副本。

你说这大神，我不就是欠了他钱，不对，让他欠了我钱我给忘记了嘛，用得着这样百般折磨我吗？难道真如那老话说的，欠钱的才是大爷吗？可当初我欠他金币的时候，大爷还是他好不好……果然态度什么的是分人的。

而之后刷仙女峰，没到一刻钟就团灭了，原因不是魂不守舍的姚远，她的操作水平还是杠杠的，就算思想不太集中，也不至于拖累到大家团灭。原因是温如玉跟水上仙内斗……

团灭前，水上仙："温如玉治疗啊！你白痴啊！"

温如玉："没你白，手残就别冲前面！"

水上仙："手残？你有资格说我吗？你一牧师你手都没吧！"

温如玉："你再说我不给你治疗了哦。"

总之，最后团灭了。

众人出了副本后，纷纷跑去同盟频道上吐槽，不外乎是鄙视那两人的。

姚远看了一会儿，然后，看到君临天下上线了："再刷次仙女峰。"

落水："老大你来啦！苍穹带我们刷仙女蜂，十五分钟就game over死出来了，好丢脸。"

傲视苍穹："我刚跟帮主汇报过啦，这次惨败又不是因为我领导无方，OK？是有两人打情骂俏坏了步骤好不好？！"

温如玉："谁打情骂俏？"

水上仙："谁打情骂俏？！"

雄鹰一号："快点再来一次吧，老大，我刚完全没发挥出来实力。"

走哪是哪："仙女峰一天只能刷两次，我早上跟人刷过一次，今天没机会跟老大再刷了。"

队伍再次组成，人员跟之前相比，只是将走哪是哪替换成了君临天下。

进副本前，江安澜私聊姚远："我们语音打情骂俏吧。"

姚远趴倒在了键盘上，打出了一行乱码，还按到了回车键。

江安澜："开心得说不出话来了？"

姚远："……"

进入副本后，众人听从君临天下的指示一路前行，比前一次不知道顺多少。

落水："果然跟着帮主刷最痛快！"

宝贝乖："帮主威武，崇拜帮主！"

傲视苍穹："咳，据我对我们帮主他老人家的了解，他此刻一定是一边在喝红茶，一边在跟大嫂甜言蜜语，你们信不信？"

姚远哭笑不得，被猜对了。

宝贝乖："真的吗？好想知道帮主大人在跟嫂子聊什么啊，为什么我老觉得帮主的八卦比副本更吸引人呢？"

落水："哎，我也是同样的心理，尤其是在网聚之后，知道老大是那么高端大气上档次，以及目睹了大嫂是这等惊艳的美女之后……"

此刻正披头散发、不修边幅地盘腿坐在椅子上的姚远有点不忍直视屏幕，而关于江安澜在跟她聊天这事儿……

姚远："他刚才就推荐了一部电影过来，其他没说什么。"

傲视苍穹："电影？老板会看电影？他什么时候有文艺细胞了？"

【系统】傲视苍穹被禁止发言。

众人毫不意外。

傲视苍穹私聊姚远："大嫂！"

姚远："……"

傲视苍穹："嫂子，么么哒。"

姚远："咳，副帮主有何贵干？"

傲视苍穹："……"

傲视苍穹："嫂子你要不要老板的玉照啊？以后我们可以暗度陈仓，我给你你要的，你帮我说好话，如何？"

姚远："我不用……"

傲视苍穹："我知道，人你都见过了，人也都是你的了，照片看不上眼我也理解，可现在你们远距离谈恋爱，偶尔看看照片慰藉下也好嘛。"

姚远还是忍不住笑了出来，这人讲话还真贫。可是，她跟他在谈恋爱了吗？她怎么不知道？然后她脱口问出了一句让自己终身受"益"的话："我们在谈恋爱啊？"

耳麦里传过来一本正经的轻问："亲都亲了，夫人你以为呢？"

"……"

水调歌谣："认真打副本吧。"是的，第一美人也在队伍里。

姚远看了，忍不住附和："是啊，都认真点吧。"这话其实有点针对说话"轻佻"的某大神。

众人："……"

君临天下："前面路段有埋伏机关，我跟若先过去破除，其他人待命。"

水调歌谣："君临，还是我跟你过去吧，要是出状况，我可以帮你刷血。"

落水："嗯，老大，这边带牧师确实可靠点。"

水调歌谣："走吧，君临。"

君临天下："不好意思，我做事对人不对事。"

"……"

宝贝乖："我不行了，我果然只是为看帮主夫妇的爱情故事来的，副本什么的都是浮云啊！"

傲视苍穹私聊君临天下："太残忍了，人家水调歌谣虽然现在是我的老婆，但她自始至终爱的都是你啊你啊你啊……"

这晚第二次刷仙女峰，君临天下带领着一帮八卦党竟然还能把副本给打穿了，虽然打了近一小时，成绩不算好，但掉出来的东西却都不差。这种人品，姚远想，系统是看上大神了吗？

温如玉拾取物品后，雄鹰一号说："如玉，出副本时注意别被人越货。"脸红撒娇的表情。

落水："人死没事，东西别掉出来就行。"扭捏的表情。

温如玉："现在我们帮是被副帮主的恶意卖萌传染了吗？"

传出副本的傲视苍穹在附近频道上说："温长老，什么叫恶意卖萌？嗯？"

温如玉又发了一个他惯用的微笑表情。

君临天下："好了，今天到这儿吧，都散了，早点休息吧。"他老人家只是来对比下刷副本有他在和没他在的差别的……

众人："啊？！"

姚远看时间，晚十点，虽然自己确实有点困了，不过对于很多游戏玩家来说，洗洗睡什么的似乎还太早了点。

只见君临天下大人复制了一条游戏宣传语上来："适度游戏益脑，沉迷游戏伤身。合理安排时间，享受健康人生。"

温如玉私聊副帮主："你有没有觉得安澜温和很多？"

傲视苍穹："你私聊人家就是为了谈别的男人吗？"

温如玉："别发浪，好好说话。"

傲视苍穹："性格差不多吧，就那样，不过心情好多了，你懂的。"

温如玉："他身体最近如何？你刚前面说又抱恙了？"

傲视苍穹："是啊，这段时间忙得咯。"

温如玉："说起来，不知道大嫂知不知这事儿，会不会介意？"

傲视苍穹："不晓得，安澜自己心里有数的吧，再说嫂子这人……我觉得她应该不会在意的。"

温如玉："嗯。"

温澄跟李翱唠嗑了一通，在同盟频道上说："辛苦各位今天给各自的帮会做出的贡献！有机会让我们帮主sama请你们再吃大餐。"

宝贝乖："真的？！"

傲视苍穹："呵呵，要不下次网聚来我们这边吧？老大的地盘上更让你们玩得爽歪歪，来嘛来嘛。"

落水："副帮主，你让我觉得有点恶心……"

傲视苍穹："怀上了？"

落水："去你丫的！"

宝贝乖："咦？老大真下线了啊？"

君临天下下了线，但YY上还挂着呢。他对姚远说："你也下游戏吧。然后，再陪我聊一会儿。"

这算"特殊待遇"吗？

姚远看着同盟频道里频频发着"帮主下了，嫂子肯定也要下了""夫妻又要双双离线什么的最讨厌了"诸如此类的言论，她淡定地下了游戏，然后鼓起勇气在YY里说了句："明天上午我有课，要早起。我要先下了，晚安。"

那边停了两秒，"嗯，好，晚安。"

姚远关了语音，过了半晌，江安澜这边淡淡地说了句："气死我了。"

他想起几年前她来北京旅游的那次，他在茶馆里坐了一刻钟，最后忍不住拿了两颗瓜子朝前面丢过去。她回过头来，看了他一眼，转头又去听她的戏。虽然是在意料之中，他却也不由凝眉。

后来听完戏，他跟着她们出来，听到她说争取到了江大的保送名额，明年就要去加拿大读两年书；听到她说，要奋斗，要努力，不能给天上的父母丢脸；听到她关照她姐姐照顾好奶奶；听到她说，还不想谈恋爱，至少学业完成前不想。

有人说过，在对的时间，遇见对的人，是一种幸福；在对的时间，遇见错的人，是一种悲伤；在错的时间，遇见对的人，是一声叹息；在错的时间，遇见错的人，是一种无奈。

他不想要悲伤、叹息、无奈。

同盟频道里还在聊着。

宝贝乖："我看到有人在《盛世》论坛上说我们帮主大人很难看，还贴出了张照片。"

雄鹰一号："帮主我都见过了，OK？那种叫难看？明明是高富帅的代表好吧。"

傲视苍穹："宝贝，地址链接发来我看看。"

宝贝乖："好的，等等。那人还说他听过帮主大人的声音，说是跟职业玩家大漠的声音是一样的。然后，呃，那张照片好像就是大漠的？他说大漠就是君临天下？好复杂。"

傲视苍穹："我看到了，嗯，咳咳，事到如今我就跟自家人都说了吧，真相是，其实大型活动，老大都是请职业玩家在打的，一是他很懒嘛，二是别说这些活动大嫂不参加他也没兴趣，就算大嫂在，上百人对上百人的团队赛，人那么多，在那种环境里谈恋爱太挤了，懂不？"

于是，既要让"君临天下"这号站在顶端，本人又懒得亲自操刀刷威名，直接就用钱去解决了？

宝贝乖："为毛我觉得更萌帮主sama了？"

眼下被大家默默萌着的大神，正高贵冷艳地琢磨着，怎么在夫人面前刷一下存在感。

隔天，江浐大学的校园里，姚远上完课，捧着书往办公楼走去。这天，天气晴朗，虽然是冬季，但这阳光照下来，倒也不觉得冷了，暖洋洋的，还挺适合出来散步的。

一路过去，认识她的同学都跟她打了招呼，姚远都回以一笑。虽然路上学生跟老师打招呼很正常，但姚远总觉得今天跟她打招呼的人似乎多了点。

后面有人拍了下她的肩膀，姚远回头就看到是她对门办公室的同事刘老师，对方笑着说："姚老师，今天穿得真漂亮。"

啊？姚远马上低头一看，从到下，小皮靴、牛仔裤、羊毛衫，外面套了件有三年历史的红色牛角大衣，"你说笑的吧？刘姐。"

那女同事跟她并肩走着，"难得看你穿颜色艳的，这件红大衣挺好看的。"

姚远笑说："旧衣服了。"

正在这时，姚远看到对面走来的人，有点面熟……一身暗色系的装束，却丝毫掩盖不住那份英姿勃发。姚远放慢脚步，同时嘴巴慢慢张大，最后脑子宕机，而宕机前脑中仅存的意识是——"不是吧？！"

那风采卓越的男人走到离她还有一米的地方停了下来，很绅士地一笑，"又见面了。"时隔三天。

姚远身侧的刘老师虽已结婚生子，但见到这么一个帅哥还是不免有些动容，不过见对方是目不转睛地看着姚远说的，就笑着推了推已经呆掉的人，低声道："姚老师，人家在跟你说话呢。"

姚远后来回忆起那天，觉得自己真是夭死了，在众目睽睽之下像傻瓜一样被带走了。

出了校门后，姚远才反应过来，半晌憋出一句："你怎么来了？"

对方回道："昨天想让你陪我聊一会儿，你不乐意，我只好亲自过来了。"然后说，"先吃饭吧？"

"……"

江安澜见她面色多变，淡笑着问："怎么了？"

姚远终于说出了句："万般滋味在心头。"

江安澜那张冰山脸上的笑容更加明显了，"那等会儿吃饭时，你可以吃点清淡的中和一下。"

姚远至此可以完全确定，外界流传的关于他冷艳无双的传言，那纯属造谣！她都听到旁边路过的一个大妈在笑了。

还有，虽然她很好说话，可也是很有原则的，你说走就走啊？姚远决定摆出强硬的态度，"我现在还不想吃饭……"才十点而已。

江安澜转过脸来看她，面上表情平和，但眼里却有一种特别的……能荡漾人的神情在里面。姚远再度被击倒，微微偏开头，嘀咕了两声："色即是空，色即是空。"

江安澜平时确实属于不动如山型的，话也少，很沉默寡言的那种人，也极少跟人交心，唯独对着姚远时，有种冰山化成水的感觉……

两人站得近，江安澜自然听到了那句无意识的自言自语，他温和地说道："夫人，有花堪折直须折。"

这人，"夫人"叫上瘾了吗？

"江师兄，我能不能说一句，你现在给我的感觉……好颠覆。"

"哦？"

姚远挺认真地回："不说网游里，现实中我也曾听过几次你的大名，噢，他们可都是说你很正经的。"

"现在我很不正经吗？"

姚远很想说，你这句话就有点不正经了好吧？她抿嘴一笑，说："不过，这样比较真实，以前听你那些传说的时候感觉很缥缈、虚幻。"什么三皇综合体……

不知道是不是她错觉，面前的人听到她说这话时表情微微滞了滞，随后他说："可能是因为以前你没见过我的缘故。"

他的语气未变，姚远却听出了一丝异样感来，但来不及细想，他又问："午饭有特别想吃的吗？"

"大神，你是早饭没吃吗？"

"是。"

于是，这天，姚远早早地就去吃了午饭，吃的是药膳。姚远是第一次吃这种加入了中药的食物，口味清淡，也有点药味，但吃着并不讨厌。

而她吃的菜跟他吃的是分开的，姚远以为是这人有洁癖，要是知道真相是——她那份是滋阴的，他那份是补阳的，不知又要脸红成什么样了。

江安澜看着她，"以后约会时可能要你常陪我吃这种，原本还担心你吃不习惯，现在放心了。"

姚远不禁问："你常常吃药膳吗？"以至于忽略了"约会"二字。

"差不多。"他点到即止，她也就不再多打探，但她挺好奇一点，

"那如果我不想吃呢？"

"那么，我就得强迫你了。"

姚远汗，这人外形挺斯文的，怎么讲话一句比一句劲爆？"咳，我挺喜欢吃的。"节操似乎正在慢慢碎去。

"那就好。"江安澜笑着点头。他是完全称得上帅哥的，但他那种帅是偏于气质上的……高贵冷艳，所以他一笑就特别让人觉得"难能可贵"，姚远却深觉压力大。

"话说，你来江泞真的只是来找我聊天的吗？"

"你说呢？"

我说你就是来惊我、吓我、逗我的吧？当然姚远不敢说出来，她在面对他时，已然成了一株小小墙头草。

吃完饭，姚远说她下午两点前要回学校，江安澜说："行。"然后拉着她去散步了。他们打车过来吃饭的地方在市中心一带，所以两人没走一会儿就到了前段时间他们网聚时集合的那个广场上了。

大中午的，不少家长带着孩子在晒太阳、玩耍，姚远刚想感叹一声"真是祥和而安乐的午后"时，就有一个还穿着开裆棉裤的小男孩屁颠颠地跑过来，绕着他们跑了两圈，然后站定在姚美人面前，扯开嗓门就喊道："妈妈出轨了！妈妈出轨了！"

姚远瞬间就被秒了！

广场上N多人望过来，眼神各异，而那小男孩早跑掉了，旁边卓尔不群的江少爷这时悠悠地道："原来我是小三吗？"

姚远彻底囧了……

之后姚远被万般无奈地带着去了酒店，没错，酒店！

他说："只是去睡会儿午觉而已。对于你听到'酒店'脑海里闪现出的不和谐画面，我只说一句，夫人，请自重。"

他说："其实还想做点别的。"

他说：“比方，打点游戏。”

他说：“你胆子不会那么小吧？”

此时，江浐市临近海边的一家五星级酒店内，胆大的姚远站在一间敞亮的大床房的落地窗边欣赏了一会儿海景，最后缓缓吐出一口气，因为说要玩游戏的那个人在洗澡了……

姚远强装无压力地走到床边，拿起他在进浴室前从他拎包里拿出来的超薄笔记本，到书桌前坐定，开了机，打算坚决贯彻落实“来酒店玩网游”这一点。电脑没设置密码，很快就进去了，桌面上很干净，干净到除了我的电脑、IE以及回收站之外，就是《盛世》的快捷键了，似乎这台机子就是专门用来打游戏的。

姚远感慨了声奢侈后，就登录了游戏，一上线就有人来打招呼了。

傲视苍穹：“Hello，嫂子！”

姚远：“你好。”

傲视苍穹：“老板今天没来公司，不知道干吗去了，估计上不了游戏，要不要我带你玩儿啊，大嫂？”

姚远：“不用了……谢谢你。”

傲视苍穹：“不要这么客气嘛，大家都是自己人。”

姚远笑着想，这人以前肯定是玩女号的吧？这时有人从她身后环住她，然后伸手过去打字：“滚。”

姚远眨眼，侧头就看到江安澜近在咫尺的侧脸，同时，闻到他身上刚洗完澡的淡淡清香……姚远退开一点，咳了两声，“你洗好了啊？”

江安澜略微直了直身子，对上她的视线，他穿着一件柔软厚实的白色浴衣，姚远看着他不由心说，穿浴衣都能穿出一种“皎如玉树临风前”的感觉，这是要闹哪样？

“我外出回来后习惯洗个澡，你要不要去洗一下？”

姚远忙摇头，“不用不用，我没那么讲究。”

江安澜也没再说什么，拉了一张椅子坐在她旁边，看向屏幕，"那玩点游戏吧，我看你玩。"姚远都快有些跟不上这大神的节奏了，慢一拍地转头看向电脑屏幕。

"滚"字下面是傲视苍穹的刷屏。

傲视苍穹："泪奔！"

傲视苍穹："大嫂，我是苍穹啊，你不认识我了吗？"

傲视苍穹："话说，这说话方式怎么有点耳熟？干脆、冷酷、果断什么的……"

傲视苍穹："我突然有种不祥的预感！"

傲视苍穹："哦no，不会老板在你那儿吧，大嫂？"

傲视苍穹："哦fuck，不会刚才发'滚'的就是boss吧？！"

江安澜面不改色地说："夫人，要为夫替你玩吗？"

姚远满头黑线地敲了字过去："咳，恭喜你，你猜对了。"

傲视苍穹："大哭奔走！"

虽然局面始终挺"纠结"的，但姚远得承认，她心里是挺开心的，不管是突然见到他，还是现在跟他在一起……玩着一款当初只为打发空闲时间的网游。

说不清具体是什么样的感受，但她觉得这样挺好的。

亚细亚："君姐姐，难得见你大白天就上来了啊。"

姚远："只是上来逛逛。"

亚细亚又叫她进了帮聊。

阿弥："君姐，你自从结婚后就不理人家了，人家真的好伤心，没有你在的日子里，我的天空都仿佛失去了光彩有没有！"

亚细亚："是没有小君陪你做任务，你不能'打酱油'了吧？"

哆啦A梦："美丽的姐姐，求抚摸求投喂求包养。"

花开："小A弟弟，小心这话被天下帮的帮主看到秒了你。"

姚远汗，又见阿弥说："如果君姐姐愿意改嫁给我，就算被君临天下灭一百次我也愿意的！"

花开："噗，小君要二婚吗？"

姚远觉得这话题越来越危险了，正想打字转移开，旁边的人说："夫人要不要打一句'破坏此婚姻者杀无赦'上去？"

姚远默了，随即又笑了，好像渐渐地也有点习惯与他的这种相处模式。她端正了表情对他说："别闹。"然后上帮聊说了句，"我要下了，你们玩吧。"顿了顿，打出一句耳熟能详的话，"适度游戏益脑，沉迷游戏伤身。合理安排时间，享受健康人生。"

阿弥："君姐姐好有爱。"

花开："小君又卖萌！"

姚远想，同一句话由不同的人说出来，产生的效果还真是大不同啊。

她下线后，刚想让开让他上，江安澜却直接合上了电脑，"其实，我说来打游戏只是借口。"

"……"

"游戏玩得差不多了，我也有点困了。"

"才开始玩吧？"姚远觉得脑子有点不灵光了，"你困的话就去睡觉吧，我自己会打发时间的……"看电影什么的一两个小时应该很快就过去了。

江安澜用带着笑的语调慢慢道："夫人很紧张？"

"没。"

"那么，陪我睡会儿午觉吧？"

"……"

"我身体不大好，要夫人多多包涵了。"

骗同情什么的，太不厚道了啊！腹诽归腹诽，最终，竟还是陪睡了。

好像对他让步成了自然而然的事，姚远自己都觉得不可思议。父母去世后，她对感情一向很拘谨，然而对他，却是很容易就放下了心里的那层防备。

江安澜躺上床后，靠着她，没一会儿就睡着了，她看了他好久，最后闭上了眼睛。

莫非，她跟这位大神师兄真的是在谈恋爱了？

仔细想想，他们从网游里接触，到"睡"在一起，历时才一个多月。

她是不是太轻易就被搞定了？

对此疑问，后来姚远问堂姐，堂姐表示："跟去菜场买棵菜的速度没差别了，还是不带任何讨价还价最干脆的那种。"

"……"

午觉过后，江安澜风度翩翩地送了姚远回学校。

心情还相当复杂的姚远依然恍惚着呢，江安澜便在大庭广众之下轻轻松松地吻了下她的额头，然后说："那我们下次再见。"很有点不舍，但今天他还有事在身，父亲今日从海外回来，他不得不回去。

然后在路人的注视下，帅哥离了场，美人回味过来那个吻，红了脸。

也就是从这天起，学校开始又有传言，之前说要结婚的姚老师，其结婚对象终于出现了，妥妥的长腿大帅哥一枚。

后来姚远问江boss："年纪轻轻，干吗那么早结婚？咳，你不知道婚姻是爱情的坟墓吗？"这里的早结婚，已不是指网游里了。

江boss答曰："坟墓里不会有第三者来打扰。"

姚远："咳，有盗墓的。"

江boss沉默了。

第九章

我只强迫过若为君故

江安澜走后的第一天晚上，姚远还没开始被琼瑶阿姨的角色附体，实行"想他"，江师兄就发来了信息说："一起打游戏。"

好吧，业余时间没其他娱乐活动的姚美人只能上了游戏。

她上线后，用夫妻技能传送到了他身边。君临天下的号站在那儿，但是好半晌都没动静。

姚远："人呢？"

她等了一会儿没见回应，胆子就大起来了，主要是等着无所事事，或者说，也想冷他一回。

姚远："亲爱的夫君，出来吧。"

一分钟后，君临天下："刚我爸坐在电脑前。"

姚远："……"

秒杀什么的，向来是大神的绝招啊。

　　姚远在脑海里循环播放了好几遍"我爸坐在电脑前"，下意识地又问出了这么一句："你爸也玩网游？"

　　君临天下："……"

　　君临天下："他到书房来跟我谈点事。"

　　一再出糗，姚远捂着脸站起来在书房里走了一圈，回来郁闷地打字："你怎么就不提醒我一下呢？"

　　"没事。"君临天下回复，"我爸刚说你挺开朗活泼的。"

　　姚远终于承认自己完败了。

　　君临天下："YY聊吧，打字太不给力。"

　　大神，你够给力的了。

　　两人刚上YY，世界频道上就跳出一条消息——美人依旧："不管怎么样，我今天都要把事实说出来，是君临天下信口雌黄、反复无常！君临天下，曾经是你逼迫我做你女朋友不是吗？到头来又装没有发生过！"

　　天天："哇！真的吗？！天下帮帮主还逼迫过人做他女朋友？"

　　做鬼也风流："感觉不会再爱了。"

　　美丽人生："怎么可能？美人依旧，你在世界上胡说八道，你那保镖爷最帅他知道吗？"

　　花开："脑残不解释。"

　　走哪是哪："火大！我们老大？你在说笑吗？大姐！"

　　香草冰激凌："挺美人依旧！"

　　在一片是是非非里，世界上爆出了据说是《盛世》开放以来最大的……用一些玩家的话来说，就是"最大萌点"。

　　君临天下："逼迫人做我女朋友这种事，我只对若为君故做过。"

　　众人："……"

　　姚远："……"

同盟频道里。

水上仙："那女的看起来不像没事找事啊？你们帮主不会真那啥过吧？"

傲视苍穹："怎么可能呢？是帮主买下'君临天下'这号前，之前使用'君临天下'的那人遗漏的烂摊子啦。"

温如玉："不过江少玩这个号之后，也有什么'眉目如画''落霞满天'等对他暗送秋波，其中我最不欣赏的就是现在已经不玩了的那什么'眉目如画'，骄纵跋扈、死缠烂打，嫂子甩她一百条街都不止。"

落水："据苍穹说，如玉你讨厌那眉目如画是因为她欠了你一百游戏金币没还是吧？"

温如玉："我是这么斤斤计较的人吗？"

一群人同时毫不犹豫地发了"是"上来，温长老表示："谢谢夸奖。"

姚远忍不住喃喃自语："某帮主其实也应该自我检讨一下吧，为何如此招蜂引蝶……"

姚美人一时忘了她跟某人是开着YY的。

江安澜悠悠地道："所以你要早点给我名分。"

"咳咳！"姚远止住了咳嗽，说，"不是已经结婚了吗？"

江安澜带着点笑意说："夫人，现实里的竞争可比网游里还要激烈，所以，你要加油了。"

傲娇成这样的人，真的算少有了吧？

姚远："呃，你受欢迎，可我也不差啊……"从小到大，她的追求者还是够数一只手的。

江安澜："是吗？"

同一时间的同盟频道里。

水上仙："说实在的，温如玉，像你这样擅长钻营投机的人，也会被人家A去金币？你是不是看上人家小姑娘了，以至于一时不慎被人坑了？"

温如玉："晕，我看上你也不会看上她呀。"

水上仙："温如玉你无耻！"

温如玉："我这是夸你呢。"

水上仙："谁要你夸？！滚滚滚！"

落水："啧，一天到晚相爱相杀，你们俩感情还真好啊。"

温如玉："谁跟她有感情了？"

水上仙："谁跟他有感情了！"

傲视苍穹："就冲你们俩这份默契，没感情也有奸情了。"

花开："噗，赞同。"

宝贝乖："帮主跟大嫂怎么不说话啊？是不是又私下恩爱去了？"

江安澜这边说完"是吗"，去同盟里接了一句话："今晚做完任务后，让你们大嫂给你们唱歌吧。"

晕倒！

大神你还真是一般不记仇、有仇当场就报了的人啊！

因为帮主大人的一句话，这天大家做任务的积极性那叫一个高啊，没一小时就全部搞定收工，然后兴高采烈地去开了YY房间，姚远自然也被拖了进去。

大家嗷嗷待哺般地要听帮主夫人唱歌，这可是帮主亲自说的！姚远心说，是他承诺的，那就让他唱嘛，然后也真的将这话说了出来。主要是她自认自己唱歌真心不行，上次网聚时在KTV里她也没上去唱。

"听到没？江少，你老婆让你唱呢，要不您老先来献唱一曲？嗯嗯？"说的人是抖M李翱。

温澄笑道："是啊，好久没听你唱歌了，大学那会儿你不是还常在寝室里哼几句什么'生生世世在无声无息中梦你''路边的野花你不要采'吗？"

YY里沉寂了好几秒，直到姚远笑出来，"对不起，哈哈哈，他唱

'路边的野花不要采'？"

"千真万确，我还录了音呢，嫂子要听不？"

N多人喊要，江安澜淡声道："胆子倒都挺大。"

YY频道再度消音，包括温长老，不过还是有人大胆开了口。姚欣然说："君临帮主，你之前说做好任务就让我堂妹唱歌是吧？现在我妹要你唱，那到底是我妹唱呢，还是你来唱啊？情侣组团忽悠人什么的最讨厌了。"

姚远有种后院被人放火的感觉，然后听到江安澜道："那你问你妹妹，是她唱还是要我代她唱？"

姚远隐隐觉得哪里有点不对，可又一时说不上来。而听众们普遍偏向于最好是帮主和帮主夫人能合唱一曲，他们就圆满了。姚远终于苦着脸说："我唱歌不行的，就让他唱吧。"然后她看到私聊里跳出来一条："夫人要我卖艺，那拿什么来奖赏我？"

姚远无可奈何地慢悠悠地敲字："你要什么？"

"你。"

"我说……你就不能婉转一点吗？"姚远脸红心跳。

"那么，夫人，从此以后，除了我之外，路边的野花你就不要采了。"

你说这人，有什么话就直说好了啊，非得绕那么大一圈儿来告诉你，"就算有人追你，你也别去给我理睬。"

说真的，她活这么大没采过一朵花，结果一上来就采获了一朵高岭之花！

而真正"采"下这朵花儿，是在后来的某一天，她起来，迷迷糊糊地睁开眼，看到身边躺着的人，正带着笑看着她，神思慢慢清晰，然后看到凌乱的床，以及察觉到被单下未着寸缕的身子和眼前光裸着上半身的性感男人……杏眼逐渐撑大。

他说："你喝醉了。"

她颤抖地问："然后呢？"

"乱了性。"

"……"

当然啦，这些又都是后话了。

此刻，姚远正听着传说中有才有貌的江师兄在YY里唱着《江湖笑》，低沉微哑的男音，一词一句唱出了那股豪情和忧愁，姚远渐渐地听入了迷。

江湖笑，恩怨了，人过招，笑藏刀。

红尘笑，笑寂寥，心太高，到不了。

明月照，路迢迢，人会老，心不老。

爱不到，放不掉，忘不了，你的好……

一曲完毕，众人还沉浸在帮主的歌声里，好久才有人喊出一句"再来一首"，然后马上就引得很多人附议！姚远正笑着也想附和一声"安可"，电脑旁的手机响了，她拿下耳麦，一看来电显示是陌生号，犹豫了一下才接起："喂？"

"是师娘吗？"

"……"

"师娘师娘，我是杰克，师娘你可以叫我小杰。"

"哦，你好，小杰。"

"我翻哥的手机翻到你号码的，然后用我手机给你打了电话。"

姚远听那头的声音……果然是男生啊，"你找我有什么事情吗？"

"我就想听听师娘的声音，哦，哥说我可以叫你姐姐的，姐姐你什么时候再带我玩游戏？我每次找哥他都不理我，堂哥他们又很忙，而堂姐她们都不玩游戏的，还有……"姚远听了十来分钟，觉得这江家上上下下里里外外她都"被迫"了解全了，估计去他们家行骗捞钱都不成问题了。

姚远插话问："小杰啊，你不用上学吗？"

"上的，学校已经放假了。"

什么学校这么早放假？姚远不知道这孩子是在国外读书，人家圣诞节前就放假了。

这时，对面传来一阵窸窣声，"死了死了，哥哥过来了，我要挂电话了。姐姐你如果上游戏就找我啊，我要升级！"

姚远听着手机里的忙音，摇头失笑。

她再次戴上耳麦，YY里正吵吵嚷嚷地说着"嫂子不见了，老大也遁了，太过分了"。她默默地又取下了耳机，起身去客厅加水，在饮水机旁倒水时看到窗外竟然在下雪了，虽然不是很大，但是挺密集的，在莹白的路灯映照下，煞是漂亮。她看了好一会儿，才捧着冒热气的杯子，躲回了开着暖气的小书房里，一坐定，就看到电脑屏幕上有好几条消息在闪动。

水上仙："妹，帮我轮温如玉吧！请你吃一学期饭！"

水调歌谣："若为君故，我们谈谈。"

傲视苍穹："大嫂，你怂恿惠老板再搞次网聚吧，豪华版的那种，我先前都放话出去了，现在好多人来问我，我问老板他都不理人家！"

正想着该先回谁，又有一条消息进来，东子："君临天下玩过那么多女人，你不介意吗？"

姚远微微皱眉，这东子是百花堂不久前刚加进来的，她没有回复这人，只是跟堂姐和君临天下各发了消息就下线了。

十一点，差不多可以洗洗睡了。姚远躺上床，关手机前收到江安澜的短信："晚安。"

一夜无梦，第二天一早起来，外面竟已铺上了一层厚厚的雪，放眼过去，银白一片。这天，姚远走到学校差点迟到，一到办公室就接到了堂姐的电话："你昨天要我踢了东子，怎么了？他得罪你了？"

"没。"姚远说，"我只是觉得他是坏人。"

姚欣然无语。

姚远这一整天都很忙，直到吃午饭时才得以空下来，正准备跟同事去吃饭呢，有人进了他们办公室。来人一身警服，戴着墨镜，看到姚远后就直直地走了过来，说："你好，我叫江安呈。"姚远自然不认识。

对方拿下墨镜，无视姚远同事好奇的眼神，直接对姚远又道："我是江安澜的二堂哥，他让我带样东西给你。"说着，从衣袋里拿出一个小盒子递给姚远。姚远呆呆地接过，又听面前跟江安澜确实有那么三分像的男人开口说："我这段时间在江泞出差，有事情可以找我。"说完，拿起旁边桌上的一张白纸写了电话号码给姚远，然后微一颔首，转身走了……

她能有什么事情需要找警察啊？

姚远目瞪口呆，不知这短短三分钟发生了什么。

同事们却已经从诧异中缓过来，有人先出了声："要不要这么酷？"

见姚远还没反应，旁边的一个女同事忍不住推了推她，"姚老师，盒子里装的是什么？赶紧看看，是不是上次送你来学校的那位帅哥男朋友送的？他堂哥也好酷啊，有对象没？"

"呃，我不清楚。"姚远打开精致的盒子，只见里面放着几张照片，以及一条白金项链……

女同事惊叹："这项链真精致啊！咦，这些照片就是你那男朋友的吧？好清秀啊，十七八岁的时候吧？我说你这男友也太有意思了！"

是江安澜的玉照没错，项链很漂亮没错，可好端端的，他干吗特地让人送来这些啊？姚远深深地蒙了。

当天下午，姚远就给他发了信息："你干吗送我东西？"

"见面礼。"

"啊？"

"上次见面时忘了给你。喜欢吗？"

"你说项链还是照片？"

"照片。"

"……嗯。"

"项链呢？"

说到这项链，还带钻石的呢。姚远很无奈，"你钱多吗？如果钱多的话，直接给我现金好了。"

"好，我让人打给你，卡号多少？"

"……"

"夫人，劫完财要不要再劫点色？"

"……"

"小远，这学期结束后，你来见我吧。"

听到小远什么的，姚远再度脸红耳热。

第十章

我想接吻

　　等大雪化去，已是一月中旬，这段时间姚远都没怎么上游戏，只偶尔上一下线带带小杰克。而跟江安澜的联系倒是渐渐转移到了网下，短信、电话每天都有，姚远本来以为跟江安澜这人聊天铁定会如游戏里那样时不时地冷场，好吧，跟他通电话有时的确会无言一下，但那种感觉并不是太糟糕，还挺……暧昧丛生的，当然，有些时候又很让人想哭。总之，跟这大神"谈恋爱"，不是一般的劳神费心。

　　这不，寒假第一天，清早五点多，姚远放在床头柜上的手机就响了，她迷迷瞪瞪地拿过来看，是短信："我在你家楼下等你，我们去登记吧。"

　　扑通一声闷响，连人带被就掉到了床下。

　　下一条信息又马上进来了，"清醒了吗？"

　　姚远怒了，起床气和被摔痛的气一起冒上来，"师兄，你知道现在几点吗？"

"抱歉，我这边是下午四点，等会儿坐五点的航班回去，夫人什么时候来见我？"

姚远败下阵来，裹着被子坐在地板上，一咬牙就发了一句："乖，等着我什么时候有心情了召见你吧。"发出去后才紧张兮兮地想，不知道会不会被"报复"，然而对方久久没回复。姚远松了一口气，不过回床上后却是再也睡不着了，郁闷不已。

中午，姚远跟堂姐吃午饭。姚欣然在事业单位上班，中午有将近三个小时的休息时间，每次空得不知道怎么打发，就约堂妹吃饭。姚远这天因为睡眠不足，精神不大好。

姚欣然看着她，不解道："你不是放假了吗？怎么还一副没睡饱的样子？"

姚远摇头，懒得多说，跟服务员要了杯温水，姚欣然也就不多问了，翻着菜单，眼珠有些飘忽，"对了，等会儿还有人过来。"

"嗯？"

"一个男的，我舅妈介绍的，我妈非让我来见一下，我再说'NO'，我妈，也就是你大伯母，估计要把我灭了。"

姚远汗，"你自己有活动，还叫我出来？"

"姐妹要有难同当嘛！"

"……"

没多久，姚欣然的手机响起，她接起说了句："来了啊，我们在靠窗的位子……"不一会儿，有两个男的走了过来，原来对方也叫了朋友一道。姚欣然招呼他们坐下，四方桌，四人各坐一边，那两男人也不拘束，坐下后就笑着向她们做了自我介绍。跟姚欣然相亲的A男属于高大威猛型，一年前刚从部队回来，现在在交警队里当个小官，A带来的朋友B男是属于端正书生型，是公务员。

点完菜后，姚欣然跟他们聊着天，姚远则安静地喝着水，主要是真没什么话好讲，她跟陌生人一向不大能交谈。不过姚远长得出色，自然不会因为沉默而被人忽视，B男在喝了一口茶后就时不时地问她一些问题，好比在哪儿上班，平时喜欢做点什么。相比姚欣然那边的"部队帅哥很多吧，哈哈""姚小姐，你跟我一兄弟的性格挺像的，哈哈"……姚远觉得她这边怎么更像相亲？

姚远尽量不失礼貌又有分寸地回复，在B男问及"后天是否有空，有一部不错的新片上映，要不要一起去看看"时，她手边的手机响了，她不禁暗暗吁了口气，可当看到发件人时，气就憋住了。

"在哪儿？"

心思几乎是一下子全集中在了手机上，姚远垂首打字："在外面吃饭。"

"跟谁？"

"……我堂姐。"

"嗯。"过了会儿，对方又发来一条："还有呢？"

姚远下意识地抬头四处望了望，确定没看到江安澜。不能怪她多想，在此刻这种情况下被问及，她不免有点心虚，以至于疑神疑鬼了。该怎么回答呢？照实说？虽然不是相亲却胜似相亲了，又不能撒谎，于是她含糊其辞地回："什么？"

"那两男的是谁？"

姚远直接就从位子上站起来了，引得姚欣然讶然问："怎么了？"

B男也看着她，关心道："姚小姐，没事吧？"

姚远勉强笑笑，"我去打通电话。"说着就往外走，边向四周瞄，边拨了号出去，"你在哪儿呢？"

那头带着笑柔和地说："美国这边下大雪，航班推迟，所以还在酒店里，夫人不用担心……我没有看到什么。"

"咳，那你怎么知道？"

"帮里有人看到了，跟我说的。夫人在相亲？"

姚远此时已站在餐厅外面，望着眼前的冬日残景，缓缓地吐出一口气，深深地感慨他们帮派到底是有多牛啊，这都到现实里了，还能哪哪都能遇上他们的人。

"其实是我堂姐在相亲，我只是单纯来吃饭的。"姚远虽然觉得无语，还是解释了一下，不得不承认，自己好像真的不想让他误会什么了。

对面嗯了一声，"我真想在你身上设层结界，一劳永逸。"

"……"

相亲最终以姚远胃疼而提早结束，姚欣然开车送她回去时，问："你是真胃疼还是被你游戏里的老公抓奸了才'胃疼'？我之前点菜的时候看到一个上回也参加了网聚的天下帮成员了，就坐在我们不远处一桌吃饭。"

姚远靠着窗玻璃，愁闷道："那你怎么也不提醒我一下？"

"让你杀人灭口吗？"姚欣然大笑，"好了，能让君临天下来查勤是多少姑娘梦寐以求的事，你就别得了便宜还卖乖了。"

姚远真是有苦说不出。

之后姚欣然问堂妹，今天跟她相亲的A男如何？

"你不是一直喜欢健壮型的吗？"

"是啊，明明是我的理想型，可不知道为什么，没感觉，总觉得少了点什么。"

这时，车上的电台正巧播到《名人有话说》，温和的男音做开场白："大家好，这里是《名人有话说》，我是大家的老朋友温澄。"姚欣然当即"靠"了一声，伸手就换了台，姚远慢一拍反应过来，"这是温如玉的电视节目？"

姚欣然作呕吐状，"广播电台怎么转播起电视节目来了？我要去投诉，严重影响我开车的心情了！"

于是，姚远听了一路姚欣然对温澄的吐槽，而那时在化妆室里的温澄连番打着喷嚏，化妆师都不知该如何下手了，"澄哥，看来今天有人很想你哪。"

温澄耸肩，"也许吧。"

太平洋的另一边，江安澜正站在酒店套房的窗前看着外面漫天飞雪，淡淡地吐了一句："这天气真是让人不爽。"

他身后站着的赵子杰小心翼翼地开口说："明早天气会有所好转，飞机应该可以起飞，多在这边留一天没关系的吧，安澜？"

江安澜转头，"如果我说有关系呢？"

赵子杰讨好笑道："十一点大都会歌剧院有一场午夜场的音乐演出，要不要去打发下时间？我去弄票。"

"没心情。"江安澜说完，往浴室走去，"我去泡澡，这期间别来烦我。"

赵子杰无异议地应了声，等到江安澜走进浴室关上门，方才苦恼地抓了抓头发，要说他堂堂赵大少为什么那么忌惮他表哥呢？因为小时候被虐怕了，不光他，但凡比江安澜年纪小的堂弟表弟，都怕江安澜。不是说被打被骂什么的，而是儿童时代大家都笨，可江安澜就已经特别聪明了。所以跟着他出去玩儿，常常动不动就会被他说"能再蠢点不""别在我面前犯浑"等，而他们都不知道错在哪儿。长大点才明白，他们就越发觉得江安澜厉害，也越发忌惮他，总觉得一不小心就会被他抓住把柄，然后又会被鄙视得体无完肤。

赵子杰头疼地想，昨天这位高傲难伺候的表哥还好好的，可这会儿很明显是在发飙了，目前理由断定为航班延迟，可是以前也不是没遇到过这种事，也没见表哥他老人家为此而发脾气啊。所以怕表哥又吃饱了没事干的赵子杰最后忍不住跟李翱打国际长途探讨，结果无人接听，他又想到之前李翱给过他的一个电话号码，说是以后但凡老大不爽了，你不知道怎么办了，就请拨打此号码求助，保证帮你轻松解决。

赵子杰半信半疑地翻出那号码拨了过去，好一会儿对面才接起，是一个女声，挺好听的，"你好。"

"你好，我叫赵子杰，我表哥有点闹脾气，该怎么办？"赵子杰说完，觉得自己怎么那么像傻逼？

"你打错电话了吧？"

"等等，你是不是认识李翱？"

"李翱？"

赵子杰说："是的，还有，我表哥叫江安澜。"

"啊！"

北京首都国际机场，赵子杰跟在表哥后面，苦逼地拖着两只行李箱，走出机场，外面已经有公司的车在等着了。赵子杰上前问他表哥："安澜，你是先回家休息，还是先去哪里吃中饭呢？"他说着，示意司机把东西放到后备厢，他则跟着江安澜坐了后座，后者坐定才开口："不吃饭，先把我送回去，回祖宅。这车等会儿你用吧。"

赵子杰听他说话的语气，估摸着表哥大人心情应该还算不错。想起昨天晚上那通电话，他在说出了表哥名字后，对方停了一会儿才说："江安澜啊……那你让他接电话吧。"他吓了一跳，不由心说姑娘真是有魄力，"我能不能先问下，您是？"

"哦，他的朋友吧，算是，也可以说是他学妹。"

朋友？学妹？Whatever，死马当活马医。"是这样的，学妹，我表哥江安澜的脾气不大好，基本上他沉默不说话又拒绝任何人接近的时候是他最不痛快的时候，而现在他就是这状态，我想咨询下，怎么处理这问题？李翱跟我说可以找你……怎么说呢？solve（解决）。"

"他脾气不好？他脾气不是挺好的吗？"

"挺好？不不，学妹，我表哥脾气一向差，可差了。"

这次对方沉默很久，"其实，你们是不是在玩类似真心话大冒险的游戏？"

"游戏？当然不，没有人敢乱开我表哥的玩笑，我们没有在玩游戏。"

"哦……等等，呃，你口中的脾气很不好的表哥打我电话了，要不，我们先这样吧？"

赵子杰这时忍不住又偏头看了眼旁边在闭目养神的表哥，"安澜，你交女朋友了吗？"

江安澜睁开眼，侧头看赵子杰，"怎么？"

赵子杰看他并不介意被问及这话题，笑答："就是好奇！"

江安澜又坐回了舒服的姿势，闭了眼休息，"那就继续好奇着吧。"

"……"

姚远此刻如果在这儿，估计要感慨下，"果然不管是谁，面对大神时，如鲠在喉的无言都是家常便饭啊。"

姚远如今坐在江泞机场的候机室里等待飞北京的航班也挺无言的，虽然面对大神已是早晚的事，但想起昨晚他那通电话，姚远还是有点哭笑不得。他一上来就说："来找我吧，或早或晚总要来的，为免夜长梦多，我让人给你订明天的机票吧？"她刚开口说："啊？这么急……"不是早上刚说过，咳，等她有心情了再见吗？他就温和地打断了她："是啊，急死我了。"

"……"

到底是谁solve谁？那就只有天知道了。

两小时后，姚远下了飞机，外面阳光普照，但温度比她的城市要低得多，她不由裹紧了大衣和围巾。她上飞机前收到他的短信，说是会派人来接她。姚远其实还是有点迷茫的，来这里，见他……都是挺"玄乎"的，可又有种水到渠成的味道。

旁边有人过来问她去哪里，要不要坐车？姚远刚要回说"不用，谢谢"，身后就有人过来先帮她把人挡下了，帮她的中年男人身穿黑色大衣，一派威风凛凛，他跟她说："姚小姐是吧，澜少让我们来接你，这边走。"

姚远一下有点抓不住重点，一是这大叔好霸气，二是他怎么知道她是"姚小姐"？

大叔似乎看出她的疑惑，解释道："澜少说姚小姐身材好，长得好，气质好，很好认。"

其实，事实没那么戏剧化，江安澜是拿了张照片出来，然后才跟司机大叔淡淡地说了那一句。

姚远无言地上了车，当她坐上车看到另一边坐着的人时，直接就惊了，"你怎么……"

江安澜之前回家换了衣服，现在里面穿的是一套铁灰色的英式贴身西装，外面一件长款呢大衣，衣领有一圈黑色的貂毛，平时就挺高贵冷艳的，这会儿更加的……冷艳高贵了，姚远恍然有种看到古代王爷的错觉，直到那少爷说："夫人不是来见我的吗？怎么，看到我很惊讶吗？"

"没……有段时间没见你了，师兄您又……妖孽了点。"

江安澜笑了，"夫人过奖了。"

那大叔也已上车，并开动了车子，听到这番话，不禁面露讶异。澜少会这样的好言好语，还会与人开玩笑，还真是少见。

姚远没察觉到前面大叔的多番留意，主要是江安澜在的时候，她的神思很容易就被他牵过去，本来嘛，她就不是复杂的人，何况面对的还是江安澜这种从小修炼的boss级妖孽。

车里开足了暖气，江安澜帮她把围巾解了，温柔道："先跟我去吃点饭，再回祖宅。"

姚远一听祖宅，又有些蒙了，这词现在平民百姓都不会用了吧？而"回祖宅"什么的，代表的是去见家族成员了吧？

"带你去跟爷爷奶奶问声好。"

果然，姚远弱弱地道："见家长……不用了吧？"

江安澜悠悠地道："怎么，夫人只是想玩地下情吗？"

姚远举手投降了，"我饿了，先吃饭吧，英雄。"

江安澜看着她，隐约笑了笑。

江安澜带姚远去了一家私房菜馆，一座二层小楼，装修古朴，后来姚远才知这餐馆的老板还是某清朝大官的后代，而这餐馆的位子是出了名的难预订。但他们两人进去时，服务员看到江安澜，没有多问，便毕恭毕敬地领着他们朝里走了。

到一间"梅香"的包厢门口时，有一男一女从走廊另一头走来，见到江安澜，笑着打了招呼："澜少，真巧，今儿也来这边用餐？"

江安澜微点头，"你们吃好了？"

"对，正要走。"男人说着，终于看向站在江安澜身边的姚远，"这位是？"

江安澜道："我女友。"

如此直接的回答让其他三人俱是一愣，姚远偷偷地在后面用手指在江安澜的背上戳了戳，那两人之后并没多打扰，寒暄了两句就告辞了，出餐馆后男人对身旁女伴说："江安澜身边从未带过女人，原来他喜欢这种类型。"

女伴低头笑，"这江少的口味一向挑剔你又不是不知道，那女的眉清目秀、气质干净，倒也算得上出众。就不知道背景如何，进不进得了江家门。"

男人呵了声，"江家对江安澜是什么态度？只要他点头的，他爷爷九成九不会反对，那么自然没人会摇头、敢摇头了。"

女人看他，"怪不得你们追着赶着都要去攀附江安澜。"

男人不介意地一笑，直到走到车边才低头恶狠狠地吻了女人。

包厢里，从来都是被人伺候的江安澜，正给女友斟着茶，"先喝点普洱，暖暖胃。"

"谢谢。"姚远接过抿了一口，确实挺香的，"刚才那两人是你朋友？"

江安澜微微笑了一下，"我朋友不多。"言下之意就是这两人还不算。

"哦。"姚远也不知道这种话该怎么接，"我朋友蛮多的。"

"那以后我要跟着夫人混了。"

姚远又被他惹笑了，"师兄，你能不能别叫我'夫人'了，感觉怪……"

"害羞？"

江帮主，你赢了。

饭后按照"行程"是要去江家祖宅的，但中途江安澜接到一通电话，改道去了别处，即江安澜的公司。那是一家颇具规模的公司，在市区的一幢高层大厦里占了三层楼面，姚远进去的时候，就联想到了那些职场电视剧里的场景。说起来姚姑娘还真没来过这种地方，她甚至就没踏入过社会，一直在学校那圈子里……用江帮主的话来说，就是混。在姚远四处打量的时候，哪里知道自己才是被围观的重点。

老板带美女来了？这太稀有了！不，应该说绝无仅有！

李翱从茶水间出来，看到姚远时也是愣了愣，随即喊了声"大嫂"，惹得姚远心脏一抽。

江安澜带着姚远进了自己办公室，外面人才开始肆无忌惮地讨论起"大嫂"来。没多久，李翱去找老板，"boss，你带着嫂子过来怎么也不事先说一声？你看，我这一激动没控制住情绪就给表露了，估计现在你有老婆的消息已传遍我们16、17、18楼，并且有向上、下楼层蔓延的趋势。"

姚远无语了。

江安澜面不改色，正按着内线电话让外面的秘书给姚远泡茶，交代完要普洱茶、别太浓之后，才抬头问李翱："美国那边还有什么问题？不都过去解决了吗？"

"子杰在会议室跟他们视频聊，但他们说要再跟你谈谈。"

江安澜默了下，想说什么忍住了。他让姚远坐在他的办公椅上，笑着说："那我去忙下，你自己玩电脑。"

"好。"

李翱朝姚远眨眨眼跟了出去，然后门一关上就听老大淡然地说："没用的东西。"

李翱表示，能享受到老大温柔微笑的这星球上大概也就只有嫂子sama了。

姚远开了江安澜桌上的台式电脑，她空暇时间玩电脑基本就是老三样，新闻、电影和游戏。这台电脑上倒是没装《盛世》，她扫了会儿新闻，有点无聊就上了QQ。不一会儿，堂姐就发消息进来了："一早上都在忙，到现在才空下来！看到你短信了，你怎么又去北京啊？几年前咱们不是已经去玩过了吗？"

姚远也实在不知道该怎么解释，正想着该如何说恰当点，对面已发来新消息："我记得君临天下就是在那里的，你不会是去见他吧？你们真在一起啦？！"

呃，这要怎么说呢？

"姐，我好像真的……有点喜欢他。"

那边顿了两秒，发过来："那便宜他了！"

姚远愣了一下后，笑了出来，心里暖暖的，又跟堂姐聊了两句，电脑下方先前一开机就自动登录的QQ上有消息框弹出，这号自然是江安澜的，而发来消息的人还是姚远认识的。

温澄："据说您把大嫂勾引到您那儿了？"

姚远嘴角一抽。

一分钟后，温澄："又不在？不会在你侬我侬着吧？"

姚远忍不住打了一串省略号过去。

温澄："在啊，接触到几垒了？"

温澄："要不要老同学我帮你策划策划？对了，刚让我助理John往你邮箱里发了好东西，知道您老就算是第一次也会做得……不是太差，但是，学习一下总是有利无害的，哈哈。"

姚远手抖着又发了一串更长的省略号上去。

温澄："别告诉我你想她……多久来着，还没想过这种事啊！嫂子长那么标致。"

"我是姚远。"

姚姑娘用江安澜的号发完，就涨红着脸回到自己的QQ上给堂姐发了一条："我帮你轮温如玉，免费。"

一小时后，江安澜回来，就见姚远在看一部外国喜剧片，一脸严谨。他走到她旁边，靠坐在椅子扶手上，想去摸她的脸，但忍住了，笑着问她："我忙完了，回家吧？"

姚远不吭声，盯着屏幕一副聚精会神的样子。江安澜就陪着她看了五分钟电影，之后他将手轻轻地搭在了她肩膀上，姚远这时转过头来，认真地说："师兄，不要耍流氓。"

总算是轮到江帮主无言以对了，不止无言以对，还微微眯了眯眼，若有所思，随后又马上恢复从容柔情，可手没有收回，甚至直接伸向了她的脖颈，姚远被冷得一瑟缩，轻叫了一声，江安澜这才缓缓道："那就性骚扰。"

姚姑娘啼笑皆非地抓住了他的手，两人贴得很近，手还缠着，姚远不得不退而求其次地起身，"你刚说要回家了是吧？那我们走吧。"

江安澜跟着站起来，"行吧，都听你的。"

姚远觉得自己躺得够低了，结果又中了一枪，怎么说得像是她非要去他家似的？

赵子杰整理完资料从会议室出来时，就看到他表哥带着个美女走出公司，当下张大了嘴，拉住一边的李翱问："安澜旁边的那女的是谁啊？"

李翱淡定道："他女朋友啊，我不是给过你她电话吗？老板情绪不好时，你可以找她，保你生命无忧、身体健康、长命百岁。"

"Oh fuck！"赵子杰当下激动地骂了出来。

李翱还幽幽地道："fuck谁啊？"

半个小时后，姚远坐的车子开到了江家祖宅，姚远下车后第一件事是回身去看刚才车开进来的那大门口，果然有两人在站岗，心里更加没底了，这师兄的家族到底是什么来头啊？

另一侧下车的江安澜看到她表情复杂，走过来，不动声色地揽住了她的腰身，"进去吧。"

两层别墅的正门玄关处已经有人在等着了，一个三十几岁端庄亲切的女人帮他们拿了拖鞋，笑着对江安澜说："小五，来了。爷爷在后面小院子里跟你大伯下棋呢，刚还问起你怎么还没来呢。"

江安澜颔首说："我知道了。大堂嫂，她叫姚远。"

被江安澜叫大堂嫂的女人微笑地看着姚远，"好，我就叫你小远吧。"

姚远忙回道："好的。"

江安澜又问："奶奶呢？"

"奶奶刚睡下，就先别去打扰了，等晚点她醒了，你再带着小远去问好吧。"

"好。"江安澜应了声，拉着姚远往后院走去。姚远见大堂嫂没跟着来，便轻声问身边的人："江师兄，我这样冒昧来打扰会不会很不合适？"她承认，她喜欢他，但他们目前最多也就是男女朋友的初级阶段吧？怎么一上来就被他整成见家长了呢？她还真的就来了。

江安澜一本正经地答："不是说过了吗？早晚要来的，你早点来就可以早点跟我名正言顺地双宿双飞了。"

姚远没有从他的语气里听出一丝开玩笑的成分，不由默默伸出了大拇指，"你牛。"

到了后面的小院，江安澜跟正在下棋的两位长辈打了招呼："爷爷，大伯。"

"哦，安澜，把人接来了啊？"先开口的是大伯。

江家老爷子看着他们，平缓开口道："这就是你之前跟我说的要带来给我看的女朋友？"

"是。"江安澜说，"爷爷，她叫姚远。"姚远都有点跟不上他们的节奏了，但起码的礼貌她还是懂的，马上颔首说了声："您好。"

江老爷子点点头，"小远是吧，好的，晚上就留下来吃饭吧。"

这以光速发展的剧情让姚远很有些不知所措，这爷爷接受起来还真快，"哦，好。"

江安澜又让她跟大伯问了好，然后说："奶奶在睡觉，就先不带她上去了。我带她去周围逛逛，晚饭前回来。"

老爷子笑着说："去吧，注意安全。"

在出院子前，姚远听到江家老爷子对大伯说了句："挺好的。"

回到客厅里的姚远也由衷地对江安澜说："你爷爷挺慈祥的啊。"

江安澜扭头看她，然后笑了，伸手摸了摸她的头发，姚远当下被这宠溺的动作弄得一僵，然后听到他说："要不我们趁热打铁，今天就去把证领了吧？"

晕倒！

两人去跟厨房里的大堂嫂说了声后就出了别墅，刚出来，姚远突然想起什么，低头从包里翻出一样东西递给他。江安澜看清是什么，并没有接，而是微微扬起嘴角说："你要把我送你的定情之物还给我？你不觉得这样做有一点残忍吗，夫人？"

如果她没失忆的话，这应该只是见面礼吧？究竟谁更残忍啊？老是被刺激得哑口无言的姚远对身边的英雄说："对我好点。"

她抬手将东西往他袋里一塞，转身就走。而转身前那似嗔似怪的一眼让江安澜心情颇好地笑着跟了上去。他想，心上人害臊，那就暂时由他替她保管着吧。

之后，江安澜带着姚远去观赏了北国风光。姚远几年前来北京时正值夏天，自然跟她现在大冬天的风景大相径庭了，也不知道最后他带她到的是哪里，正值夕照，满山笼罩着却一种朦胧的金色。两人站定，欣赏了会儿风景，江安澜说："我想接吻。"

姚远刚开始没听明白，一整明白惊得脸都白了，慌忙左右看了看，"这里人挺多……你别玩了。"

江安澜悠悠地道："我不管。"

姚远终于相信，他性格是真不好！不，是很无耻！

纯洁的初恋不带这样的啊！

"上次我没吻得很深，好几次回味总觉得不太够。"

姚远傻呆呆地望着他。

江安澜趁她出神的时候拉她到了一处幽僻的位置，周围都有树木挡着，他背着光靠近她，低声说了句："入骨相思啊……"

江安澜吻上来的时候，姚远的背贴在了后面的那棵树上，他一手抓住了她的一只手，一手轻捧住她的脸，嘴唇相碰的时候，她终于张皇失措地闭上了眼。江安澜慢慢地撬开她的唇，舌头探入她的唇内，姚远发出轻微的呜声，他投入地吻她，舌头在她嘴里勾住她的舌尖缱绻交缠。

姚远的脑子早已空白一片，耳边只听得到自己慌乱的心跳声，身子也轻飘飘的，她不由得回吻了一下，换来对方更加迫切的索取，炽烈缠绵的吻渐渐转为浅尝辄止，最后他沉笑着说："这样才勉强差不多。"

姚美人的脸已跟夕阳一般红了。

"要不再来一次？"

姚远气喘吁吁地看着他，"你这些……是从哪儿学来的？"

江安澜微愣，笑了，"自学成才。"

姚远靠着树，火红的光线照在她娇艳欲滴的唇上，她满脸通红地说："那你挺有天分的。"

江安澜笑出了声，抱住她，亲了亲她的发顶，"那就谢谢夫人的赏识了。"

两人随后又逛了会儿，走下山的时候，姚远忍不住问："你到底喜欢我什么？"

江安澜懒懒地敷衍道："外形。"

姚远咬牙，"真肤浅。"

"那夫人喜欢我什么？"

姚远也学他答："外形。"然而她没有等到失望的语气，江安澜道："那我就放心了，你身边应该找不出比我更养眼的人了。"

老大你能再傲娇点吗？

"我们现在真是男女朋友了？"姚远继续弱弱地问。

"你说呢？"

姚远窘迫，"江师兄，你会不会觉得我们发展得太快了点呢？"

江大神淡定地说："不是连三垒都还没到吗？"

"……"姚远深呼吸了下，说，"对了，你到底什么时候才肯跟我说'我救了你'的那件事？我真不记得我有救过你啊。"

江安澜终于呵了声，"看你表现。"

大神，你这样欠扁你家里人都知道吗？

江家晚宴，姚远又多见到了几位江安澜的家人，江安澜的奶奶，还有他的大堂哥江安宏，以及他的弟弟江杰——活泼懂事的男孩子一得知她就是游戏里多番带他的"师娘"就马上一点都不生疏地上来腻着她了。后来姚远才知道江杰是江安澜同父异母的弟弟，而江安澜的生母在他出生没多久就去世了，至于江安澜的父亲，姚远那天倒是没见到，不过总体来说这顿饭吃得还是挺融洽的。

饭后，江奶奶还拉着姚远去她房里聊了家常，虽没聊多少，聊的也是些无关紧要的事，甚至没有问到她的家庭情况和工作这类大凡"见家长"都会被提及的话题，只问了些她几岁了，平时爱做些什么，喜欢吃什么，姚远也就很轻松地一一回答了。

姚远从楼上下来，客厅里不见江安澜，倒是看到江安宏和江老先生正坐在沙发上看《新闻联播》。江安宏先看到她，起身说："过来一起坐吧，安澜带小杰去书房里督促他做作业去了，应该很快就下来。"

老先生也朝她招了手，姚远过去的时候心想，单独面对男友家人什么的，真心有点慌。姚远坐下后，江老先生把茶几上那盘切好的水果推到她面前，说："小远，吃点水果。"

姚远乖乖地点头，吃水果。

江安澜下楼的时候，被大堂嫂告知人都在健身室内打乒乓球呢，他嗯了声，走往健身室，一进去就看到爷爷笑容满面地在说："身手不错，很难得。"

姚远挺尴尬地笑答："我中学时是学校乒乓球队的。"

大堂哥江安宏也在那儿开起了玩笑："能跟爷爷打得不相上下，那应该是乒乓球队里的尖子选手了？"

江老先生心情不错地放下球拍，抬头看到江安澜，"安澜，你要来跟小姑娘打一局吗？"

"不了。"

江老先生点头说："今晚跟小姑娘住这里吧？"

第一天来就住人家家里了？姚远求助地看向江安澜，他朝她微微笑了下，然后说："她还不敢住这边，怕我一下将她定下来了，今天就先到我那儿住。"

姚远瞪眼。

老先生笑道："那随你们。"

江安澜带姚远跟爷爷奶奶道别后离开了江家祖宅，车子刚开出江家大门，姚远就对身旁人说："我要回家。"

同样坐在后座的江安澜伸手抚了抚她的背，"乖。"

姚远终于泪奔了。

要说江安澜为什么出门总是得由司机开车呢，不是装高端装有钱，而是因为他大学时晕在自己车边的那次经历，想起来就火大，就再也不自己开车了。

于是，司机大叔载着"恩爱"的小两口回了江安澜的私人地盘。

江安澜的公寓不算大，但整洁大方，色调是简单的蓝白灰，姚远看了一圈后，在客厅那张奶白色的沙发上坐下，还是不放弃地问："要不我还是去住宾馆吧？"

江安澜倒了杯温水给她，"北京酒店很贵。"

大哥你还差这点钱？再说也没让你出呀，一想到白天温澄发的那些话，她就觉得两人独处什么的很让人纠结。江安澜没去理她的"多愁善感"，将茶几上的笔记本电脑打开了，"要玩游戏吗？"

哦，对，上去警告一下温如玉，有些话不能乱说的。"好的。"姚远还是不死心，"那玩好游戏，你带我去宾馆吧？"

"不去。"江少头也不回地说。

"……"

江安澜直接登录了他的号，然后把电脑给了姚远，"轮人的话，我这号更好用。我去洗澡。"

姚远惊呆了，"你怎么知道的？！"

"我手机上QQ一直挂着。"江少爷解释完就去了浴室，"我理解你的心情。"

姚远抓狂了，苍天哪！所以说，她跟温澄那些话他全部看到了？

走哪是哪："哎呀，老大上来了！"

傲视苍穹："他今天竟然还有空上游戏来，奇了怪了。"

走哪是哪："为毛老大今天不能上游戏？"

傲视苍穹："不告诉你，啦啦啦……"

落水："小苍你越来越扭曲了。"

温如玉："大嫂晚上好。"

宝贝乖："咦咦？大嫂？大嫂在哪里？"

落水："难道……"

走哪是哪："莫非……"

傲视苍穹："别说了，真让人害羞。"

落水："副帮主你敢正常一点吗？敢吗？"

姚远也看得啼笑皆非，她给温如玉发消息："让我杀你一次吧。"

温如玉："咳，嫂子，看到你用这号来跟我说话，真心有点扛不住。大嫂您就不能饶我一次嘛？我保证再也不会出馊主意了！"

这人也被李翔传染了吗？姚远屏住笑，端正态度："不行。"

温如玉："……"

温如玉："好吧，那我们去决斗场吧，我脱光了让嫂子砍。"

姚远想了想，回道："我突然又没兴趣了，让我姐来砍吧，砍到她满意为止。"

温如玉："……"

温如玉："嫂子，麻烦转告澜少，为了他，我牺牲了什么！"

姚远："行，记得脱光。"

姚远笑着去跟姚欣然说了这事，姚欣然一听，立马兴致勃勃地操刀跑去决斗场了。

事情解决后，姚远刚想退出江安澜的号登自己的号，就有私聊进来。

傲视苍穹："嫂子是你吧？那啥，老大他绝对是第一次，所以，您温柔点哈！"

他身边都是些什么人嘛？

她也是第一次好不好？

呃，不对，她今天还没打算要贡献出她的第一次呢！

江安澜出来的时候，姚远啪的一声合上了电脑。

江安澜问："怎么了？"

"我想睡了。"

江安澜微微扬眉，带她到了另一个房间，"你今晚睡这间。"

虽然万千惆怅，但她还是感慨了一句："你家客房真大。"

"这是主卧。"

"……"

江安澜在姚远震惊时，手搭上了她的肩膀，然后慢慢地移到她颈项上摩挲了一会儿，吃够了豆腐才说："等会儿我睡客房。"

姚远无语完说："还是我睡客房吧。"

"要么一起睡主卧，要么委屈夫人一下，独自睡主卧。"

姚远义正词严地说："我睡主卧，谢谢。"

姚远简单洗漱完，躺在主卧那张有他气息的大床上的时候，不由仔细琢磨起江大神这个人来。她刚认识君临天下的时候，觉着这人挺冷酷的，惜字如金什么的，毕竟是一帮之主嘛。后来两人在游戏里结了婚，他就常常语出惊人，让她深刻体会到了"腹黑"一词。然后，从别人口中，又常听说他"脾气很不好"，以及，如今他在她面前动不动就使点坏什么的。姚远想了一圈下来，忍不住想要给江少跪了，这完全就是寡言、腹黑、脾气糟糕、有点小坏的多重性格男嘛。

而自己究竟是何时惹到，哦不，救到这么一尊大佛的呢？以至于他来"报恩"，最后，让她对他上了心。

姚远蒙蒙昽昽睡着前，记忆中有些东西隐约冒了出来。

第二天醒来后，姚远盯着天花板好半天才反应过来自己身在何处，拿手机看时间已将近十点，随后想起自己昨晚想到的事情，马上爬起来穿好衣服。搞定后走到房门口，她听到外面有些声响，以为是大神开了电视机，但当她打开房门的时候，却看到客厅里坐着不少人，当下就傻了眼！

"大嫂，哈哈，我们又来聚会了！"

姚远呆呆地站着门口，及肩的头发乱糟糟地披着，趿着拖鞋，俨然一副刚起的模样。姚远心道，一定是自己还没睡醒所以出现幻觉了，但下一秒就有人走过来打破了她的自我催眠，"先去餐厅吃点早餐，给你买了粥和豆浆，还热着。"说这话的人自然是江安澜。

姚远看了他一眼，他穿着一套舒适的家居服，精神奕奕，再转头去看客厅里的人，有眼熟的，有眼生的，虽然只有五六号人，但也足够让她无语凝咽了。

她朝那些人匆匆点了下头，就往厨房走去，想去喝点水镇定一下，就听到有女生轻声说："老大跟大嫂已经同居了咩？"男声："昨天晚上上老大号的果真是嫂子哪，我就说嘛，虽然只上了一会儿，难道说后来……所以才那么晚起来……"

后来什么都没有发生，我们是分房睡的，之所以那么晚起来是因为想太多睡得晚的缘故！这种解释连自己听着都觉得苍白无力。姚远忍不住回头去看另一名被八卦的当事人，江安澜正用他一贯平静无波的声音对客厅里的那伙人说："等人齐了，让李翱带你们去玩。"然后转头对上她的视线，他微微一笑，朝她走来。

姚远心一下就跳快了，扭头走进了厨房，听到外面李翱说："来来来，首都豪华两日游，想怎么玩跟翱爷说！"

江安澜进来后，接过她手里的杯子帮她从水壶里倒了杯热水给她，"凉凉再喝。昨晚睡得好吗？"

姚远接过水，很严肃地看着他，"师兄，我们谈谈吧。"

江安澜从容不迫地靠到后面的大理石台上，"你说，我听着。"

"外面那些人……"

"我也是他们到了这儿才知道的，都是北京周边的人，估计是想来看看我们怎么恩爱吧。"他说得轻声细语，含着脉脉温情。姚远又败了，"落差还真大，你第一次跟我说话那声音冷得跟结冰似的。"

江安澜眯眸，"夫人是想起什么了吗？"

姚远叹了一声，"原来我给你垫过医药费啊！还有，师兄你脾气真心不怎么好呢。"

江安澜看了她好一会儿，最后伸手过去顺了顺她的头发，轻声说了一句："不管我是怎么样的人，你都得要了。"

英雄，这算是强买强卖吗？

"不好意思老板，打扰您跟大嫂浓情蜜意了，就是有人问，'刚才英俊无敌阔绰大方的老大说让副帮主带我们去吃喝玩乐，那如果购物呢？老大报销不？当然，我们不会让老大给我们在京城买房子的，哈哈哈哈'，关于这点boss您怎么说？"

江帮主的回答是冰冷的眼神回视过去，"滚出去。"

副帮主滚了之后，姚远窘迫地对江安澜说："好了，我们也出去吧。"她喝了两口水，放下杯子，就要往外走，却被江安澜拉住了手臂，"姚远。"

姚远回头。

江安澜郑重其事地说："除你之外，我之前没有喜欢过别的人。"

姚远低下头，低不可闻地嗯嗯了两声，"我知道，我、我也是。"

呃，他们这是在干吗？

互诉心意？

江安澜笑了，心满意足，"好了，我们出去吧。"

两人从厨房出来，客厅里的人就纷纷说："老大，大嫂，你们跟不跟我们出去活动啦？""是啊，是啊，灵魂人物不去那多没劲啊！"

温澄不知何时也来了，张嘴就起哄："一起去吧，我主要是来看老大和大嫂的，多养养眼，有益身心健康。"

李翱大笑，"你不是说这两天在天津干吗来着，忙得要死，分身乏术吗？我看你是昨晚上被水上仙折磨得身心俱疲才突然跑来这儿散心的吧？"

温澄微笑，"怎么会呢？我只是……"他深呼吸之后站起了身，走到姚远面前拉住了她的手，真情流露道，"嫂子，你姐的战斗力、耐心都太TM强了，她砍了我大半夜都不嫌累的，她还让我以后每天凌晨起来给她砍，这太不人道了啊！求您法外开恩让她饶了我吧。"

这话引得听众们哈哈大笑，"百花堂帮主好给力！""温长老，大半夜起来脱光了被虐什么的习惯了就好啦！""相爱相杀最虐心，哈哈哈哈！"……

"你妹！"温长老终于爆了粗口。

第十一章

被忽悠了

之后的帝都游，姚远表示也参加，理由自然不言而喻。江安澜啧了声，只能也跟着去了。这次来的人不多，李翱安排了三辆轿车，刚好坐满。姚远所乘这辆，副驾驶座上坐着温澄，她身边自然就是江安澜了。

车没开多远，温澄就开口问："大嫂，听说你本科念完后就去加拿大读书了？"

"嗯。"

"那边还挺好玩的吧。"

"还可以。"

"去年秋天我还想去那边旅游，后来因为工作原因没去成。下回我要去的时候，要不嫂子你给我当向导吧？熟门熟路一点。"

"其实我对加拿大也不熟的。"最熟的不过是学校和周边那一带。

"总比我熟吧，哈哈。"

江安澜打断道："能聊点别的吗？"

温澄举了举手，道歉："不好意思，不好意思，看我，一见到嫂子就忍不住多话了，老大您说。"

江安澜哼了声，没开腔，姚远尴尬了，而隐隐也觉得他知道她已清楚他本性后，也就不再多加隐藏了。

"师兄，你穿这么点不冷吗？"姚远一来是想转移话题，二来他昨天还穿带貂毛的呢，今天套了件线衣就完事了，完全是室内的装束嘛。

江安澜舒展了眉头，"还好。"

"等会儿的室外活动估计他一律都不会参加吧。"

江安澜看了眼说话的温澄，后者微微一笑，"OK，龙套我闭嘴。"

后来，事实也证明了江大少确实是一路"宅"过去的。但凡别人在外面折腾，他会就近进休闲会所或咖啡厅喝东西，自然是拉着姚远一道的。可怜姚远跟着大家出来是为了好好放松下的，结果还是被某人掌控在手。至于温澄，昨晚没睡好也没什么玩乐的心情，就跟着帮主和帮主夫人闲坐过去，不过后来被男主角一句"识相点"给赶走了。

气苦的温澄找到李翱说："你老板真心是越来越惹不得了。你说，如果嫂子不要他了，他会不会变成地方一恶？我看极有可能。"

李翱好笑道："谁让你这么没眼力见儿去当电灯泡的？"

温澄打趣道："我总觉得咱们帮他追嫂子，很有种助纣为虐的味道。"

李翱摇头，"老板有时是凶残了点，但对大嫂那真的是……怎么说呢？就如一首歌里唱的'最爱你的是我，否则我怎么可能赴汤蹈火，你说什么都做……'"

两人就这样你一言、我一语地调侃着江大少，而那厢的江大少正给最爱的夫人倒茶，"这碧螺春你喝喝看，可能有点过香。"

姚远喝了一口，说："还行，还行。"然后看外面碧波荡漾的湖面上小伙伴们在愉快地划船，"我能不能出去玩一会儿？"

江安澜抿了一口茶，"陪我不好吗？"

"压力太大。"

江少拍了拍身边的位置，"你坐过来就不大了。"

姚远笑出来，"师兄，有没有人说过你讲话挺让人招架不住的？"可能连她自己都没有察觉到，跟他之间的相处、交谈渐渐变得随意而轻松了。

"没有人说过。"江安澜很实事求是地说，"没人敢。"

姚远再度举起大拇指。

当天晚饭后，有人提议去京城的酒吧玩玩，见见世面，于是一伙人又去了酒吧。

在五光十色的酒吧里，一个坐在吧台处有点喝高了的男人碰了碰旁边在随音乐晃动脑袋的哥们，"看，那边儿，那女的，正点不？"

那哥们随他看过去，在闪烁的光线下看到坐在一处宽敞卡座里，正对着他们这方向的女的，"挺有气质，怎么，你要去追？"

站吧台后面的调酒师靠过来提醒，"江少的客人。"说完又补了句："江天。"

两男人均是一愣，再回头去看，果然那女的左手边坐着的正是江安澜，他靠着沙发背，之前有人站他跟前在跟他说话，挡住了，所以他们没看到，这会儿那人走开了，可不就是江家的老五嘛。两人面面相觑，对于刚才的话题缄口不提了。

李翱拿了一打啤酒过来，见大家都光坐着不去玩，就说："来都来了，都干坐着干吗呀？赶紧去舞池里扭一把啊。"在副帮主的怂恿下，三三两两的人推搡着上去了，姚远右边的位子空了出来，李翱跨过去就在那儿坐下了，"大嫂要不要去？"

姚远狂汗，"我不行，你们玩吧。"

有帮众听到了，热情地作势要拉她，"去吧，大嫂，我教您！"

"我真不行。"姚远求助地朝江安澜看去，他却只是附送一抹淡淡的笑，看来只能自救了，"有谁要跟我玩划拳的？"

也不会跳舞的人附和，"我！我！"

如此这般，姚远跟人划上了拳，喝上了酒，没办法，文艺表演方面她一概很弱。而在她几杯酒下肚脸蛋发热时，江安澜伸手过来摸了摸她的耳朵，漫不经心地说："少喝点。"

姚远回头，口齿已不甚清晰，"师兄，晚点你可记得把我带回去……"

这句话是姚远记得那天自己说过的最后一句话。

第二天，阳光从窗帘的缝隙里照进房间，姚远醒过来，然后，被华丽丽地告知，她酒后乱了性。她深深地震惊了，以至于裹着被子坐在床上N久都没缓过神来，边上的人又缓缓地说："你昨晚喝多了，一到家就死命扒我衣服，我不让，你就咬人，我只好让你脱了，可脱了你还不安生，还要咬……"

姚远把脸埋进了被子里，脖子都红了，"不要说了。"

"还痛吗？"

姚远全身都红了。

后悔不？好像并没有，就是觉得有点发展得太快了，一点心理准备都没有，不禁长叹息以掩涕兮，隔了一天，最终还是一起睡了主卧……

出房门时，穿得衣冠楚楚、气色不错的江安澜上来给她围上他的一条羊绒格子围巾，说："我们去外面吃午餐，想吃什么？"

"这都已经中午了？！"

江少抬手给她看表，清清楚楚地显示着十二点，姚远泪奔了，竟然睡到了大中午，"其他人呢？"

江安澜漠不关心道："他们不归我管。"

于是，唯一归大神他老人家管的姚远就又被载着出去喂食了。

姚远原定计划是这天要回去的，现在看来……她扭头看旁边的人，平复了下情绪小心说出想法，被答复："俗话说，始乱终弃最要不得，夫人你觉得呢？"

姚远有种自己上赶着作死的感觉。

饭后，江安澜说家中没水果和饮料了，于是姚远又陪着他去了附近的超市。她推车，他在前面选购。看着那背影，姚远又红脸汗颜了，昨晚上真的跟他滚床单了？为什么她一点印象都没了，虽然腰直到现在都还有点酸，头也有点痛……说到腰，好像在客厅里站着就如火如荼地吻上了……我去！姚远汗真是要滴下来了。

前方人回头看她，含着笑问："在想什么？"

"没，没什么。"

结完账后，又发生了件让姚远羞愧到想撞墙的事情。收银员说购物满300元以上可以到服务台抽奖，所以一向节俭的姚远就拉着江安澜去了服务台，反正出去也是要经过那儿的，不抽白不抽，于是姚远抽到了可获取价值在50元到80元之间的物品。站在柜台后的大姐指着身后其中一层物品架说："你可以在这里任意选择一样。"

姚远望过去，洗衣剂、铁锅什么的，貌似这些他也不用，就指着最边上一盒小东西说："就那个吧。"

风里来雨里去的大姐淡然问："要什么香味的？"

姚远心说，这什么啊？还分味道？旁边有人笑出来了。姚远莫名，大姐帮她解了惑："安全套，有三种香型，苹果、草莓和巧克力，你要哪一种？"

背后那熟悉的男音响起，"我们要苹果的，谢谢。"

姚远的心声——有没有地洞让她钻一下？

最终在傍晚时分，姚远还是坐上了回家的航班，江安澜亲自送她上的飞机。走前，他帮她理了理衣服领子，顺了顺围巾，那修长白净的手指在她眼前晃了好半天，然后清俊迷人、万般美好的男人才开口："远距离恋爱向来比较麻烦，结婚前总是聚少离多，不是我过去，就是得让你过来，我们争取在明年解决这问题吧？"

这话总结下来是明年结婚的意思？！

"我说……"

"你的航班开始安检了，过去吧。"

"不是……"

"怎么？舍不得我？"

"我走了……"

姚远带着极其沉重的包袱上了飞机，等到飞机起飞后才缓过气来，掐指一算，距离明年也就十来天了，这关系要不要发展得那么神速啊？她对于"酒后乱性"这事儿都还没消化掉呢！

赵子杰开车到机场，找到站在大玻璃窗前的表哥，跑上去刚想开口，被江安澜抬起手制止了，于是子杰兄住了嘴，立在那儿等着，半晌后，江安澜才转过身来，说了声"走吧"。赵子杰接了他手上的黑色拎包，亦步亦趋地跟在后头，"安澜，你那女友走了？"

江安澜说："走了。"

"怎么不多留几天？"

江安澜含糊地嗯了声。

"对了，我听李翱说，她是江浔人，那跟我同乡啊。话说，她是江浔哪个区的？"

江安澜不耐烦地道："问那么多做什么？"

被叫来当司机的赵子杰默默闭上了嘴。

上车后，江安澜直接闭目睡觉，赵子杰看了眼后视镜，安分开车。到了江安澜住的小区，赵子杰见他表哥还闭着眼睛，也不敢去叫他，就坐车里等着，因为不能听电台广播来打发时间，想去旁边的储物格里找点东西看看，就不小心碰掉了之前放在副驾驶座上的那只拎包，一本灰色封面的笔记本从包里露了出来，赵子杰弯腰捡起了包和本子。他就顺手翻了一下那本子，结果就呆住了。

上面写着满满的"计划"，是的，计划，或者说"计谋"，他翻到的那页上就写着什么"先把她骗过来（最好能让她自愿过来）""见家长，手法自然一点""第一晚先别太激进""制造点假象……"，是安澜的笔迹没有错，然后这些都是用来追他昨日在公司里惊鸿一瞥的那女的？好奇得不得了的赵子杰正想翻回首页一页一页地看过来，就听到身后一道冰冷刺骨的声音说："想死是不是？"

赵子杰一抖，小心地回身将手中的本子递给后座的人，赔笑道："哥，醒了？"

江安澜拿过笔记本，笑了一下，然后问："看了多少？"

赵子杰背后的冷汗都要下来了，"就一页。"

江安澜下车前说："走吧，明天让人来接我。"

赵子杰看着表哥进了单元大门，才长长地吁了口气，"还以为又会被骂，还好还好，看来表哥睡了一觉心情好了不少嘛。"

姚远到家时刚好是吃晚饭的时间，就给堂姐打了个电话，堂姐说在游戏里，让她也上游戏。

姚远无奈，"先吃饭吧。"

姚欣然挣扎了好半晌，"好吧。"两人定了地点。相见时，姚欣然就说："刚终于让我逮到温如玉上线，丫当了两天缩头乌龟了，结果你一通电话我只能先放了他，你等会儿帮我去抓他，那家伙太狡猾了，狡兔三窟，而他完全就是狡兔中的佼佼者。"

姚远无语，"你还没杀够吗？差不多就可以了吧？"

姚欣然摆手，"不知道为什么，一天不杀他就不痛快。"

姚远心中对温澄表示了下同情，然后在等菜的时候吞吞吐吐地问："姐，如果，我是说如果，如果一男一女发生了关系，会不会第二天起来毫无感觉？女的，哦，还喝醉了酒。"

姚欣然一拳打在了桌上，"你喝醉了酒跟江安澜发生了关系？！"

"……"

姚远在跟堂姐进行了一番头皮发麻的交流后，堂姐确定他们是"两相情愿"的，才对那问题做出了明确回复："不可能没感觉，除非你早已不是处女。可据我所知你活到现在没交过男朋友，所以这江安澜绝对是在忽悠你啊！"

姚远揉着额头，姚欣然伸手过去拍了拍她的肩："晚上上游戏去杀人发泄下吧，好比杀温如玉什么的。"

"你怎么不说去杀君临天下？"

"我们杀得了他吗？"

现实总是很残酷的。

当晚，一上《盛世》，姚远就看到不少人在热情洋溢地讨论第二次网聚，什么出入坐的是豪车，吃的是五星级酒店，玩到激情四射……老大和大嫂又多次秒杀了众人什么的……

姚远心说，我才是被最凶残秒杀的好吧。

水上仙："温如玉，别躲躲藏藏、扭扭捏捏的，赶紧出来受死，早死早超生，OK？"

雄鹰一号："如玉如玉，有人召唤你！"

温如玉："什么叫躲呢？我在帮我们家帮主做正经事呢。"

水上仙："正经事？跟你家帮主谈恋爱吗？行了，速度滚过来。"

众人："……"

温如玉："水上仙，你赢了。"

雄鹰一号："我还是头一次看到阿温笑脸以外的表情。"

傲视苍穹："呵呵，水帮主，我们确实在忙点事儿，不是游戏里的。"

水上仙："哦，还有你们副帮主啊？这三角恋够可以的啊。"

阿弥："仙仙，你再说下去，我们会被追杀围杀秒杀，指不定还要被守尸呢！"

落水："我能不能膜拜你一下啊？水上仙帮主，你一次性涮了我们这边三位大神还能如此淡定，女王陛下啊。"

水上仙："这有什么，他们要是敢怎么样，我让我妹杀回去不就完了？"

姚远无语，姐，你不是说，单单君临天下我们就杀不了吗？幸好此时他不在线上，上面那些言论，她看着都有点惨不忍睹。想要去提醒一下堂姐别闹了，却先收到了一条消息，灭世神威："给你5万金币，把你这账号卖给我。"

姚远："我不卖账号。"

灭世神威："10万！"

10万金币相当于一万块人民币了。

姚远："我能问下你为什么要买我账号吗？"

灭世神威："报仇，君临天下抢了我女人。"

于是你就用这种方式来抢他的女人？呃，不对，来报仇？

姚远："能讲讲来龙去脉吗？"

灭世神威："你要听这干吗？到底卖不卖？！"

这么凶！姚远："不卖。"

灭世神威："20万！"

姚远："哎，除非你给我20万……人民币。"

灭世神威："……"

灭世神威："你给我记着！"

咦？干吗要记着她啊？不卖账号不是很正常的事情吗？你仇人是君临天下别搞错，可千万别来找我麻烦啊！

姚远没想到的是，后来她跟这人还在现实里结交了一下，不过很快就被江安澜给"搅黄"了。而对于这类"破坏",那本灰色笔记本里是有一句话高高在上统领着的,那就是:"窥觑我爱之人不可留,切记手脚要做得隐蔽点。"

"心较比干多一窍,病如西子胜三分。"这完全可以用来形容江安澜江少爷啊。

江安澜是典型的含着金钥匙长大的人,从小养尊处优,穿的、用的,无一不精致,不是好的料子绝对不上身。垃圾食品?那是什么东西?江少爷从小到大就没碰过。按理说经由这种成长模式过来的人应该会长成"娇生惯养"型,偏偏江安澜没半点娇气,反倒很是阴险。

阴险的江少爷预估那酒后乱性的戏码她差不多也应该识破了,于是那晚他没上游戏,而是算准了时间在QQ上给她发了消息过去:"我有点不舒服,今天不上游戏了,你早点睡,别玩太晚。"

距离北京一千多公里的另一座城市里,原本终于做好了心理准备想要去问他为什么骗她的姚远看着那句"我有点不舒服"硬是忘了质问这茬。

"不舒服?没大碍吧?那你早点休息吧,晚安。"

"没什么大碍,不用担心。"

姚远松了口气,随后隐隐觉得好像忘了什么事。

江少爷一觉睡到自然醒,坐在床上出了一会儿神,才起来披上外套走到客厅。他慢慢地走了一圈,最后走到沙发边又躺了下来,双脚搁到扶手上,一只手覆住了眼睛,喃喃地说了句:"妈的,想结婚。"

另一边,姚远一早就和提早休年假的堂姐出发去乡下看奶奶,也就是回姚欣然的父母家。

现在农村建设得很不错,车子到郊区后一路过去基本都是小洋房,环境也好。手一直伸在窗外的姚远对正在开车的姚欣然道:"姐,你说我要工作几年才能赚足养老的钱回老家来生活呢？"

姚欣然看都不看她一眼，"你让那江安澜娶你咯，分分钟就能达成所有愿望，包括三十岁不到就养老。"

"你就不能不说他吗？"

姚欣然故意问："怎么？一提到他你就脸红心跳了？"

"没。"姚远说，"是心惊肉跳。"

姚欣然笑喷。

那天在老家吃过午饭，两姐妹陪着奶奶聊了会儿天，两人隔段时间就会回来一次，而老太太每次都会无一例外地问及两个孙女两件事情：一是工作怎么样了；二是对象呢，找得怎么样。

姚欣然嘴巴甜，"奶奶，我跟小远工作都是在事业单位，好着呢。对象嘛，这种事要看缘分的，缘分快的时候说不定我明年就能让您抱曾外孙了。"

姚欣然的母亲从外面进来，听到那后一句，马上嘲笑起活到二十七岁还没找到男朋友的女儿，"曾外孙？你嘴里能有一句实在话吗？"

姚欣然挺不乐意，这完全是在质疑她人格了，马上起身搂住她妈说："就算我做不到，但小妹绝对可以。"

姚远龇牙，就见她大伯母朝她看过来了，"远远交男朋友了？"

"可不是嘛。"答话的是姚欣然，说完还拿出手机要翻照片给她妈看，第一次网聚她拍了不少张。姚远真心头大，但也总不能当着长辈的面去制止堂姐那种牺牲她来换取自身安危的可耻行为，而奶奶还拉着她的手欣慰地说着："交了好，交了好。"

不一会儿，大伯母已经拿着手机过来给姚远看，指着5.3英寸屏幕上的人道："远远，这年轻人长得好。"照片就是那天吃中饭时，他坐在她边上，侧头跟她说着什么时照的，姚远下意识地就回了句："本人还要好看。"

大伯母对着自家侄女，语重心长地教导，"女孩子家要有点儿矜持啊。"

姚远终于愧不能当了。

晚上姚远从乡下回来后就感冒了，还有点发热，人一下像被抽去了所有力气，真的是病来如山倒。不过她一向不喜欢去医院，就在家里吃药养着，饿了爬起来煮点粥吃，这么浑浑噩噩地过了一天半，直到第二天傍晚被电话铃声吵醒。姚远伸手到床头柜上摸了手机，接通了贴到耳边，电话那头的人不急不缓地说："怎么这两天发你短信都不回，昨晚上打你电话也不接？夫人这是想过河拆桥了吗？"

姚远听出声音，当下清醒了大半，吃力地翻了身，头昏脑涨地望着天花板，不知怎么就说了句："师兄，我感冒了，好难受。"

江安澜顿了两秒，说："我过来。"姚远还没反应过来呢，那头就已经收了线。"我刚是不是说了不得了的话？"她本来只是想抱怨下，没想到效果惊人。确实惊人，姚远看着自己这乱七八糟的窝以及自身的病态，深深灰了。

江安澜到的时候，姚远刚把家给收拾干净。而她去开门时不停地咳嗽，刚忙得呛到了。等门一开，站外面早听到她声音的江安澜已然眉头紧蹙，"这么严重？去过医院了吗？药吃了吗？医生怎么说的？"

姚远侧身让他进来，平息了咳劲儿才说："医院没去过，但我在吃药，没事的。你怎么还真来了？"

江安澜吐了一口气，说："我们还是早点结婚吧。"

大哥你这话题转移得是不是有点突兀啊？

转移话题很快的江安澜又说道："先带你去医院看看。"让姚远差点下意识就接了句："那到底是先结婚还是先去医院？"幸好理智及时出现，没有祸从口出。

江安澜探手到她额头上，姚远的皮肤白皙，五官漂亮，一双眼睛尤其出众，双瞳似剪水，让人不由会多看两眼。江安澜就多看了好几眼才说："有点温度，还是去趟医院保险。"

"我刚是忙热的。"她说完又是一阵咳嗽。江安澜马上二话不说去给她拿了沙发上的一件棉外套穿好，拉着她就出了门。

姚远被拉着下楼的时候还是忍不住说："师兄，我真觉得不需要去医院。"

"听话。"到了楼下，江安澜便揽住了她的腰，"冷吗？"

"……有点热。"

江安澜侧头看她，总算露出了点笑容，"又没裸裎相见，热什么？"

现在是不是要给这位多重性格男再加上一个"流氓"的标签？

两人走到小区外面，江安澜伸手叫车，但好半天都没有一辆车停下来，一些是因为坐着人，一些是交接班时间就算空着也不乐意停了。姚远忍不住对着他取笑了一句："师兄，您的美貌不起作用了呀。"

江安澜瞥了她一眼，这香艳的一眼让姚远后悔玩笑开大了，心中警铃大作，刚好一辆空车过来，她赶紧叫住，这次的司机很给面子，停了下来，姚远匆忙上了车，江安澜收了笑，从另一面坐了上去。就算是出租车，这大少爷也跟坐高档轿车似的，背靠椅背，腿一架，等他有条不紊地将Versace的深蓝色呢大衣两只袖口轻轻扯挺，才靠过来轻声对她说了句："比起对我出口调戏，我宁愿你采取实际行动。"

姚远差点一口血就喷出来了，故作淡定地跟司机师傅说了地点。

路上，姚远接到一通电话，是堂姐打来的，问她感冒怎么样了，要来看她。姚远说："正要去医院。"

"去医院？严重了？我正往你那儿开呢，那我直接去医院，哪家医院？"

姚远并不想堂姐跑来跑去地忙活，正想着怎么开口说明才好，手机被旁边的人接了过去，然后听到江安澜道："小远的堂姐是吧？你不用过来了，我会陪着她。"隐约听到堂姐问："你是？"

"江安澜。"

接着堂姐说的话姚远没能听清，最后江安澜嗯了声，结束了通话。

姚远好奇地问："我姐说什么了？"

江安澜把手机递还给她，"她让我好好照顾你。"话音刚落，江少爷的手机也响了起来，但他看了眼就直接按掉了，姚远还听到他咕哝了句："真他妈烦人。"

姚远摇了摇头，对这位大神偶尔不斯文的言行已经有点见怪不怪了。

到目的地下了车后，江安澜看到那医院大门不由眯了眯眼，不过那表情一闪而过，所以姚远并没有注意到，"师兄，走吧。"

进到医院里，江安澜去办了手续，人不多，所以没多久姚远就躺在躺椅上挂点滴了。不过那小护士插针时七分心思被帅哥吸引过去，这可让姚远遭了罪了，眼看两次失误后手背上都有两滴血了，姚远心说要不要提醒姑娘一句，等忙好我这边您再慢慢欣赏他如何？但还没等姚远说，江安澜已经冷声道："护校没毕业吗？医院怎么招人的？不会就换人过来。"

第三回总算是弄对了，护士姑娘走的时候委屈得都红了眼，姚远心说，这师兄的脾气还真不是一般的差啊。

低头在帮姚远用医用棉擦去手背上的血的江安澜这时说："我永远不会对你发脾气的。"

大神，您是读心神探吗？

点滴挂到一半时，江安澜出去了下，大概是去打电话，因为之前他手机响了好几回了。而他回来时，旁边跟了几个人，都是穿着白大褂的。姚远着实愣了下，江安澜开口跟她解释："遇到了认识的人。"

刚过来的这群白大褂队伍里，站在最前面的中年医生朝姚远笑道：

"你是安澜的女朋友吧？你好，我是这家医院呼吸内科的主治医师，姓夏，叫我夏医生就行。刚在外面走廊上看到安澜，还以为看错了，没想到真的是。小姑娘就是感冒是吧？体温高吗？"

"呃，还好，刚才量是38.1度。"

夏医生点头，"嗯，中度发热。等会儿挂好盐水，稍微配点退热药、消炎药就行了，药不用多吃，回去多喝水，多注意休息。"

姚远从小就挺怕医生的，赶忙应道："哦好，谢谢您。"

夏医生跟姚远说完，又转而跟江安澜说："安澜，这两年你身体还好吧？我们周副院长一直很挂念你的病情。"

"就这样。"江安澜对此不想多说，对方也很懂得察言观色，就说："那行，有什么事情，你让护士找我。"说完就带着人走了，走前还特别交代旁边的护士多多关照姚远。

他们一走，姚远便问："你以前在这里看过病吗？"

"小时候了。"

"到底是什么病？"这家医院在治疗呼吸道疾病方面貌似很有名。江安澜看着她，姚远后知后觉地想到这问题是不是不应该问？毕竟太私人了。结果江少爷伸手摸了把她的小脸，笑着说："夫人放心好了，不影响我们今后的房事以及生儿育女。"

姚远呆了，而附近同样在挂水的病人们也都听得笑了出来。

后来很长很长的一段时间里，姚远都没再问过他这问题，管他什么毛病呢！

花了两个小时总算挂完了水，其间，江安澜出去买了两份山药粥回来，两人当晚饭吃了。而出医院的时候那名夏医生还出来送行了，姚远不由看向身边的江安澜，心中暗叹："师兄，你家水很深啊。"

夏医生做完外交活动走后，姚远刚要叫出租车，江安澜拉回了她的手，"我叫了人来开车。"说着指了指路对面刚停下来的一辆车，"我二堂哥，你见过的。"

上次给她又送照片又送项链的警察先生？虽然是来去匆匆，但必须说留给人的印象还是很深刻的。

走到那辆车边后，江安澜拉开后座门让姚远先坐了进去，然后自己坐进了副驾驶座。

姚远还没想好要怎么跟前面的警察大哥打招呼，江安呈倒是先回头慰问道："生病了？这几天气温又降了好几度，注意保暖。"

"哦，好。"姚远挺不好意思的，说到底还是因为自己感冒，才会麻烦到人家。

江安澜从后视镜里看了她一眼，"不用不好意思，以后都是一家人了。"

"……"

江安呈道："咳！"他这堂弟就是这么"能说会道"。

车子在市区里绕，车子多，红绿灯多，几乎一路停过去，在一处红灯处停下，一辆小轿车经由逆向车道超过了他们的车子，扣准了绿灯亮起的时间冲出斑马线。

江安呈在那儿轻骂了声，坐副驾驶座的江安澜不以为然地笑了笑，"还是公家车。"

江安呈面色一沉，"车牌你记得吗？"江安澜报了一串出来，江安呈捞起手机就打电话，"查一下这车牌号……"

挂断电话后，江安呈一句"有哥在的地盘还敢违法乱纪，找死"让姚远断定他跟江安澜果然是亲兄弟。

江安呈按江安澜的意，直接送他们到了姚远住处，下车前江安呈问了一句："确定不用给你订酒店？"

"不用。"

果断得让姚远红脸，而后江安呈又对她说："有事找警察。"

"……"

姚远一到家，就对江安澜说："我打会儿游戏，你自便。"

江安澜看她精神还好，也就没有限制她活动，反而还大方作陪，"有笔记本吗？我也玩一会儿。"

"有，不过有点老了，上《盛世》可能会有些卡。"

"没事。"

于是，两人移驾到小书房里，姚远在她的老位子上，江少爷坐后面的沙发上，双双开机上了线。

雄鹰一号："咦？大嫂上线了！"

阿弥："君姐姐，抱！"

雄鹰一号："咦？！老大也上线了？"

落水："鉴定两人已同居。"

姚远："……"

惯例地被八卦一番后，姚远才开腔："我有一只戒指，伤害+50，幸运+3，内力+20，气势+20，谁要？"这只叫"符鳞"的戒指是前段时间带小杰克的时候人品爆发打出来的，在装饰物件里绝对堪称极品。

于是瞬间屏幕上爆满了"我！"。

雄鹰一号："给我，我跟嫂子关系好！"

阿弥："去你的，我跟君姐姐相识相知的时候你都还不知道在哪儿呢。"

走哪是哪："我在现实里见过嫂子三次了，关系妥妥地比你们都亲密！嫂子还请我吃过饭呢！"

于是，一群人争相比谁跟君若为君故关系好。

君临天下："呵。"

雄鹰一号："……"

落水："……"

姚远啼笑皆非地回头说："你跟他们凑什么热闹啊？"

江安澜没抬头，"比这点，忍不住。"

姚远无言一番后回归网游，跟同盟里的人说要不掷骰子得了。于是最后那只戒指给了掷出最大点的走哪是哪。

走哪是哪："哈哈哈，我真是太走运了！谢谢嫂子！"

落水："小走，别太忘乎所以，小心又被帮主踢出帮派哟！帮主大人，去刷副本不？"

君临天下："没兴趣。"

落水："那嫂子，跟我们去刷副本吧？"

姚远："好，在哪儿集合？我过来。"

君临天下："坐标。"

宝贝乖："这难道就是传说中红果果血淋淋的双重标准？"

傲视苍穹："我来了！老板你怎么不接人家电话啊？人家心都快碎了。"

落水："我说老苍，你是刚打精神病院出来吧？"

游戏里正闹的时候，江安澜开口："打完副本就休息吧。"

姚远回头，正色道："你要睡就先去睡吧。我房间给你睡，我睡我父母的房间。"

江安澜一笑，说："那么见外？"

说到这见外不见外，姚远不由想到一件事，"你上次干吗骗我说，我们已经那啥过啊？"

"啥？"

姚远有点怒了，"你别给我装无辜！"

江安澜作势想了想，神色自若地说："那晚，你抱着我强吻是事实，你脱我衣服是事实，之后你拉着我陪你睡觉也是事实，除了最后一步，你什么都对我做了。你是不是觉得，没有做那最后一步，就可以不用负责了？"

这男人，耍起小心机来那真是轻车熟路，得心应手。

姚远心惊肉跳地听完，痛定思痛之后，发誓："我以后再也不喝酒了！”

　　江安澜这时又浅笑劝道：“人说话、做事最忌讳不留余地，这酒偶尔喝一次，可以促进血液循环，延年益寿。”

　　“……”她这完全是减寿的节奏啊。

　　哑巴吃黄连，有苦说不出的姚远索性不再理他，转头玩游戏。

　　江安澜看着那道挺直的背影，眼中的笑意渐渐淡去。

第十二章

天意弄人

当晚游戏完了之后，两人分别简单洗漱完，姚远去了她父母房里睡觉。父母的房间她经常打扫，一直保持得很整洁干净，所以只需铺了床褥就能睡。

江安澜则去了姚远的闺房休息。房间不大，放了床和书桌，靠近窗户的地方摆着一张浅黄色的小沙发，旁边是书架。江安澜站起身走过去，拂过那些她曾翻阅过的书籍，《世说新语》《野草》《遵生八笺》《百年孤独》《初夏荷花时期的爱情》……江安澜拿起书架最上面摆着的相框，里面嵌着一张已有些年代的照片，三口之家，父亲抱着七八岁大的女儿，母亲站在旁边亲着女儿的脸颊，一派幸福安乐。

他本来以为自己第一次跟她遇到是大四那年，他倒在车边那次，却原来并不是。

在她离京回江泞的那天晚上，江安呈给他打一通电话，"我发了点东西到你邮箱里。爷爷让我查的，但我想有必要让你先看看。"

爷爷查晚辈的交往对象他并不意外，真正让他意外的却是他看到的那封邮件。

资料最开始讲述的是一对已在十七年前出车祸去世的夫妻，男的叫姚国华，女的叫蔡芬。他不认识什么姚国华，也不认识蔡芬。但当他看到这对夫妻是十几年前因他小叔江文瀚而造成的那场意外事故去世的那对夫妻时，当他看到姚国华女儿的照片和资料时，冷汗沁湿了手心。

那年，他十一岁，在江泞治病，那段时间他爷爷奶奶也多数是留在江泞市陪他，其他的长辈也偶尔会来探望。而小叔那段时间刚好在江泞任职，还是新官上任，他们家在地方上就属江泞市人脉广，所以大凡子弟下放历练，多数是选这边。结果小叔上任没多久就出事了，爷爷一贯固执，好面子，饿死事小，失节事大。

后来小叔坐了牢，而出狱之后便出了国。

江安澜不敢相信地又重新回头仔细地去翻看了一遍手上的文件。

但这世上就是有这样凑巧的事，让你不得不感叹天意弄人，世事难料。

他隐约记得出事那天，他父亲也到了江泞市。他起初并不知道小叔撞了人，而被撞的那对夫妻也被送到了他所在的医院来抢救，是之后无意间听护士提及才得知的。因为好奇，他偷偷跑出去看，看到那间病房外，他大伯和父亲都在，有不少人在哭，而其中被人拉着不让去抱尸体的那个小女孩，他只来得及匆匆看了一眼就被后面找来的护士带走了。他听到走廊上有人说："真可怜啊，都死了。"

电话那端的江安呈又道："快过年了，估计小叔这两天也会回国。"

"我知道了。"江安澜挂掉了电话，他想，这情况真是糟糕透了。

上天真爱开人玩笑，他小叔害了她父母，他却被她救过。他爱上了她，如今也渐渐得到了她的心，却在这紧要关头横生事端。

此刻，江安澜看着手上的照片，轻叹了一声，"如果你知道了，会怎样对我？"

第二天一早，姚远刚起来就听到门铃响了，她不由讶异，谁那么早就来串门了？

她披了外套去应门，外面站着的人更是让她吃惊不已，"陈冬阳？"

陈冬阳微笑着说："我刚好在附近，想起来你家好像就在这小区里，就问了人找过来了。"

"呃，是吗？"姚远这话是顺口那么一接，结果让对方不尴不尬地咳了一声，"不请我进去坐坐？"

其实姚远一直觉得自己跟陈冬阳只是点头之交，不过这样杵在门口也不是回事儿，"请进，咳咳！"她倒是真咳嗽。

"你感冒了？"

姚远嗯了声。

陈冬阳跟着她走进屋，四周看了一圈，很温馨的装修和布置，视线最后又回到姚远身上，看到她要去厨房给他倒水，忙说："我不用喝什么，你别忙了。姚远，我只是来看看你而已。"

这话说得有点直接了，至少比上面的开场白要直白得多。当然，比不过这位老同学上次的那句"如果你没男朋友的话，你看我怎么样"，姚远对感情是比较被动的，性格使然，别看她对谁都挺友善的，但是深交的并不多，所以她对陈冬阳的态度也一直是点到为止，不失礼貌，却也绝不会让人家想歪。姚远不由想到自己唯一特殊对待的江安澜，那也是因为某人太过"主动"的缘故，雷厉风行地跟她相遇，网游里结婚，见面，谈恋爱……在她还没理清思路前，心就已经先不争气地动了。

为什么偏偏是他呢？关于这问题，姚远想了很久，依然找不出原因，就是觉得从跟他接触以来，自己一直挺开心的。

至于陈冬阳，其实姚远也挺不解的，大学的时候两人并没有太多交流，两年后再遇到，怎么就突然对她很有兴趣了呢？还没等她开口，陈冬阳又说："姚远，你上次跟我说你结婚了，但是你大学的朋友李筱月说并没有接到过你结婚的消息，是不是因为我那次提起想跟你试试，让你觉得很突然，所以才找了借口说……"

这时，姚远的房间门被人打开了，走出来的男人打着哈欠，意兴阑珊地问："小远，谁那么早就来扰人清梦了？"

姚远："……"

陈炮灰："……"

陈冬阳终于面色尴尬，面如死灰地走了。

看着面前只穿着长裤，裸着上身，头发有些乱，眼神却很清明的人，姚远问："你不冷吗？"

长腿帅哥江安澜抿了抿嘴，转身回了房间。

姚远无语，大神刚才这一出绝对是故意作的秀吧？

回了房，关上门的江安澜靠在门上微微吐了口气，随后咕哝了句："妈的，真是内忧外患。"

昨晚江安澜几乎一夜无眠，他考虑了一晚上，他是要跟她结婚的，现实中结婚，那么这件陈年旧事他就必须得跟她坦白，因为不可能隐瞒一辈子。可目前，他实在没有信心将其说出口，他甚至是非常害怕的，害怕一说出口连两人在一起的可能都没有了。所以他最终决定还是从长计议，先回京，好好想想这事儿该怎么弄，才能保证他不被抛弃。

但江安澜怎么也想不到，事情会败露得那么快。

就在他在房里边精打细算、深思熟虑、边穿衣服的时候，姚远接到了堂姐的电话，姚欣然的语气有点沉重和犹豫，"妹，江安澜是不是在你那儿？"

"嗯。"

姚欣然那边踌躇了好一会儿，才又说："昨天晚上你跟他下了游戏后，傲视苍穹，也就是李翱，无意间说起他老板的家庭，说到他爷爷是京城有头有脸的大人物江元。江元你可能不记得了，但江文瀚你一定没有忘记吧？他父亲也叫江元，也是在北京当官的。我开始也怀疑，也觉得不可置信，想着可能只是同名，所以托派出所的朋友去帮忙查了下，刚刚他发短信给我……小远，江安澜的爷爷，就是江文瀚的父亲。江文瀚应该是江安澜的叔叔。小远，你在听吗？"

江文瀚，江文瀚……撞死她父母的人。

这名字一直埋藏在她最黑暗的那段记忆里，一旦触及，回忆回潮，伴随而来的就是无尽的绝望和伤心。

"姚国华、蔡芬的家属，抱歉，我们尽力了。"

"我可怜的儿子、儿媳妇，老天爷你怎么不带走我这快进棺材的老太婆？我的孙女才八岁啊……"

姚远的脑子嗡嗡作响，后面的话她没再听，事实上是再也听不进去，像是耳鸣了一样。

江元，江文瀚，江安澜……

姚远看到自己的房门打开了，那人走了出来，他看到她呆呆地站着，问："怎么了？"

她看了他很久，她的手因为捏手机捏得太紧而些微生疼。

"师兄，你认识江文瀚吗？"

江安澜的脸色瞬间一变，他要朝她走来，却被姚远后退一步的举动弄得不敢再试图接近。他闭了闭眼，才说："我去煮点粥，等你吃了早饭，我们再谈，好吗？"

姚远做不出什么表情，只是摇了摇头，"你走吧。"

江安澜皱眉望着她，"小远……"

姚远疲惫地打断了他，可她实在说不来狠心的话，"师兄，关于我们之间的关系，我们都各自再理理吧，现在，你走吧。"

江安澜最后点了头，"好。"但又淡淡地接了一句，"我等你。"他这句"我等你"有点一厢情愿不允许就此结束的意思。

江安澜走了。

姚远进了卫生间洗了脸，看着镜子中的自己，眼睛通红。

父母去世的那一天，是她人生中最痛苦的一天。

那天她看着满身是血的父母躺在病床上被抢救，她隐约知道，父母可能救不回来了。她趴在玻璃门外一步都不敢离开，一刻不停地求着上天的菩萨，求他们不要带走她的爸爸妈妈。可最终，妈妈走了，没一小时，爸爸也跟着走了。

江文瀚害死了自己的双亲。

江安澜是什么时候知道这件事的？

他为何要隐瞒她？

他接近自己又是为了什么？难道是知道她因为他的家人而成了孤儿同情她？

但他那样的人，如果真的只是同情她，不会那么花费精力。

可是，不管他是出于什么目的，现在都已经不重要了。她做不到声嘶力竭地去质问他、排斥他，却也无法再心平气和地与他相处了。所以，暂时就这样了吧。

可为什么自己会那么难过？

想想前一小时明明还在笑，现在却想哭。

这人生可真逗。

姚欣然来的时候，姚远在厨房里，正准备烧水，人却拿着水壶站在水池前一动不动。

姚欣然走上前去接手了水壶，不由叹息，当年叔叔婶婶过世时，八岁的小女孩也是这样，孤零零地站着，一声不吭。姚欣然开了水龙头，灌满水放到水壶底座上烧，之后拉着堂妹往外走，"我们到客厅里坐坐吧。"

"姐，你说他为什么要跟我开始呢？明明是那样的关系。"姚远的声音干涩，满脸悲伤。

看堂妹这样，姚欣然有些无言以对，她没打算拆散堂妹跟江安澜，只不过她既然知道了真相，必定不会瞒着自己堂妹。

姚欣然牵强地开口："其实，肇事的是他叔叔，江安澜又不是从犯，咱何必要搞'连坐'呢？而且，说不定这事他之前也是不知情的呢。"

"他知道的，他多机敏。他既然知道我爸妈是他叔叔撞死的，他怎么还能……还带我去他家里，见他的家人，去问好，去笑脸相迎呢……"

姚欣然听到这里，也终于沉默了。

之后她去给堂妹倒了杯开水，又煮了稀饭。姚远没吃两口，姚欣然看她精神实在不好，也没勉强她多吃，只是最后劝说她回房里休息。

姚远一进自己的房间，看着床上叠得整齐的被子，又出了好一会儿神。

外面的姚欣然没事干，但又不放心走，就去书房里开了电脑。

随便刷了会儿微博，想到眼下的局面，她又是一阵烦躁。

虽然这事儿是她去挖掘到的，但她依然觉得荒唐，江安澜竟然是江文瀚的家人。

她妹上辈子是造了什么孽，才会这么倒霉啊？

越想越火大。

这种事要是搁在电视剧里，非演变成复仇片不可。

姚欣然见桌面上《盛世》的游戏标志，点了进去。他们百花堂跟天下帮的同盟频道里聊得正high。

宝贝乖："阿弥哥，如果我嫁给你的话，乃能否保证我们的婚礼跟帮主和大嫂他们那样奢华呢？当然啦，时间不能像帮主跟大嫂那么神速！"

阿弥："全部可以有！"

走哪是哪："宝贝儿别嫁给他，哥才有钱，嫁给哥吧！"

雄鹰一号："走哪，你之前不是说穷得都快当裤子了吗？还有钱呢？你就吹吧。"

血纱："要嫁给像帮主这样的，老实说，大概到这游戏停运都不会有了吧？"

宝贝乖："泪奔，好羡慕大嫂！"

花开："噗，同羡慕。"

走哪是哪："昨晚老大和大嫂又双双退出游戏什么的……"

姚欣然看不下去了："行了，别人的事情你们都那么起劲干吗？"

走哪是哪："哎哟，水帮主来啦！"

宝贝乖："水姐姐，你是大嫂的亲姐，老大和大嫂什么时候真结婚啊？我们要喜糖！"

姚欣然："我说，还是请大家将网络和现实分开点吧。"

姚欣然说完，就退出了游戏。

她想了一番，最后又上线跟温如玉发了消息："麻烦你跟你帮里的人说一声，以后少说些八卦吧。其实说也没事，反正她估计也不会再上游戏了。"

温澄那边看出不对劲："发生什么事了？"

"没啥事，以后我妹大概不会玩《盛世》这游戏了。"

"跟江少有关？"温澄很有警觉性。

"你说呢？"姚欣然懒得再多说什么。

江安澜踏出机场，家里的司机已经停好车在外面等，他一坐上车就闭目养神，脸色很难看，嘴唇发白。

他刚下飞机打开手机时接到了大堂哥江安宏的电话，说小叔今天回家，如果他今天没其他重要的事，尽可能抽时间回家吃晚饭。

江安澜忍不住笑了，如今他最重要的事都已经差不多搞砸了，其他还有什么所谓的？

江安澜按着太阳穴，司机在红灯处停下。他望着窗外车水马龙，那么多人，那么多的可能，他们相遇了，却偏偏有这种前缘。有前缘就有前缘吧，可凭什么是要由他来为那段过错付出代价？

为了这份念念不忘，为了不悲伤、不叹息、不无奈，他等了多少年？

她回国，为了不一上来就吓着她，他花了多少精力在游戏里。通过网络跟她接触，按捺着性子一步一步地靠近她。

正苦大仇深的江大少爷又收到了温澄的一条短信："你跟大嫂怎么了？大嫂的堂姐说嫂子以后可能不玩《盛世》了。"他当即脸色一沉，除了姚远，他极少会有耐心给人发信息，但这次他打完发了过去："我们没事。"

他们没事。

是的，即便现在出了点问题，以后也会没事的。

都已经走到这一步，就算让他离经叛道、背信弃义，他也不允许有事。

这大神一旦钻牛角尖，那真是暗黑得都有点"三观不正"了。

这天傍晚，江文瀚也由司机从机场接回。他带的东西不多，只有一只中型行李箱，箱子由司机在后面帮忙拎着，他先行走至客厅，客厅里江老爷子和老太太，还有江文国、江安宏等不少江家人都在。

江文瀚已四十五了，倒也不怎么显老，穿着一件风衣，挺有一股温文尔雅的气质。

他先向坐沙发正中间的父母请了安，老太太的眼睛有点红。江文瀚看着江文国叫了声"大哥"。如今已五十多岁的江文国，面目很得江老先生的遗传，包括能力手腕也是。现已处于高位的江文国沉稳地应了声，随后说："你二哥海外生意太忙，今年过年都回不来了。你这次就替你二哥在家多住几天吧。"

江文瀚点了下头，心里不由苦笑了声，他们兄弟三人，唯有他最没有作为，甚至还给家族抹上了污点。

而每当他看到那群后辈时，都不禁让他叹老嗟卑。

大哥江文国是他们三兄弟里子女最多的，两儿两女，长子江安宏三十而立，成家立业，媳妇亦是名门之后。次子江安呈，进了公安系统，只需再磨炼几年便可高升。两个女儿则是当年由江老爷子做主让江文国领养的烈士遗孤，如今也都成了社会的栋梁。而二哥江文华也有两个儿子，大儿子江安澜，从小便聪明，老父亲最宠的孙子便是他。次子江杰，他未曾见过。江文瀚一一看过来，视线回到老父亲身上时，老父亲开了口，语气严厉，"是不是看着这些比你小的晚辈们如今都成人成才、事业有成，你这当长辈的自愧不如？"

老太太皱眉，"你就少说两句吧，难得回来一趟。"

"你也知道是难得，我看他真当我们江家是他的旅馆了。"江老先生的脸色依然不好看，江文国也忙宽慰了几句。但江文瀚似乎对父亲的冷嘲热讽已然习惯了，听着这种话面色都不变一下。

江安澜看着这场面，先站了起来，平淡地说："吃饭吧，饿了。"然后率先朝餐厅走去。江安呈也跟着起来，"爷爷奶奶，吃饭了，饭菜凉了不好吃。"

江老先生看着已让煮饭的阿姨去上菜的江安澜，终于是摇了摇头，说了声"吃饭"。

餐桌上气氛缓和了点，但江老爷子并不跟小儿子说话，江文瀚也很有自知之明地只跟母亲、大哥和几位晚辈聊。

"安澜，近来身体可好？"

江安澜是晚辈里话最少的，但人却极聪颖，江文瀚还记得十几年前教家里的小辈功课，只有小五是不需要他花过多时间的，因为无论什么，只要说一遍他就懂了，就算刚开始没理解，给他几分钟，他也绝对能想明白了。

江安澜今天胃不太舒服，吃得不怎么舒心，但对长辈他一贯不会失礼，哪怕这位长辈害他如今陷入了感情危机，"还好。"

"那就好。"江文瀚说，"我今年在美国认识了一个医生，他是气管疾病这领域的专家，你什么时候去美国，可以让他……"

老爷子斥道："中国没好的医生了？要跑到外面去看病！"

江文国也道："安澜的病主要是靠调养，西医不适合。"

江安澜吃了半碗饭，实在没胃口了，就放下了碗筷，说："爷爷，我今晚回自己那边，就先走了。"他起身走到老太太身边，弯腰说，"奶奶，我走了。"

老太太拉住孙子的手，"小五，你吃饱了吗？奶奶见你没吃几口饭。"

"饱了。"

老爷子关照道："那让司机送你回去。"

江安澜直起身子，点了点头，"好。"他对小叔并没有特别的看法，早走只不过因为自己情绪不高。

江安澜要上车的时候，江安呈也走了出来，江安澜皱眉道："还有事？"

"去喝一杯吧？"

江安澜坐了江安呈的车，堂兄弟俩去了一家酒吧，刚坐下没多久，就有女性来打招呼。江安呈一概回复说："在等人。"其中一位女士倒是大胆，说："那在你们女伴来之前，先跟我喝一杯？"

江安澜心烦着，直接说了句："我结婚了。"

"那在你太太来之前我们喝一杯？"

江安呈见堂弟脸色一下难看起来，不得不拿出证件给那位年轻女士看，"抱歉，我们在执行任务。"

对方一看是警察，也不敢再放肆了，施施然走开了。

江安呈看回堂弟，"你什么时候结的婚？"

江安澜闷头喝了口酒，不答反问："你什么时候回去？"

"回哪儿？"

江安澜皱眉哼了声，江安呈道："哎，你这脾气还真是一如既往的没耐心。后天回吧，你要跟我一起过去吗？"

"我明天就过去。"

"那件事你女友知道了？两人闹开了？"

江安澜不再出声，但看得出心情很不好。

江安呈说："如果有需要帮忙的地方，尽管开口，兄弟一场，一定鼎力相助。"

"不用。"江安澜又喝了口酒，"这是我的事，我跟她的事。"

姚远一觉睡到晚上八点才起来，精神恢复不少。姚欣然一直在书房里看电视剧，听到外面有声音才关了视频走出来。姚远一见到面带担忧和关切的堂姐，勉强笑了笑，说："肚子好饿。"

姚欣然立刻道："那咱到外面吃饭去。"

由姚欣然开车，去了一家小馆子，点了两菜一汤，等菜的时候两人聊着天。姚欣然这人心思也够缜密的，聊天中一丝一毫都不涉及游戏和游戏里的玩家。但就算如此，姚远也不见得心情就好一点，一直用手支着额头，心不在焉的样子。她会说肚子饿是为了不让姚欣然再多问些什么，其实睡了一觉之后什么都没改变，又哪来的心思聊天？

菜陆续上来的时候，姚远放在桌上的手机响了一声，是短信，她翻看，发件人正是江安澜，她脑子一下有点恍惚。他说："你要理到什么时候才能理好？我等得难受。"

姚远看着那条短信，半晌无言。她之所以说"关于我们之间的关系，我们都各自再理理吧"，只不过是因为她说不出太翻脸无情的话。可那意思，已经很明显了，还有什么可多说的呢？

而如果他有十分难受，她便是万分难过。

她总算是体会到了什么叫被命运撞了一下腰。那一下撞得她疼得都直不起身来了。姚远想到这儿，不由讪笑，这种时候她竟然还不忘自我戏谑。

姚欣然看她关机，有些讶异，"怎么了？为什么突然关机了？"

姚远摇头，"没什么。"

姚欣然沉默，然后给姚远夹了一筷子菜，"吃饭。"

吃了一会儿，姚欣然找话题说："话说前两天，有朋友给我介绍了一个对象，那男的我看着还算顺眼，就交流了两天，最后还是算了。而那两天吃饭都是由我埋单的。"

姚远安慰道："这种男的不要也罢。"

姚欣然皱眉，"是我抢着埋单的。"

姚远魂不守舍道："哦，那这种女的不要也罢。"

姚欣然："……"

那时，江安澜刚踏进自己的公寓，看着空荡荡的房子，心里十分不好受，就忍不住给她发了条短信。

他去厨房烧了点水，吃了两颗胃药后，她都没有发回来只字片语。江安澜就那样一直面无表情地站在厨房里，直到过了将近一刻钟，他才出来，去浴室洗了澡，然后进卧室倒床就睡。

短期内，她是真不想理他了。

李翱一早来敲江安澜的门，敲了半天，里面的人才开了门。

一晚没睡好的江少爷满脸不痛快，"什么事？"

李翱笑道："我给您送早餐来了。"说着举起手上的豆浆、油条。

江安澜的反应是直接甩上了门，李翱摸着鼻子再敲门，"boss我错了，想起来你不吃油腻的了！老板，开下门吧，我有事要跟你说，因为打你电话关机，所以我才不得不来敲门的，是关于大嫂的事……"话没说完，门再度被拉开，江安澜一手拽住李翱将人拉了进来，"她怎么了？"

李翱拉下老板的手，"咳咳，是这样的，昨天晚上八九点的时候，大嫂那边不是开始下大雪了吗？然后我们帮的走哪是哪也是那儿的，他就抽了风跟我们所有人打电话报喜说天降瑞雪了，打到大嫂那儿的时候……"

江安澜没耐心地阻止他，"直接讲她怎么了！"

李翱道："据说大嫂出了点小车祸，我也是今天一早才知道的，不过您放心，只是她堂姐的车稍微撞坏了点，人没出啥问题。"

江安澜直接回身去拿了外套和钱包就往外赶，呼吸有些乱，他承认，自己从来没有这么仓皇慌张过。

李翱跟在他后面，"老板直接去机场是吧？我车就在楼下，我送你过去。"还真是头一次见boss方寸大乱，大嫂果然影响力不凡。李翱这样想的时候，他不知道，他那句无心的插科打诨却正是他老板和大嫂眼下这种不良局面的导火索。

江安澜一上李翱的车就马上给手机充电，一开机就给姚远拨去了电话，结果对方关机中。

旁边开车的李翱还笑着说："给嫂子打电话吗？这点儿嫂子可能还在休息吧。"江安澜瞟了他一眼，李翱很有眼力见儿，见老板面色不善，闭上了嘴不再说话，径直开车，只在中途给航空公司打去电话给老板订了机票。到机场后，李翱也非常积极地去帮忙办理了登机手续。

但江安澜登机前还是对李翱说了句："回头收拾你。"昨晚温澄又给他打过一次电话，说如今游戏里的人都知道他是高干子弟、江元的孙子。两三句说下来，江安澜就知道是怎么一回事了。

虽然知道问题根源不在于李翱，他不过是一时多嘴，但江安澜对此多少是有些不爽的。他本来打算稳扎稳打的，不说有多大的胜算，但至少不至于像现在这样没有把握。

李翱泪流满面地目送走了boss，不知自己哪里又深深触犯了龙颜，人家都那样能干乖巧了。

第十三章
我不想恨你

接连三天坐了三趟飞机，对于江安澜来说，已有点吃不消了。下飞机后，他在机场里找了张僻静点的座位，坐着休息了十来分钟才站起来。

姚远醒来的时候，觉得额头有点疼，这才想起来昨天吃完饭回家，堂姐的车跟边上一辆突然打滑了的车擦撞了一下，失控撞上了道路中间的隔离带，她的头撞在车门上磕破了，而堂姐的左腿青了一大块。还好，总算是有惊无险，就是折腾得很疲惫。昨晚等交警和保险公司过来处理完事故都已经快十点了，之后又赶到医院去处理了伤口，弄完都十一点多了。回到姚远的住处，两人简单洗漱完就休息了。

姚远那会儿躺在床上，回想起那辆车撞上来的那一刻，她想到了爸妈，也想到了他。很多情绪夹杂在一起时，咀嚼出来最多的是苦涩。

她按了按包着额头的纱布，不由叹了一声，"最近还真是多灾多难。"

睡在另一侧的姚欣然也醒了，"我看，咱们该去庙里上炷香了。"

姚远问道："现在几点了？"

姚欣然看手机，"才七点一刻，还早着……咦？走哪是哪？他昨晚都十二点了还跟我们发信息问我们怎么样了？这小伙子还挺有义气的嘛。"姚欣然当下拨了电话过去，那边一接通，她就笑道："早啊，小走弟弟……我们？我们当然没事情……哦，她手机摔坏了……真的？那是好事，可以啊，与有荣焉嘛。"姚欣然又随便扯了两句后，挂了电话。

姚远已经下床，在穿衣服，姚欣然坐起来对她说："走哪是哪说，花开的花店今天开分店，让我们去给她捧场，顺便大家一起吃顿饭。"

姚远沉吟："我不去了，你去吧。"

"干吗不去？去，就当散下心也好嘛。"

姚远无奈道："那我先去把手机修好吧。"

"你这手机还修什么修？屏幕都多了一条裂痕了，回头直接去买一新的得了。"

姚远觉得现在没手机一段时间，也无不可，便没再说什么了。

收到走哪是哪发来的地址后，两人就出门了。姚欣然是有意要让堂妹多接触接触人群。她们到的时候，花店里还很冷清，花开一见姚欣然和姚远到场，马上放下了手中的活走上来，"两位美女来得早了点啊。君君，你这额头怎么了？"

"破了点皮，没事。"

花开一脸心疼，"这么漂亮的脸蛋破了相，也太不小心了吧？回头姐介绍你一款药膏，淡斑生肌很管用。"

姚欣然左顾右盼，"花开，不是说到你这儿来集合吗？人呢？"

"集合时间是十点整，我这店开张吉时定在十点三十八分，现在才九点，帮主。"

"晕，走哪是哪那家伙说话就不能说清楚点？"姚欣然鄙视。

姚远说："既然来了，那先帮忙做点事吧。"

花开大姐大地伸出一只手揽住了姚远的肩，"我老说什么来着，小君永远这么讨喜。"

姚远笑了笑，不想让别人看出其实她是有点心不在焉的。

在帮忙的时间里，陆续有人过来了，一些是花开现实里的亲朋好友，一些是游戏里的，如雄鹰一号、亚细亚，都是本市人。到十点的时候，走哪是哪也总算来了。

走哪是哪看到姚远她们就跑过来问："大嫂，水帮主，你们还好吧？"

姚欣然一巴掌拍在这小子的后脑勺上，"不是再三说了没事吗？你是不是特别希望看到我们打石膏、戴护脖器啊？"

走哪是哪慌忙喊冤，"没啊，哪能啊，我只是关心你们嘛。我昨晚是真被吓到了，一早还跟我们副帮主发了微信说大嫂出车祸了，帮主肯定要急死了……"走哪是哪看着姚欣然越来越恐怖的脸色，小声道，"我说错什么了吗？"

姚欣然拎住他后颈的衣领就往外拉，"走，陪姐姐去弄外面的横幅去！"

他知道了？

姚远皱着眉想，他应该会担心吧？她实在不想让他在这种情况下还要来挂心自己。

一旁的亚细亚突然拍了拍她的手臂，"君姐姐，从马路对面走过来的那人，是不是你家君临天下啊？是吧？没错吧？这种人被人认错的机会很少吧？"

雄鹰一号疑惑说："帮主过来不会是因为我错发的那条消息吧？"

姚远望向他，雄鹰一号干笑道："帮主刚在游戏里认识大嫂您的时候就给我们布置任务了，看到您在哪儿就给他消息，我一时把游戏跟现实错乱了。"

姚远心里五味杂陈。

江安澜走进花店的时候，几乎所有人都向他行注目礼，连完全不认识他的那几个花开的亲朋好友也不禁多看了几眼这酷哥，只有姚远一人站在最边上的位置，神情安宁。

还是雄鹰一号先走近江安澜说："老大好神速，你人本来就在咱们市吗？"

江安澜点了下头，就直直地走到姚远面前，看向她额头上的纱布，"就额头受了点伤吗？"

姚远低低地嗯了声。

确定她没事，江安澜暗暗吐了口气，随后柔声道："可以跟我出去单独谈谈吗？"

姚远沉默不语，因为真的不知道该怎么面对他。

其实算起来他们也才一天一夜没见，却有种隔世之感。

周围有嘀嘀咕咕的声音冒出来，姚远觉得不自在，然后就听到江安澜对着那些人说了句："要不你们出去？"他的语气很平常，不至于霸道但也是……真心不客气。姚远脸皮从来就不厚，轻声丢了句："我们去外面。"就先行走出了花店。

江安澜跟出来，外面冷，他拉住她的手说："我们去前面的咖啡馆坐着说？"

姚远轻轻地挣脱开他的手，"这边说吧。"

江安澜的脸色不是很好，甚至有些苍白，他说："你是不是连我也恨了？"

姚远不说话。

江安澜继续问："是不是怪我对你隐瞒？那就怪吧，毕竟在这点上我确实有错，没有在知道后的第一时间就跟你开诚布公地说明。但是，姚远,我对你的感情不掺杂任何的假意。"

"……"

"其实你想报复江家,你跟我在一起是最快最有效的方法。你只要跟我在一起,然后对我坏一点……当然,前提是你得跟我在一起。"

姚远不可置信地看着他,开口,语气是无奈的,"你别胡说八道了。"

江安澜见她终于开口,暗暗松了口气,慢慢地、仔细地说:"姚远,我是真的接受不了分手。你就当……就当怜悯一下我,别一点余地都不留给我,可以吗?"他抬手将她额前的头发拨开一些,"痛吗?"

她看着眼前的江安澜,情绪瞬间低落,姚远不知道为什么自己突然之间那么难过。

她没有回答他。

因为她也不知道该怎么办。

花开点着了鞭炮,当噼里啪啦的声音响起时,她站在人群里,他站在她身边,她听到旁边有花开的亲朋好友在说:"这对小情侣真登对。"

鞭炮放完,江安澜抬手要帮她将她头发上的一小块红纸碎屑弄下来。姚远偏开了头。当姚欣然走过来的时候,姚远抓住了堂姐的手,"跟花开说一声,我们先走吧?"

但她们没能走成,花开已在招呼大家去预订的火锅店吃大餐了,她吩咐两小妹看店,过来就拉住了姚远,"小君,等会儿要不要喝点小米酒?那家店的店主自己酿的,味道特好、特正!"

"我能不能喝黄酒?喝米酒太娘了。老大,我们等会儿喝点黄酒吧?"雄鹰一号嬉皮笑脸地去问自家帮主。江安澜望着那道被人带出去的背影,说:"可以,我现在正想喝点酒。"他有点气闷,不是怪她,他只怪自己太急躁。

江安澜走在队伍后方，雄鹰一号跟着他走着，"老大，昨天我们刷第一峰了，辛辛苦苦刷完结果爆出来的都是些垃圾，果然没您在不行啊，人品都各种低了！"

不远处的走哪是哪回头笑道："帮主，你是在这边出差吗？你们公司要招人吗？我毕业后能不能收了我啊？"

江安澜随意嗯了一声，他没怎么听进他们的话，心情不好，一直不敢碰的一段感情终于被他开启，慢慢升温，渐渐地朝他预想的方向发展，却被突然冒出来的陈年旧事给弄得分崩离析了。

他实在不甘心。

江安澜走上去的时候听到她在跟身边的人说话，表情为难，"我真的不能喝酒，等会儿还有事情要做。"

花开道："你学校不是放假了吗？还有什么要忙的？"

江安澜走到姚远身边，对花开说了句："她感冒还没好，昨晚又受了点惊，不能喝酒。"花开一见是江安澜，便挺知进退地对姚远笑笑，就退到后面一点跟别人去聊了。

他们要去的是过一条街的火锅店。走过去大概十分钟，这十来分钟里，江安澜走在姚远旁边，他没有说话，偶尔看她一眼。姚远呢，也不知道该跟他怎么处才是合情合理的，于是就这么一声不吭地沉默着。

周遭的人看着这毫无交流的两人，都有些心理活动。

姚欣然就特别纠结，"这算是什么事儿啊？"说真的，她堂妹跟江安澜分手，她也觉得可惜，毕竟是第一次见堂妹对人敞开心扉。客观地讲，以江安澜的条件作为结婚对象算是不能更好了。但是，现在摆在两人面前的显然已经不是"是否是两情相悦"那么简单的问题了。

进到火锅店，花开上前说了下，服务员就领着他们去了二楼的大包间。

姚远进去后想把包交给堂姐保管，她去上厕所，江安澜先伸手接了过去。姚远心想，总不能把包抢过来吧？只得无可奈何地说了声"谢谢"。而出来的时候，她在走廊里竟碰到了以前的大学同学，一男一女，他们看到姚远，也挺意外，双方打了招呼，之后那男同学说："我听老钱讲，你回学校工作了？"老钱是他们大学时的辅导员。

"嗯，你们呢？"

那女同学说："我跟他都在外企，还是你好，学校工作轻松，环境也好，真羡慕你。"

姚远听出女同学口气里有些微的不和善，她跟这个女生并不是很熟，跟那男同学反倒熟点，因为他俩当时都是班里的干部，常常要一起讨论事情。姚远也习惯了被女生当成假想敌，倒也不介意，只是实话实说："学校压力也大的。隔三岔五地写总结、写论文什么的。"

那男同学莞尔，"你嘛，找一高富帅嫁了得了，还要自己那么辛苦干吗？"旁边的女同学打了他一下，"我们班的班花还用你来操心啊？"

姚远无奈地笑了笑，刚要跟他们道别，江安澜刚好从包厢出来，看了那两人一眼，对姚远说："朋友？"

姚远下意识地问："你怎么出来了？"

江安澜嗯了声，"上洗手间。你包给你姐了。"他说着把手机递给她，姚远没办法只能接了。江安澜一走开，姚远回头就看到眼前的两位老同学正微讶地看着她，男同学先指了指那男厕所的大门，然后问："他是江安澜吧？以前也是我们学校的，大我们三届的？"

那女同学则有点不可思议，"你跟江安澜在交往？"

姚远心说，他们差不多已经"劳燕分飞"了，可不管她跟江安澜如何，都无须对别人多说什么，"那我先过去了。再见。"姚远没走出两步，江安澜的手机响了起来，她看了眼，是江安呈，她没接，但这位警官很有恒心，响了好久都没收线的意思，姚远怕是急事，就接了，

"……他现在不在。"

那一端的人明显有点意外，"哦，姚远是吧？"

"嗯。"

江安呈道："那麻烦你帮我问一下他，他之前在这边看的那套房子是不是确定要买下来？是的话，我就让人把号码给先定下来。"说着，他停了会儿，又说了一句，"姚远，安澜很在乎你。"

江安澜一推开包厢门进去就看到姚远在跟身边的姚欣然说话。走哪是哪跟他招手说："帮主，这里这里！"

江安澜没搭理，走到姚远身旁，她另一侧的位子空着，他理所当然地坐了下来。走哪是哪还在不死心地叫他："帮主帮主，有点事想跟您商量下，您过来一下。"依然被江安澜无视了。

姚远将他的手机还给他，"有人找过你。问你买房的事情……你要不自己再打回去问下？"

江安澜接过，应了一声就将手机随便放了桌上。这会儿走哪是哪蹭过来了，弯腰问江安澜："帮主，说真的，我能不能过完年就去你的公司实习啊？我真的很想跟那部电视剧《北京爱情故事》里的主角们那样，到京城奋斗看看。但那边我完全人生地不熟，我唯一认识的大人物就是帮主大人您了，嘿嘿。"

"你跟李翱联系。"

"副帮主吗？好好！"走哪是哪是挤在江安澜跟姚远之间的，说完又扭头对姚远说，"嫂子以后就是我老板娘了！"花开在点菜，问他们都要吃什么，报上来，走哪是哪喊着羊肉、牛百叶，心满意足地走了，留下姚远为那声"老板娘"而微微囧了。

江安澜倒是在想，这走哪是哪可以重点培养下。

旁边花开的亲朋好友一直挺好奇为什么他们管这位型男叫帮主，莫非他演过什么电视剧？有一位阿姨就开口问了："那年轻人是不是演员啊？"

雄鹰一号大笑道："不是，他是我们游戏里的帮主。"

"哦，游戏。"阿姨兴趣不大了，不过对江安澜还是称赞说"长得真帅，跟电影明星似的"。

走哪是哪敲着筷子说："哈哈哈，是的是的，我觉得我们帮主比我偶像Nick Carter还要帅点！"

姚远心说，东方人跟西方人比，完全没可比性吧。

接下来的火锅大家吃得都很满足，尤其再加上点酒，气氛更是好得不得了。姚远因为感冒还没好全，所以没喝。江安澜则喝了将近大半瓶黄酒。姚远知道他身体不好，后来看不下去就让他别喝了，江安澜隐隐一笑也就真的不喝了。

从火锅店出来，不少人还都情绪高昂地说要去唱歌。花开笑骂："行了，大白天的唱什么歌，我还得回店里去忙呢，都散了散了！那谁谁谁，说好下午还要帮忙的啊。"

姚欣然笑道："知道了，不会白吃你的。"

雄鹰一号为难，"那我们是不是也不能当白吃的？"这么一来不少人都表示要去给请吃了大餐的花开帮忙。

花开又乐了，"我衷心感谢大家的好意了，人太多，我那小店面也挤不下。行了，帮主还有我们家……"刚要点姚远，花开看到站她旁边的江安澜，当下咽下了话头。而江安澜这时客气地走过来，从皮夹里抽出了两张一百的递给她，说："这是我跟姚远的吃饭钱，我带她先走了。"

众人都呆了。

姚远也呆了，然后就被江安澜顺势牵着手带走了，等大伙反应过来时，帅哥美女已经走出十来米远了。

雄鹰一号叹服，"老大要不要这么霸气？"

走哪是哪说："噗，为毛我觉得是萌。"

雄鹰一号接腔道："你被宝贝乖带坏了。"

两人走了一段路后，姚远才再次挣开他的手，她终于还是说了那句话："师兄，我们算了吧。"

江安澜脸上的笑凝住了。他站在那里，居高临下地看着她，他背对着日光，脸上的表情有些看不清楚，"真的无法原谅吗？"之前完全是走一步算一步，此刻却真正有了走投无路的惶恐。

姚远垂头看着自己的手，这一天一夜漫长得真的像是在度日如年。今天见到他，心里就一直像被什么东西扯着，生生地抽疼。她缓缓地说道："原谅？我不会报复你们家，我也没那能力，也不会牵连怪罪到你身上。但是，我真的不知道该怎么跟你在一起。如果我和你在一起了，我该叫江文瀚什么？叔叔吗？"一向什么都看得很淡的姚远此刻脸上是清晰可辨的沉重忧伤，"师兄，以后，我们别再见面了吧。"

江安澜深呼吸了一下，随后上来拥住了她，"姚远，为什么你不能单想想我呢？我们的感情是我们两人的事，跟别人，哪怕他们是我们的亲人，又有什么关系？我知道这话很自私，自私透了，可我不管。除非你说你不喜欢我，那好，我没话讲。可是，你对我不是没感觉的，不是吗？姚远，我想与你走完余下的人生，不想因为旁人而跟你分手。我花了那么长时间才跟你见面，跟你走到这一步，若真的做不到也就算了。我说了，你就当怜悯一下我，好吗？当我求你。"

姚远听完他这长长的一段话，这种告白，这种坚定的表态，不是不动容的。

但是，他能说出那样的话，是因为那场车祸不是他的心魔，他可以轻易地抛开。但她不行……父母被车撞的那天，是她的生日，早上爸爸妈妈还开开心心地送她去了学校，说好了晚上去接她，然后一家人一起去买蛋糕。那天她满心希望时间走快点，盼着放学后爸妈来接她去过生日。然而那天却成了她生命里最漫长的一天。她在课堂上被大伯带了出去，去了医院，看到了血肉模糊的父母。她不会去讨伐谁，但是，也真的无法跨过心里的那道坎。

"师兄，我不想恨你。"

说出这句话的时候，姚远却觉得她有点恨自己了。

那天过后，姚远没再跟江安澜有任何联系了。

有人说，我们无法选择命运，我们能选择的，只有命运来临时该如何面对。

而她既然选择了那样面对，无论对错，只能继续走下去。

过年期间，姚远一直在乡下陪奶奶。

过完年，进入新学期后，姚远开始变得很忙碌，朋友、同事的聚餐活动她都会参加，下班后会去运动，也准备着考博，一刻闲暇都不给自己留。

她头发也剪了，剪得很短，只盖住耳朵，理发师说这发型配她特别合适，很清爽。姚远却并不在意好看不好看，她甚至考虑着要不要再去剪短点，洗头更简单，却被堂姐阻止了，堂姐的理由是看不下去她这么糟蹋自己。姚远对此很是无语，她不过是事情太多没精力去打理自己罢了。

姚远将文档保存好，刚关电脑，手机响了，不出意外是堂姐姚欣然，她如今总是时不时地找姚远出去一起活动，像是怕她一个人会出什么事似的。

"小远，明天礼拜天，你过来我这里，我们一起看电影吧，今天刚入手了一套正版《魔戒》，决定回味一下我家精灵王子的美貌，你没看过对吧？一起来看，我已经准备好零食了。"

"姐，我还有一篇报告没写完，下礼拜一要交的。"

"不行，明儿你无论如何都得给我过来，你再这么离群寡居下去，就直接可以出家了！"

"好了，我明天会去的，你别说得这么离谱行不？"姚远无奈道，连出家都说出来了。

第二天，姚欣然给姚远开门后，就拉着她直接冲到客厅的电视机前，一把将她按坐在沙发上，"水果、零食、茶水我都备妥了，你先吃着，我马上去放碟片。"

姚远摇头道："现在还会去买电影碟片的人不多了吧？网上看不是也一样吗？"

姚欣然说："格调懂不？收藏懂不？高清懂不？"

姚远被逗笑了，"如果你的电脑里能少些爱情动作片，恐怕我会更相信你的格调论。"

姚欣然自己也笑了出来，放好碟片，回来坐在姚远身边，"给你姐点面子行吗？"

"好吧。"

电影已经开场了，姚远便不再说话，脱了拖鞋缩进了沙发里，静静地看着电视机，电影播放着，一旁的姚欣然随着剧情发展激动不已，她却平静到几乎漠然。

姚欣然眼角瞥到姚远的表情，心底不由叹了一声，她知道自家堂妹这段时间心情一直不好，虽然面上没有表现出一丝一毫，但是她们在一起二十几年了，她怎么会看不出来？

当天色暗下、华灯初上的时候，《魔戒》三部曲也终于到了最后皆大欢喜的大结局，只是当主角Frodo Baggins回到已经空无一人的袋底洞，独自对着已经写到结局的书，起身漫无目的地踱步的时候，他的喃喃自语却让一切变得悲伤不已。

你该如何重拾过去的生活？

你该怎么继续下去……

当你在内心深处早就知道你已无法回头。

有些事情无法弥补，

有些伤痛太过深沉，

你将永远无法复原……

姚远怔怔地看着电视机，直到眼前的一切逐渐变得模糊不清。

直至现在她才终于清醒地意识到，那人在她心底烙下的痕迹，不管她再怎么努力，都无法抹去了。

最磨人的思念是似有若无地想起，有时候你自己都不知道你在想。

仔细算算，他们分开有四十天了吧？对于江安澜来说，这四十天完全像是回到了自己住院的那几年的状态，没有盼头，压抑，看谁都不顺眼。

这天，他跟大堂哥江安宏打完网球，走去俱乐部浴室的路上，江安宏开口问他："你这两天公司要是没什么事，抽点空出来，跟你三姐一起去外面玩玩吧？"

江安澜扳正网球拍上的网说："没有空。"这样的态度表明他不想谈这话题，江安宏也就不多说了，他这五弟已足够有本事，不需要他多点拨，很多事情他都能掌控好，审时度势，聪明得很。爷爷曾说过，如果小五的身体允许、脾气好点，去走仕途的话，那么他的作为可能比他们江家的任何人都要大，只可惜天不由人。而最近听江安呈说起，小五在谈的那段感情可能已结束，所以就提了提让他出去散散心的想法。不过现在看小五的反应，想来对于这段感情该如何取舍，他心里也有数了。

之后，两人各自去洗澡，出来后找地方吃了午饭，中途江安宏被一通电话叫走。

江安澜吃完后，回自己的住处。他坐在车后座，摇下车窗，外面的国槐、洋槐都已在冒芽了，一片生机盎然，两旁人行道上有不少人在散步踏青。今天是周末，所以人多，三三两两的，有情侣，有带孩子玩乐的老人，他却看得胸口发闷，凭什么别人都可以过得这么舒心，他就不行？奇了怪了，他又没做什么伤天害理的事，就算有，那也都是兵不厌诈、各安天命的事情，凭什么他就得过这么苦逼？江安澜刚步入二十九岁的"高龄"，心理却是越来越扭曲了。他甚至觉得自己就像是命悬一线的绝症患者。不，他就是绝症患者，肺性脑病，在他的这二十九年里，因为得这病，从十二岁到十五岁，他的大部分时间是在医院里度过。大学刚毕业那年，因为并发症，他躺在医院里，吃不进东西，吃进去的大部分也都吐了出来，一度瘦得不成人形，情绪焦躁悲观。如今他不知道自己什么时候会加重病情，会昏迷，甚至会精神异常。江安澜闭上眼睛，那次她带他去医院，帮他叫医生，给他付钱，他觉得这人真傻……

"傻瓜，如果你不救我，不就什么事都没了？"

他掏心掏肺地想念起来，这种挂念在许多年前就已开始。

第十四章
一种相思

这两天，姚远通过QQ联系了老同学赵瑜，赵瑜是和她一起由江大公派留学加拿大的。如今赵瑜还在加拿大读博，姚远想跟他讨教些关于读博的问题。赵瑜说："你持外国的硕士文凭，再读国内的博士不划算，要不再申请下公派来这边读博？以你的条件，我想问题不大。"

姚远却否决了，"我奶奶年纪大了，身体也一直不怎么好，我不敢再走远。"

"那你是想在江大读博？"

"嗯，我记得你跟孙云孙教授很熟？"

"哈哈，美女你这不是明知故问嘛？你想做我外婆的学生？她虽然名声在外，但非常严格，对学生的要求也很高，做我外婆的门生有你苦头吃，你看，我都千辛万苦要跑外面来了。"

"我两年前有幸听过孙教授的一次演讲，对她在中国明清文学领域的研究很佩服，也很敬佩她为我们中国的文化事业所做出的杰出贡献。"

"我说小远，我们才半年多没见吧？你可真是越来越会说话了啊。行，我会帮你在我外婆那儿通通气的。不过我还是那句话，以你的条件，不管是做江大孙教授的学生，还是公派留学，都不成问题。我好奇的是，你本来都回去好好上班了，怎么又打算自我深造了？"

姚远打字的手停顿了下来，过了会儿才重新敲字："想过得充实点。"

姚远终于还是跟孙教授联系了，现在很多高校的博士生导师、副导师，很大一部分人都是有名无实的，姚远想要拿到的是真材实料的学位。她爱文学，童年时期最常待的地方就是母亲工作的市图书馆。后来的一路求学，学校的图书馆便是她最常去的地方。她一步步走过来，也总算是没有走上"做一行，恨一行"的路，主要是中国文学博大精深，仅仅拉出五千年里的百年就够人研究的。确定了导师，当然，现阶段只是她单方面的确定，还要等考试后孙教授的反向选择。

这段时期，姚远将所有精力都花在了考博上，以至于那天上课差点累倒在课堂上，她闭了闭眼，才又放着PPT讲下去。她的课是选修课，去年还好，课程都安排在白天，今年有两天的课安排在了晚间。她的作息被弄得很混乱，每次上完课回到家，自己还要学习、看资料，每每弄到深夜。她承认有点拼命了，可她停不下来。因为人一空下来，就容易胡思乱想。

这天下课后，她走出教室，后门有人叫她："老师，等等。"姚远回头，竟然见到了走哪是哪。对方跑到她跟前，"大嫂，嘿嘿，我来旁听你的课了。"

姚远听到那声"大嫂"，微微皱了皱眉，但也没说什么，只是说："你不是这学校的学生，怎么……"

"晚上无聊嘛，我求了我那同学，让他帮忙打探大嫂你的上课时间的。大嫂你课讲得真仔细啊！说起来，刚我后面有男生说你头发剪短了，超像小男生，哈哈哈哈。"他左一句大嫂右一句大嫂，姚远听得心里难受，也避免被来去的学生听到，就跟他说："我们边走边说吧？"

"好好。大嫂你最近很长时间都没上游戏了，老大也是，你们不在，我们都没玩的乐趣了。温长老也是的，隔好几天才来一次，郁闷。"走哪是哪讲了一通最近《盛世》里的情况。姚远听得心不在焉，走到学校后门口的时候，看到卖奶茶的小店还开着，就问走哪是哪："你要喝点什么吗？"

"老让大嫂你请客，那怎么好意思呢？这次我请你吧，大嫂你要喝什么？"说着，他就先跑过去了。姚远走过去，说："我要一杯热柠檬汁。我来付好了。"她可不习惯让"学生"埋单，虽然自己也就比走哪是哪大三四岁。

姚远付完钱，走哪是哪连说谢谢，她忍不住笑了，"好了，你也差不多该回自己学校了吧？"

"大嫂要回去了？"

"嗯。"

走哪是哪不情不愿地跟姚远道了别，走前问姚远什么时候能上游戏。

"再说吧，我最近比较忙。"

走哪是哪走后，姚远在后门的马路边打车。她晚上一个人不敢走夜路，而到家的那路公交过了晚八点就没了，幸好路程近，打车也不是很贵，每周来去两次还能承受。

等她坐上的士，车子驶在这条路灯光线昏暗的马路上，当看向某一处时，她不禁又出了神。她曾好多次去回想发生在这里的那一幕，都记不起第一次见到他时他的样子，只记得他那糟糕的语气。之前每次回忆都觉得，这人明明脾气很差，却在她面前装得很绅士，她有些好笑，也有点感动。而如今只要想起他来，她心里就像被一根小小尖尖的刺扎着，一下一下地，不是很痛，却也忽略不了。

其实连她自己都不知道，自己自始至终到底喜欢他什么。好像在她还没有完全弄明白的时候就陷入了他的包围圈，然后一切都很自然地发生了，欣赏他，相信他，依赖他。

可怎么也想不到，最后却是这样的结果。

感情是把双刃剑，它好的时候能让人如同坠入蜜罐里，可一旦破碎了，不合心了，便戳人心、刺人骨。

姚远也清楚，她不能再由着自己沉溺在那些消极情绪里了，她要从自怜自艾里走出来，这半年就当是做了一场梦，梦醒来，就回归到原来的轨道。

所以，她一遍遍地默念自己的座右铭，要奋斗，要努力，不能给天上的父母丢脸。

在姚远为进军博士而奋斗的时候，江安澜飞去了美国。他去美国，一方面是为了送同父异母的弟弟江杰去父亲那儿，因为那边学校要开学了；另一方面是，他有些话想要跟他父亲江文华说明。

江文华跟第二任太太住在华盛顿，年过五十的江文华身形高大，五官棱角分明，在外貌方面，显然江安澜遗传自他母亲更多。但是性情和为人方面，江安澜却跟他父亲很相似，都是不喜多言、干脆利索。所以两人一见面就直接说事了，也不多扯家常。再说，江安澜跟他父亲的关系也不是特别的亲厚，主要是因为江安澜从小是跟两位老人生活，而江文华也不是擅长表达父爱的人。

江文华听完儿子说的，皱了眉头，"你想换你母亲的姓氏？"

"是。"

"是因为你之前在交往的那女孩子？"

江安澜一点都不讶异父亲会知道这事儿，"算是。"

江文华缓缓吁出一口气，"我不同意。第一，你这样做，不说我，爷爷奶奶那边你怎么交代？第二，那女孩子因为我们江家人失去了双亲，就算你改了江姓，本质上文瀚还是你的小叔。"

江安澜平静地说："我知道，但我没别的办法了。"

"胡闹。"江文华难得会对自己的大儿子动气，他站起身，他的太太听到声音从书房走出来，他摆了摆手，"没事，你进去。"江杰的母亲轻声道："有什么事情你好好跟安澜说。"说完才又转身进了书房。

江安澜也站了起来，"爸，我并不是来征询你的意见的，我只是来告诉你这件事情。至于改姓这点，我已经跟爷爷提过。江家安字辈里人那么多，并不差我，但母亲那边却只有我。"

"什么叫江家不差你？我江文华以后的一切都是你的，你去改姓，成何体统！"

"你的产业可以给江杰。"

"小杰那份，我自然会给他，但你才是我江文华的继承人。好了，这话题就到此为止。我不反对你跟那女孩子在一起，但是改姓，我不允许，至少在我死前你别想！"

江安澜的情绪也不大好，但面上还是很冷静，"对于改姓，我坚持。"

"你什么时候变得这么没大脑了？要改姓才能追到人家女孩子？"江文华气得都有些脸红脖子粗了，一向寡言严肃的男人，就算在商场上被人摆一道，也不至于让他这么气恼。江文华虽然近十几年多数时间生活在美国，但仍是根深蒂固的中国传统思想观念，自己的儿子要改姓，那是绝对不能容忍的。如果是一开始就跟母姓，那另当别论，中途改姓，他江文华还没那么开明！

江安澜确实有点没料到父亲的反应会那么大，他知道有困难，但也应该会有通融的余地。现在父亲摆明了表示这事没商量。他是可以自作主张去实行，但是，他也并不想跟家人闹得不愉快，因为这对他想要做的事没有帮助，说不定反而会弄巧成拙。他现在一步都不敢走错，他怕，怕错了真的再难弥补。

江安澜在美国逗留了一段时间，因为自己公司的海外业务问题。等他回国时，已是四月底，这段时间他的心情已经有所平复。因为他明确了自己的目标，只要最后结果是他所设想的，那么，他不介意中间有点曲折，就算这些曲折让他太阳穴一抽一抽地疼。

江安澜撑着额头，按着太阳穴。这次是李翱来接的机，因为他也有所察觉近来老板心事重重，所以一向话多的他接到人后都没怎么开口，直到看到后座的人从包里掏出药瓶来，他才从前面的搁板上拿了一瓶没开封的纯净水递到后面，"不舒服的话，要不先回家休息下，别回公司了？"

江安澜接过水，吃了药，"我还死不了。"

通常江安澜说这话的时候，说明他已经非常没耐性了，前段时间刚被加重工作任务的李翱不敢再开腔了。

到公司后，赵子杰过来听表哥"反馈"美国那边的业务情况，听完后就马上说："那我去把东西整理整理，弄好后发E-mail跟他们确认？"赵子杰刚要出去，又想起什么，捣鼓了下手上的ipad，递给江安澜，"你年前说要买辆小车是吧？你看这两辆怎么样？雷克萨斯is250c，样式配备我觉得都挺OK的，就是油耗厉害了点，还有就是那辆宝马1系M，反正都是你说的不是特别突出，但性能方面都算OK的。"

江安澜听赵子杰说了，才想起来是有过这么一回事。那天陪姚远在医院里挂点滴，赵子杰打了几通电话来，他回过去说完公事后提过一句帮他看看有没有适合女士开的小轿车。江安澜这会儿又按了按额头，"你先出去吧，我看看再说。"

赵子杰退了出去。

江安澜看着ipad上的车子，最后有些懊恼地关了屏幕。

江安澜那晚做梦，梦到了姚远十八九岁的模样，她就坐在江大湖边的椅子上，笑得很开心。日有所思，夜有所梦，这话半点不假。江安澜醒后，再也睡不着，拿着手机看时间，深夜两点，外面一点声音都没，而脑子里突然冒出来的一个念头让他的心跳渐渐加快。他握着手机，想如果这时候给她打去电话，不，只发条短信，就当是在午夜梦回、意识不清醒的情况下做的，呵，他现在不就是午夜梦回……

江安澜苦笑，终究没发。

隔了两天，温澄来京，约江安澜被拒，只好退而求其次约李翱一起吃饭。席间说及江安澜，温澄说："他跟大嫂之间可能出了点问题，所以，你最近还是少接触江少吧。"

至于出问题的原因，温澄也是不清楚的。

"啊？出什么问题了？我最近忙得要死，都没时间上游戏……怪不得，怪不得，这段时间boss那么恐怖。"一无所知的李翱还在那儿惊讶着，"嫂子应该不是那种见异思迁的人啊，而老板更不会了啊。"

温澄笑了笑，"确实，像安澜这样的人，心里虽然孤傲清高得要死，但就是这样的人，如果他认定了谁，就是死心塌地了。"

很快到了清明节，姚远如同往年一样，跟堂姐一家人以及奶奶去扫墓。姚远在父母墓前烧了纸钱，磕了头。

扫完墓当天，姚远跟姚欣然吃完晚饭便回了市里，因为姚欣然扛不住她妈连清明的假期都不放过，要给她安排相亲。在姚欣然发动车子时，她妈嘴上还在说着："你这孩子怎么老这样？我叫你去相亲，那都是为你好，你看你都多大了，还每天疯疯癫癫的不着调，不要找对象，成什么样子？还是远远乖，找好对象了。远远，什么时候让那小伙子来家里吃饭？你奶奶都问起过好几次了……"姚欣然慌忙打断母亲的话，"行了行了，妈，我们走了，跟奶奶还有爸说一声，下次放假我们再来。"在母亲的不满声里，姚欣然风驰电掣般地将车开了出去。

路上，姚欣然感慨不已，"年纪稍微大点，不结婚就成罪过了？现在都什么年代了？真的的。"见身边的人一直很安静，不由问："在想什么呢？嘿，美女，问你话呢。"

姚远被叫回了神，"哦，没什么……"

她在想他，是不是……很罪不可恕？

一周后，姚远考博第一轮初试，之后两天是复试和体检。江大初试复试的时间连在一起，并没有给人喘息调整状态的时间。不过这样也好，快刀斩乱麻，一次性解决。姚远算是临时抱佛脚，因为此前她并没有想过要读博，将近两个月的冲刺也不知道能不能过关。她唯一庆幸的是自己经年累月积累下来的基础还行。

录取结果要到五月中下旬才公示，这说明四月中旬到五月中旬的时间又都空了出来。之前姚远一直神经紧绷地在忙碌，突然松懈下来，她有点迷茫。复试完，隔天就是周末，姚远在家中不知该做些什么，她是真的无意识地又点开了电脑桌面上《盛世》的图标。

若为君故的号一登录，姚远都觉得有点陌生了，然后好多私聊的消息涌进来，嘀嘀嘀的声音响了好久。姚远一条都没看，全部关了，刚要退出游戏，马上又有一条消息进来。

傲视苍穹："大嫂？！你终于又上线了啊！！"

然后，接二连三有人发消息过来。

亚细亚："君姐姐？！真的是你啊？！我以为我眼花了！"

阿弥："君姐姐！泪奔啊！我以为你不玩这游戏了！"

花开："小君，来了。"

哆啦A梦："帮聊里说君姐你终于又现身了！果然，呜呜！"

姚远看着这些消息，微微红了眼睛，这些人虽没怎么在现实里有过接触，却总让她感觉到温馨，就像家人一般。她在帮聊里发了消息："谢谢。"下面一堆消息刷出来。

阿弥："小君，抱！"

姚远像以前那样打了个"回抱"上去。

花开："小君，有空来我花店找我玩嘛，你这没良心的，我分店开张后你就没来看过我。要不是这段时间一直走不开，过完年后就连着元宵节、情人节、妇女节、植树节、清明节，我早就去你学校逮你了。"

阿弥："君姐姐，你以后别再无缘无故玩失踪了，人家的小心脏承受不起这种打击啊！反正，不管怎么样，我们都站在你这边！"

姚远有点不解："什么？"

亚细亚："我们跟天下帮解除同盟了。"

哆啦A梦："咱们帮主干的，牛吧？"

姚远明白了，心里波动了一下："哦。"过了一会儿，她又发："我先下了，有空再上来。"

亚细亚："啊？这么快？"

阿弥："嗯，去吧去吧，不过记得要回来啊。"

姚远再度要关游戏的时候，这天最后接到的一条私信弹出来。

君临天下："来了？"

姚远望着前方发了一会儿呆，最后退出了游戏。

那刻，姚远的表情简直是快要哭出来了。

网游里不少人知道姚远在江泞大学上班，但除了走哪是哪和君临天下之外，倒也没人来找过她。然而这天，姚远却又遇到了一个游戏里的玩家，那人大中午的站在学校大门口，来往的师生都纷纷朝他看去。

那人高大俊朗，下巴微扬，全身上下透着一股张扬劲儿，然而他最吸引人的是身上那件白T恤上用红色的颜料笔写着：我找若为君故。

那字还挺帅。

无数女学生嬉笑着故意从他眼前走过，边悄声议论着边不忘偷偷打量着这个帅哥。

姚远看到这白T恤男的时候，顿时就有点傻眼了，旁边的同事则是不由乐了，"这谁啊？若为君故又是什么？现在的人还真是不畏外人眼光，什么都做得出来啊。"

不管他是谁，姚远自觉是绝对丢不起那脸的，正想跟着同事悄无声息地离开，那T恤男突然看向了她，然后眯了眯眼，最后以一股惊人的气势向她跑了过来，快接近她时，啪的一声，男人直挺挺地跪在了她面前。

所有人，包括姚远在内，都目瞪口呆了，下一秒姚远就听到白T恤男骂骂咧咧地低咒了一声："这地面怎么那么滑啊？！"

姚远无语。昨晚下了场雨，校门口两侧的路面又有点缓坡，像他刚才那样火急火燎地跑过来，摔倒也不足为奇。呃，重点是，先生你能爬起来再说吗？这局面太容易让人误会了。

果然，姚远听到周围有人在议论了。

"那是我们学校的老师？"

"有人在跟她求婚吗？"

"那男的脸色好难看。"

"老师不答应啊？"

眼看着再这么下去围观群众都要解读出薄情女和痴心男的戏码来了，姚远迫不得已，一把拉起还跪在她跟前起不来的人。

而此刻学校对面的马路边上，刚停下不久的一辆车里，江安澜看着这一幕，脸上的表情淹没在不明朗的光线里面，显得深沉难辨。

这厢，姚远刚拉起人就想走，那龇牙咧嘴地揉着膝盖的男人却反手拉住了她，"你是若为君故吗？"

姚远一怔，果断摇头，"不是。"

"那你玩网游吗？"

姚远淡定地继续摇头，"听说过一些，很少玩。"至少最近一段时间她都没玩过了。

"你少骗我了，我知道就是你！"

姚远身边的同事疑惑地看着她，她只能干笑道："我朋友，嗯，跟我开玩笑。"然后，她让同事们先去吃饭，等他们走了，她看向T恤男，"请问你是？"

那人揉了半天膝盖，总算缓了过来，站直身子，报出了大名，"灭世神威。"

灭世神威？就是上次要跟她买若为君故的账号，最后被她拒绝了的那人？

这人该不会真为了买卖账号不成而来找她麻烦了吧？应该没这么无聊的人吧？

但姚远还是谨慎地看着他。

对方倒是看了她一会儿后，呵呵一笑，说："别紧张，美女，我请你吃饭吧。"

姚远刚要一口拒绝，对方又说："你如果不跟我走，我就当场说我是来跟你求婚的，反正跪也跪了。"

好渣……

姚远见还有不少人在围观，只得硬着头皮点了头，"走吧。"她只想快点离开这里。

姚远带着灭世神威选了学校附近偏高档但也相对冷清的一家餐馆。对方也不介意由她做主，跟着她进到餐厅，一坐下就说："君临天下那阴险的家伙现在在哪儿？"

姚远愣了一下，才反应过来面前这人也许找她只是为了刺探那人的情报，"我不知道君临天下在哪儿，我已经很久没跟他联系过了。"

"哦？我看他挺黏你的啊，难不成也分手了？"说着，灭世神威又挺高兴地道，"不过，如果你跟他真分手了，我得恭喜你，这样你就不会再被他荼毒了！你是不知道那家伙的本性啊，他这人阴险得不得了，明明抢了我女朋友，还说他没抢，我找他单挑，他都是让他手下来对付我，还以多欺少！亏他还是什么大神呢，真心太不要脸了。"

姚远抿了口服务员端上来的茶，"你跟他有过节，应该去找他。"不管是在游戏里还是现实中。

灭世神威一听这话就愤愤不平，"老子查不到他啊！你知道我查你花了多少钱？还跨省飞过来！唉，结果你跟那家伙也散伙了，本来还想利用一下你，来一招引蛇出洞的。"

姚远听完，嘴角抽了抽，又听到他问："你有他电话吗？你看，你现在也被他甩了，心里一定很鄙视他吧？你告诉我他电话，如果知道他家在哪儿那就更好了。你给我提供线索，我去找他算账，放心，我会把你的仇也一起报的。"

虽然两人已经"分手"，但庇护他却已经像是她的本能了，"我不清楚。"

灭世神威一听，气馁道："也是。不怪你，他游戏里接触过的那些女的，也都不知道他是做啥的，更别说电话了。我就想折腾他一次出口气，怎么就这么难？"

姚远想起前不久看到的一则新闻，4名90后玩LOL被坑，不远千里跨省揍队友。果然玩游戏走火入魔的人很多。

其实某种意义上来说，她也算是走火入魔了吧？

这顿饭，姚远只喝了一杯茶，就走了。

灭世神威见她实在不乐意跟自己吃饭，也不勉强她了。但姚远走之前，他硬要了她的电话号码，然后塞给了姚远他的名片，"我看你这人挺不错的，以后游戏里谁欺负你，给我打电话。"

庄小威，山西××煤业的总经理。姚远走出餐馆的时候看了眼被迫接收的名片，不由笑着摇了摇头。

她刚打算回学校食堂吃饭，身后店里的一名服务员追着她出来，"这是你朋友打包让你带走的。"

庄小威？

但下一秒姚远就看到了袋中最上面那一盒切好的水果，里面都是她喜欢的那几样，隐约想到了什么，微微皱起了眉。

随后，她双手捧着袋子，慢慢地往江大走去。

姚远还是见到了江安澜。那天晚上，她起来去客厅倒水喝，走过窗边的时候，看到了楼下站着的人，他穿着一件单薄的毛线衣，看着前方，手上夹着一根烟。她还是第一次看到他抽烟，烟火忽明忽暗，在这初春的夜晚里显得有些萧瑟。

姚远看了一会儿，就回了房，也忘了之前要喝水。最后，她翻出了他的号码，给他发了信息："你回去吧。"

过了好久，他回复："好。"

姚远没去看他走没走。

她躲在被子里，默默数绵羊。

第二天，姚远接到了一通陌生来电，不过通话的人并不陌生，是那个跟她有过一面之缘的灭世神威庄小威。电话一通，他就不客气地骂开了，"君临天下太黑了，耍阴招！我网上约了他出来单挑，本来不抱希望的，结果他答应了。他说他就在江浔市，好，真是太好了！说了地点，说了时间，结果丫迟到让我等了半天不说，到头来还让他堂哥来招呼我，自己坐车里面看，把我跟游戏里一样耍啊！没见过比他更没品、更没下限的人！他堂哥是警察啊，我如果出手，那不成袭警了？老子活这么大从来没这么窝囊过，那君临天下真不是人啊！"

"……"

"你还在不在？喂喂？"

"在……"

"我就骂了君临天下两句，就差点被带去警察局……"一堆脏话之后，总结语就是，"我就没见过比君临天下更无耻的人！"

"……"

第十五章

我不良善，但我绝不负你

五一假期期间，姚远陪奶奶去医院看病，老人家这两天有些胸闷，好在检查结果显示并无大碍。从医院回来的路上，老太太中途让出租车司机靠边停了下来，"孩子，陪奶奶在这边走走。"

"好。"前面的路口，是她父母出车祸的地方。

姚远扶着奶奶慢慢地走过去，在快到那个路口的时候，有男人擦肩而过。

本来低着头的姚远下意识地抬起头，那一瞬间，她几乎有点不敢相信，因为她认得这人的长相，尽管很模糊，但她认得。而要过去的男人也止住了脚步，他看着她们也有点惊讶，或者说猝不及防，但很快，他的表情又恢复了过来，然后他朝她点了点头就走开了。

姚远瞪着他，什么话也说不出，直到奶奶慈祥地问她："怎么了？"

"没，没事。"

江文瀚，他怎么会来这里？是巧合，还是……

江安呈接到小叔后，问："直接送您去酒店，还是您还有其他地方要去？"

"酒店吧，要去的地方已去过了。"江文瀚笑了笑，问，"安澜呢？"

"在他姨父那边。"

"是吗？回头我也过去跟赵老师打声招呼。现在他的书法是一字千金也难求了吧？"

"是。"

"书香门第，他儿子赵子杰倒没有受到多少熏陶，反而安澜更多点那世代书香的味道。"江文瀚缓声道，"我今天看到那女孩了。听说安澜中意她？"

江安呈愣了一下，随即应了声。

"倒是巧了。"江文瀚抬手捏了捏眉心，之后没再说话。

到了酒店，江安呈去给小叔办入住手续，后者坐在大厅的沙发上，那般儒雅的男人，当他不笑不言时，总隐隐透着股忧郁颓丧的气息，让他看起来倍感沧桑。"想不到我那件事，竟然到现在还能害到人。"江文瀚撑着额头喃喃自语着，想到之前见到的女孩子，那时她才八九岁吧，竟然还能认出他来，反而当年在法庭上诅咒他会遭报应、会被天打雷劈的老太太却不记得他了。

江安澜后来听江安呈说起小叔也到了这边，他只是嗯了声，表示知道了。江安呈过去坐在他旁边的沙发上，"你要找他谈谈吗？你俩住的酒店离得不远。"他原本是想给小叔也订这家酒店，但想想还是算了。说到底他还是偏向于兄弟这边，对于小叔，不说辈分问题，这么多年几乎一年只见一次面，感情毕竟是淡了。

江安澜翻着手上的室内设计图，"谈什么？他终究是我的亲人。而我既然认定了她，我就一定会让这段感情走到最后。"

江安呈听完，无语了会儿，这堂弟认真做起事来，总是让他有种大刀阔斧般的感觉。

"二哥，回头这边的房子你帮忙看着点，我想争取在今年十二月之前装好它。"

"这么赶？"

江安澜将看完的设计图理好，神色平静地说："早点弄好，好早点结婚生子。"

姚远这边，傍晚大伯忙完事，开车到她的住处，把老太太接回了乡下。家里又只剩她一个人，她看了一会儿电视，最后去书房开了电脑。

上QQ看留言，其中一条是小杰克发来的，时间是半小时前，"师娘，你什么时候上游戏？我被人家追杀，好可怜。"

她原本不想回，但还是忍不住发过去问："谁杀你？"

小杰克回复很快，"师娘你来啦？我也不知道他们是什么人，都杀我好几次了，说是因为我是哥哥和师娘的徒弟，所以……"

"你哥哥呢？"她问这话完全是出于条件反射。

不过，她这句话却让电脑前正上着弟弟号的男人手指微微滞了滞，"在忙。"

"哦。我上游戏。"

"等等，我现在不想上游戏，师娘你陪我聊聊天吧，我好无聊。"

"好吧……"

"你在做什么呢？"

"我在跟你聊天啊。"

江安澜抿嘴，微微扬起了点笑意，"能跟你视频吗？"

"呃……"

"不可以吗？"

"也不是。"

江安澜将屏幕上方的外置摄像头扯了下来，放进了抽屉，"但是我没摄像头。"

于是便成了单方面的视频，江安澜看着屏幕上的视频框，看了许久。她的头发剪短了，上次他坐在车里看她的时候就发现这点了，至于脸，好像又瘦了点。"师娘在减肥吗？"

"没有啊。"

姚远听到手机响了，"小杰，我接下电话，你等等。"

江安澜看着她走到后方去接电话，背对着屏幕，身形看上去是真的瘦了，他调大了音量，隐约能听到她低低的声音。

他是真的太想念她了。

电话是姚欣然打来的，约姚远明天跟她出去旅游，后者摇头，"不去了，节假日到处都是人。"

"我们单位组织的，我想带上你这个家属。九寨沟五日游，真不心动啊？"

姚远实在没心情出去，但又不想让堂姐多牵挂，就开玩笑说："如果是国外我就去了，人应该会少点。"

"要求还挺高。"姚欣然笑骂，随之又问，"给你介绍个帅哥吧，我们单位的同事。旅游回来就安排让他跟你见一面如何？"

姚远汗，"不用了。"

"真挺帅的，浓眉大眼，身材也很OK……"

姚远打断了堂姐的话，"姐，我不想认识什么帅哥。"

姚欣然在心里叹息，只怪起点太高了吗？那江安澜……

姚远结束电话，回到电脑前，问小杰克："还在吗？"

"在。"江安澜打字，"你不要哥哥了吗？"

姚远当下说不出话了，这孩子……"呃，大人的事小孩子别管。"

"我不小了。"

"至少你还是未成年吧？"

江安澜低头微微笑了一下，心说，我如果是在未成年的时候就认识你，然后在意你，你现在必定在我触手可及的地方。

爱情本来是最无迹可寻的，可一旦沾到了，又是最令人无法割舍的。

两人又聊了会儿，姚远最后说她要去海边走走，就互相道了再见。等她关了视频，江安澜起身走到房间的落地窗边，望出去就是海。这家酒店的这一间房她也曾来过，还陪他在这里睡了一个午觉。

你说，这世上是不是真有些神奇的东西在？刚看着视频里的她，他脑子里一直重复地想着，他想见她，不是网络上那种无法触碰的相见，然而下一刻她就要过来这边了。

他可不可以提早见她？

他真的是耐性不太好的。

姚远在晚霞满天的时候出门，坐公交车去了这座城市的海边。她从开春后就想过来走走的。

海滩上有不少人在走动，多数是游客，初春的海风吹来，带着点微微的凉意，很舒服。姚远由北向南走，她走得很慢，想着心事，走了大概二十分钟，天渐渐地黑了，人也少了，再过去就是江泞市最高档的海景酒店。姚远突然就停住了脚步，正要掉头往回走，身后侧有人走过来拉住了她的手臂。她当下惊了一惊，扭头要挣开手，下一秒就因看清眼前的人而忘了动作。

他柔声说："小远。"

对于姚远来说，比起被人突然抓住，此时此地见到江安澜，更是让她心乱如麻。前者是惊吓，后者，也不知是什么情绪。

"你……"

"我说是巧合,你信吗?"从小到大从不屑于撒谎的他,今天却是满口胡言,江安澜心中黯然自嘲。

姚远自然是不信的,而江安澜并不给她多少思考的时间,伸手抱住了侧着身的她。姚远挣扎着想要挣脱开他,他身材修长,手长脚长,又用了点力气揽着她,她无奈,自己竟逃脱不得,"我们不是说好了吗?"分手了,不要见面了。

一向冷情的男人没多想便将怀中的人转过身正对着他,俯身便吻住了那红润的嘴唇。他们有过两次接吻,初次云里雾里,第二次缱绻缠绵,而这一次,姚远只觉得似水般柔情。她是真的喜欢他。她闭上眼睛的时候,很难过地想着。

天空连最后的那几丝光亮也暗下去了,只剩下附近的人间烟火零星点缀着这一处。江安澜拨开她额边的短发,一路从眼角吻到颈侧,"我爱你,姚远。"

姚远一直没睁开眼睛,任由他抱着。

最后是他帮她拦了出租车,给了司机一百块钱,说了她的住址,帮她关上了车门。车开了,她由后视镜里看着他的身影一直站在黑夜中没有动。

之后的两天,姚远去乡下陪奶奶。这天中午,大伯和大伯母刚出门,就有人踏进了他们家前院。江文瀚走到客厅门口,此时姚远正跟奶奶在客厅里,她坐在八仙桌前批阅学生的作业,而奶奶则躺在旁边的藤椅上捻着一串佛珠念念有词。姚远听到脚步声望向门口,下一秒,便猛然站起了身,声响使得闭目的老太太也睁开了眼,转头看到门外的人,又回头看向孙女,"是远远的朋友吗?"

姚远瞪着那人,他对老太太微微鞠躬,说了声"您好",然后对姚远说:"我想,你更愿意出来跟我谈谈。"

她是不愿让这人踏进家门的，所以对奶奶说了句："奶奶，我出去下，外面凉，您别出来。"

江文瀚跟着姚远走到前院里一棵已开花的梨树下站定，"姚小姐，我来这里，只是想告诉你，不管你再怎么恨我，我都没有什么可以赔给你的了。"

姚远愣了愣，之后狠狠地瞪着江文瀚，"我也已经没有什么可以让你毁掉了，请你马上离开。"

江文瀚愣了一下，然后低低地苦笑了一声，"不，我的意思是，我也是什么都没有了，所以没什么能补偿你们的了……"看着姚远厌恶恼怒的眼神，江文瀚扯了扯嘴角，"你以为我在撒谎？我也希望这是谎言、是噩梦……休言万事转头空，未转头时皆是梦……可惜，这噩梦我做了十六年，可能以后也会一直做下去，这一辈子都无法醒过来了。"

姚远不吭声。

江文瀚说："我不是来祈求你原谅的。我这一辈子，早已经毁在那一场车祸里了，原谅与否，已改变不了什么了。小姑娘，我今年已经四十五了，二十九岁那年坐了牢，我的爱人等了我三年，她说等我出来我们便结婚，可最后那一年她却走了。我出来后，想方设法地去找她，所有能找的地方都找了，后来才知道，她不是走了，而是死了。她是记者，死在旧金山。如今，我一无所有，一无所求。我来这里，只是想跟你说完这些话。我不想再看到有人因为我的过错而受到影响，受到不必要的伤害。"而有时候，人活着其实未必比死了好。江文瀚在心里淡淡地想着，可这样的话，是不能说出来的。

一阵风吹来，一片片的梨花落下，温文尔雅的男人抬头看了眼，很轻微地笑了一声，"小姑娘，我的话说完了。"

江文瀚离开了，他走的时候，姚远看着他的身影渐渐地融进黑暗里，有种说不出的伶仃寂寥。

等姚远回身时，却撞上了一双老迈的眼睛，"奶奶，您怎么在门口站着？"

"天黑了，外面蚊虫多，本来想让客人进屋里去说话的……"老太太慢慢地踱步到那棵梨树前。

姚远赶紧扶住奶奶，"嗯，他已经走了，我们回屋去吧。"

老太太笑着拍了拍孙女的手，之后看向那棵梨树，说："这树啊，是你出生那年你爸爸种下的，如今已经这么高了，你也长大了。奶奶还记得你三四岁的时候，这梨树第一次开花，你跑到树下，话还说不利落呢，就念起古诗来了，'忽如一夜春风来，千树万树梨花开'。"

姚远鼻子有点酸，伸手轻挽住奶奶的胳膊，低声道："奶奶。"

老太太又说："远远是好孩子，不该受那么多苦的。奶奶早晚念佛经，就只求菩萨一件事，就是希望你和欣然快快乐乐、健健康康。"

姚远强压下了眼底的酸涩，低着头，轻声回了一声："嗯。"

晚上大伯送姚远回了市区。大伯的车刚走，她正要进楼里，就有人朝她跑了过来，"师娘！"竟是江杰。

姚远讶异得不得了，"你怎么会在这里？"

"我来玩，妈妈也来了。"他回头看向身后，离他们不远处的女士笑着走过来，对姚远说："姚小姐，能否跟你谈谈？"她的声音温柔，让人听了有种润物细无声的感受。

姚远不禁想，她这两天见的江家人可真多。

他们就近去了小区外面的茶餐厅。江杰一直抓着姚远的手，左一句姐姐，右一句姐姐，他的母亲也没有说什么，只是包容地看着孩子，跟姚远叹道："我这儿子调皮，你别介意。"

"不会。"姚远是挺喜欢孩子的，何况江杰又长得如此讨喜。

茶水上来后，江杰的母亲才正经开口说道："其实这次是安澜的爸爸让我来的。姚小姐，你可听说过安澜要改姓的事？"

姚远皱眉，摇了摇头。

江杰的母亲叹了一声，"安澜因为你的事情跟家里人说要改掉江姓，随他生母的姓氏。他爸爸自然是不允许的，但安澜这孩子从小就独立自主惯了，就算他爸爸不答应，他照样还是会去做的。他爷爷呢，从小疼他，但凡可以通融的事都随他，可在这件事上，老人家不知怎么，竟然也应了他。他爸爸这几天都寝食不安，想了好久才决定让我来跟你谈谈，兴许能有转机。安澜他爸是爱面子的人，也为了让自己打拼了一辈子的企业后继有人，所以无论如何也接受不了安澜要改母姓这件事，才出此下策，让我来找你说说。孩子，我知道我们提出这种要求很自私，安澜爱你，他为你做任何事都是有理由的，可有些事即便再有理由也是不好做的。"

姚远听得愣怔，一时不知道该如何开口。

对方又道："你能跟他谈谈吗？只要他不改姓氏，别的都好说。"

姚远终于勉强笑了笑，说："您大概也知道我是谁吧？我是说，知道我父母是谁。如果我跟他在一起，你们难道不会担心我是存了不好的心思的？"

温柔娴静的女人脸上有着明显的怜惜，"对于你父母的事，我们很抱歉。而我知道，你是好女孩。安澜钟情于你，小杰喜欢你，安呈也在电话里跟我提过，你再适合安澜不过，因为你比很多女孩子都要坚强、独立和懂事。"

"我没你说得那么好。"姚远是真觉得自己没那么好，至少没好到值得他付出这么多。

"我会跟他谈的。"姚远说出这句话的时候，面前心事重重的女人终于展颜了，她拉过姚远的手轻轻拍了拍，"谢谢你，孩子，谢谢。"

对方在走前还说了句："如果我有幸生女儿，再悉心教养，恐怕也未必可以教得像你这般好。"

姚远只是淡淡地笑了笑，她想到儿时母亲说过的一句话："做人很难，也很简单，但只要随了自己的心，无论做什么，酸甜苦辣，都是值得的。”

他做这些，是随心而为吧？

可是，值得吗？

姚远到家后，在沙发上坐了好久，最后终于拿出手机给他打了电话，"你在江泸市吗？"

"不在，我过来？"

"也不用今天就……"

"没事，我过来。"他的声音带着低柔的磁性，是情人间的那种语气。

时隔两天，他们还是又见了面。

他出现在她家门口的时候，明显是一副匆匆赶来的样子。姚远看着有点不忍，但还是忍住了没有说什么，侧身让他进了屋。江安澜脱了西装外套，背后的白衬衫有些汗湿的痕迹，他表情倒还是一如既往的从容冷静。

"要喝什么？"

"水吧。"他说着，终于笑了一下，"怎么突然想要见我？"

姚远给他倒了一杯水，"小杰的妈妈来找过我。"她没有说江文瀚也来找过她，不是故意隐瞒，只是觉得没必要说。

"嗯。"江安澜应了，但反应平淡，"他们说什么，你不必在意。"

姚远并没有留意他说的是"他们"，只是道："你不需要那样做的。"两人的座位原本相隔了一定距离，江安澜在看了她一会儿后，起身坐到了她旁边。姚远一直没有看他，她怕自己看着他会很泄气。

气氛多少是有点尴尬的，至少对姚远来说如此。她从来没有这么不坚定过，拖泥带水，给人不便，又让自己困扰。如果早知道有那样的前尘往事牵扯着，两人从一开始就不该走到一起，至少她不会去接近他，以至于弄得现在这样进退两难。

江安澜是何等精明通透的人，"我改姓不是为了你，是为了我自己。姚远，我是很自私的人，我想让你没有心理负担地跟我在一起，好让我的人生圆满。"

好一阵两人都没再说话，直到江安澜又带着点笑说道："要不我们私奔吧？"

"……"

"小远，其实你帮过我两次，这后一次你记起来了吗？"如非必要，这第二次，他不太想说出来。

"啊？"

"我从江大毕业后没多久就住院了，起初是在北京，后又转来了江汀的医院。我在医院里待了大半年，烦……"本来想说"烦得要命"的江安澜，中途改了口，"觉得无趣，吃得也不称心，你知道，医院里的东西都不太好吃。有天，我就自己去外面的餐馆吃。旁边桌的人很吵，我那几天……心情不是很好，就让他们闭嘴……"

姚远是大二第一学期就去外面打工了，第一份活就是在一家高档餐厅里当服务员，工资很不错，要求外形好、英语好，因为在那儿消费的以外国人居多。结果她刚到那儿打工还没到一个礼拜呢，就碰到了有人滋事，一桌三四个外国人欺负隔壁桌一个斯文中国人。那天经理刚好出去了，周围的同事嘀嘀咕咕着不知该怎么办，她就没多想上去帮了同胞，用英语对那几名外国人说："他不是故意的，不好意思，你们这桌的单我来埋吧。"刚说完，姚远就特后悔，她自己还缺钱呢，充什么英雄，不，是冤大头。但话既然说出去了，收回已来不及，好在最后总算没发生暴力事件。

"你给我付了两次钱，虽然后一次，我觉得完全没必要。"他看起来就那么弱吗？

至于姚远，自然也不是到处做好事的人，她从小到大自己就过得挺艰苦的了。当然，看到人需要帮忙她会去帮一把，但逮人就散财的毕竟是极少的。结果两次掏大钱都是为了他，姚远也不知道该说什么了。

"你是不是为了报恩……"

江安澜颇有些无奈地打断她，"我以为我们的关系更像罗密欧与朱丽叶。"再者，他向来不是什么善男信女，还报恩？只是因为她是她，所以他才另眼相待，才会故意将那份恩情无限放大。

"姚远，我们重新开始吧。"

如果她的心能再冷硬一点，她会跟他说不，可她终归是不够决绝的人。

世上总有这样的人，让你感到身不由己、无能为力，而中途的那些波折也只是为了让你将那种无可奈何看得更清罢了。

姚远叹了口气，终于看向了一度不敢面对的人，"我最近常常在想你的事。"

"嗯。"

"我本不愿想的，但还是会不由自主地想起，然后就睡不着了。"

江安澜一直目不转睛地看着她，他的呼吸有些浅，怕一不小心会打断她接下去要说的话。

"我可能无法做到跟你的亲人毫无芥蒂地相处。"

"我知道。"

"我只是喜欢你……"她说这句话的时候还是有些伤心。

"我知道。"江安澜伸手将她拥住，深深地闭了闭眼。那份如释重负是那么明显。一向懂得扬长避短、不动声色的男人此刻懒得再去藏匿心事，他本来就已经将自己的那份情愫清清楚楚地袒露给她看了，所以他一点都不介意承认自己之前的惶然和不安，"如果你一直无法接受我，我真不知道该怎么办了，幸好……幸好。"

他们和好了，是吧？这段时间两人都过得不好，此刻靠在一起，说不出的平静。屋子里有种淡淡的幽香，姚远想，大概是今天大伯母让她从乡下带回的用以安神的薰衣草干花的香味。

"在想什么？"江安澜低头亲了亲她的额头。

"在想餐厅里的那束薰衣草。"

他们就这样坐在客厅的沙发里，有一句没一句地聊着。

姚远睡着的时候，江安澜的手机亮了亮，是一条短信："怎么样了？"

如江安澜这种满腹心眼的人，谁又玩得过他呢？

家里那些人会来找她，都是他不动声色地促成的。就连改姓这样的大事，他最后也做成了，这种事就算在一些普通小家庭都难以操作，更何况是江家这种名门世家。而其实照他的预计，即使她不给他打这通电话，他最多再准备一天，就可以来找她了。

"上次清明，我去我母亲坟前时，跟她说过段时间会带你去见她。

"我母亲去世的时候，我还没多少认知。关于她的事情，我都是后来听旁人说起，以及读她留下来的一些笔记才知道的。我的名字也是她取的，'我的孩子，愿你能一世平安、无波无澜，就叫安澜。'虽然我这半生算不上一世平安、无波无澜，可总算是没有早死……

"我父母是在他们大学的时候认识的，自由恋爱。母亲为父亲牺牲了很多，放弃了自己的理想，从江泞嫁到了北京。母亲身体不好，北方的吃食、环境她都不能适应，可是为了父亲，她都甘之如饴。这一点我大概比较像她，可能我更甚。我会比她更花手段、更不计代价，不达目的誓不罢休，只为了得到自己想要的。

"小远……我不良善，但我绝不会负你。"

第十六章
海阔天空

同榻而眠，虽不是第一次，但这一次是真的有了一种尘埃落定的踏实感。

姚远的房间是朝东的，所以当清晨来临，太阳升起，第一缕阳光便透过窗户照了进来。江安澜睁开眼的时候，就看到了那束光照在他们的脚边。她的脚露在花色的毛毯外面，在阳光下几近透明。

真好。

江安澜这样想着，然后安逸地看着那束阳光在床尾慢慢移动。

姚远醒来的时候，房间里没其他人，身上的衣物是昨晚穿的家居服，然后听到洗手间里有声音，看到旁边床头柜上的男士手表和黑色iphone，总算是确定了，原来昨晚上那场"和好"真的不是梦。

她脑子里一时还是有点空荡荡的，却也不由自主地笑了一下。

还是走到了一起。

过了好半晌，姚远下床，走到窗边拉开了窗帘，外面阳光灿烂。

江安澜从浴室里出来，只是简单地洗漱了一番，却让人感觉一身清爽。他走到她身边，很自然地说："早安。"

姚远是在后来两人吃早饭的时候，才看到他给她夹菜的右手小手臂上有两条浅浅的伤痕，不由皱眉问道："你手怎么了？"

江安澜也看了眼自己的手臂，并不在意地说了句："没什么，被我爸用钢笔打到的。"

姚远又想到他改姓那事，想起江杰母亲的说辞，"你真的以后不姓江了吗？"

"嗯，身份证上会改用我母亲的姓氏，我们的孩子以后可以姓秦，也可以姓姚，不用姓江。"

姚远终于无话可说了。

而江安澜在看着她低头吃东西的时候，想起来这里之前的三堂会审，父亲的毅然反对、大伯的不赞同、奶奶的为难，最后爷爷放了话："小五，你爸不同意，你同样不肯让步，那还是我来定吧。对外，你就一直叫江天，身份证上的'江安澜'，你要改，便去改吧。"事情发展到这一步，已是最好的解决办法了。

姚欣然一早去堂妹的住处，她有备用钥匙，所以是直接开门进去的，结果一进门就看到了在收拾餐桌的江安澜，一下就蒙了。而江安澜听到声音回头看到人，随意地点了点头，拿着碗筷便进了厨房。

早饭是两人一起做的，做饭他是会点，但洗碗，老实说真没洗过，但江安澜想着今时不同往日，所以也就卷起袖子，开了水龙头，摸索着洗了起来。

姚远刚回房间接了通电话，是奶奶打来的，出来时就看到傻站在门口的堂姐，以及厨房间里那道背着光的身影似乎正在洗碗，也一下有点不知所措了。

"姐。"姚远叫了一声。姚欣然下一秒就走了过来，抓住了她的手，压着声音说："他怎么在这里？你们俩……"

姚远心想，既然决定要跟他在一起了，也没必要遮掩什么了，就点了点头。姚欣然当场伸出食指戳她额头，"搞什么？不是说……他不是那家的人了吗？他是不是威胁你了？"

里面哐啷一声响，打断了两姐妹的谈话，姚远马上回头去看，地上摔碎了一只碗，江安澜正要俯身去捡，她跑进厨房拉住他，"我拿扫帚扫。"

江安澜笑了笑，"不好意思，回头赔你一整套吧。"

姚远无语，她去厨房的角落里拿扫帚簸箕清扫碎片的时候，江安澜洗了手走到了客厅里，姚欣然还站在那儿，他轻声说了句："我跟小远的事，你还是别管吧。"

一向大大咧咧、能言善辩也从不惧怕恶势力的姚欣然，竟然被这一句轻飘飘的话给堵得一下不知如何回嘴了，只觉得眼前这人，本性的的确确是唯我独尊的，以前见他的时候，他都还算客气，那是因为没触犯他什么。

"她是我妹妹，我们从小一起长大，你知道她是怎么一步步走到现在的吗？"

江安澜看着自己的手指，刚洗碗时水温没掌控好，被烫得有些红肿，"我不知道，但我能保证以后让她过得好。"

姚欣然知道，这话他不是说给她听的，甚至，他也不会说给姚远听。

姚远出来时，就见堂姐走到沙发旁一屁股坐下，然后打开了电视机。江安澜转头冲她一笑，"收拾好了？"

其实对于眼下这局面，姚远是有点束手无策的，"要不，你们俩看会儿电视？我去把衣服洗了。"

姚欣然当即从沙发上跳了起来，"行了行了，我走了，你有空再联系我吧。"

"姐。"

姚欣然看着江安澜，说："请记住你说过的话。"然后对姚远摆了下手，"走了。"

姚欣然可谓来去匆匆。

门一合上，房间里安静了一会儿，直到江安澜说："接下来我们做什么？"

中午，江安呈给他堂弟送来了两套衣物，在姚远楼下递给堂弟的时候，他问："看看，还差什么不？"

"没了，谢了。"

江安呈扯开嘴角，"兄弟之间客气什么？"

江安澜点了下头，"我上去了，有事打我电话。"

"行，我也有事情要去办。"

兄弟俩很干脆地道了别。江安呈一上车就接到母亲的电话，问他小五是不是在他那儿。江安呈看着后视镜，拨了下自己打着啫喱的头发，"妈，二叔家的事儿，您就别搅和了。"

"他在江浐市房子都买好了？"

"这事您也知道了？"江安呈改用了蓝牙接听，发动了车子，"其实这事儿吧，本来就没打算瞒你们。妈，安澜想结婚了，对象是谁重要吗？"

那边的江家大太太叹了口气，"总要讲究点门当户对吧？"

江安呈笑道："安澜不谋权，他也不差钱，自己开的那家公司养一家子人是绰绰有余的，赵子杰不是房都买了两套，车也换了好几轮了吗？"

江大太太笑骂，"他们那小公司能跟你二叔的企业比吗？"

江安呈陪母亲聊了会儿，收线后开大了音响，手指跟着音乐节奏敲着方向盘，往目的地驶去。

江家安字辈里，唯独他想要谋权，"我倒真是喜欢大权在握的感觉。"

要说江安呈年少轻狂那会儿，那可真是混世魔王，而他虽然混，心思却也活络，那纨绔子弟赵子杰搁在他面前就是小巫见大巫。当然，如今的江安呈已是韬光养晦只剩圆滑了。乍一眼看过去，他对谁都很给面子，一副成熟稳妥的风范，可真要细细揣摩，他能放在眼里的没多少人。到底是名门望族的子弟，他骨子里的清高是怎么也抹不去的。

这厢，江家最清高的江安澜走进楼道的时候，楼上跑下来的一个年轻女孩子差点撞进他怀里，小姑娘一看清人，红着脸说了句："对不起。"

他今天真的是心情比较放松，微笑答了声"没关系"，刚要抬脚，姑娘又说："我是二楼的住户，你是新搬进来的吗？"

江安澜本来不想再浪费时间，但还是又说了句："我女友住这儿。"

一句话秒杀。

后来江安澜对姚远说："我长得这么出色，很容易让人家上来搭讪，你对此有什么看法？"

姚远正在赶要刊登在学术期刊上的小论文，摆摆手说："你先写开题报告发我邮箱吧，我回头看，看了再回复你。"

江安澜眯着眼，过了好半天才说："夫人，咱们还是早点洗洗睡吧？当然，不管你愿不愿意，都得放下手里的'作业'了。"脾气差的一面暴露出来，博士小论文什么的滚一边去吧。

而眼下，江安澜一步一步地抬脚上楼，心里想的是：什么时候才可以把自己献祭出去？

当然，这才刚和好，他还不敢这么迫不及待地急于求成。

所以，两人雨过天晴的第一天，靠在一起看了半天的电视。台都没换，还是姚欣然之前按开的那个台，放什么他们就看什么。他们彼此依偎着，没怎么交谈，却很安适自在。他们能走到这一步，已经是相当不易了。好比姚远，心结不可能说没就没，但终究是遵从自己的心走到了这一步。再好比江安澜，他的某种作为在很多人看来可谓大逆不道，但他却觉得求仁得仁，无可厚非。

在这一段感情上，一人做了努力，一人让了步。其实，很多时候，穷途末路与海阔天空，也许就只是差那两步。

第二天中午，两人换了衣服去外面吃饭，因为冰箱里没有菜可以煮了。姚远记得上次采购还是一周前跟堂姐去的。两人下楼的时候，姚远说："吃完饭，我们去趟超市吧？"

"好。"一切以夫人的意思为准的口气。

江安澜走在姚远前面，之前他冲了澡，换了身衣服，白色的T恤衫和棕色全棉的薄裤子，头发吹了七成干，姚远忍不住伸手去拨了拨他的头发，江安澜抬手抓住了她的手，"如果满分是十分，你给我打几分？"

姚远有点莫名其妙，"什么？"

"各方面，我这个人。"

姚远忍不住笑了出来，"德智体美劳吗？分开打，还是一起打打总分？"当老师的就是专业。

"一起好了。"

"六分。"

两人刚走到楼下，江安澜就一把将她拉到了身旁，本来牵着她的手也改成了揽住她脖子，他身上是她的沐浴露的香味，"才及格？"

"你不是性格很差吗？"

"哪里差？"

"即使别人说的不算，你自己也承认过你脾气差呀。"

这一对帅哥美女打打闹闹的，小区里路过的人都不由多看两眼。姚远穿着一条浅蓝色的连衣裙，被江安澜轻揽着摇摇晃晃地走，裙摆荡漾，犹如水上涟漪。

"安澜，你先放手，有人在看啊。"

"那就让他们看吧。"阳光下，男人的嘴边有着一丝明显的笑容。

在打车去饭馆的路上，姚远手机又响了，江安澜倒是绝，出门连手机都没带出来。姚远接起电话，那边是花开，说今天花店很空，想约她一起吃午饭。

姚远偏头看了眼正看向车窗外的江安澜，"我约了人吃饭了。"

"谁啊？小君你的朋友肯定都是很不错的人，要不一起吧？姐姐我一并请了。"

姚远拿开点手机，轻声问旁边的人，"我们帮会里的花开，她说要跟我们一起吃饭。"

江安澜回头，"你说我也在。"

姚远没多想，回了电话那端的人："君临天下也在……"话没说完，那边花开哎哟了一声，"君临天下啊？那算了算了，我们改天再约吧，哈哈哈，你们吃得开心，玩得开心，我就不打扰了，拜拜小君！"一气呵成地说完就收了线。

姚远呆呆地看了一会儿手机，然后看向江安澜，"他们好像很惊讶我们又在一起了？"

江安澜很平淡地说："大惊小怪。"

"还有，他们听到你的名字，怎么都有点闻风丧胆的感觉？"

"呵。"江安澜还挺给面子地笑了一声，腹诽心谤，"是人就应该识趣点，古人都说'宁拆一座庙，不毁一桩婚'，约会也不能拆。"有时候，大神的心思，真跟小孩儿似的。

可是，很多时候，偏偏就是烦什么来什么。这不，两人一进姚远常跟堂姐来吃饭的馆子，就遇见了熟人，还是一大群。

江安澜曾经大学里的同班同学，他们正巧在这儿聚会呢，十来号人，好不热闹。一个面朝大门坐着的哥们认出了进来的江安澜，实在是江大少的长相太有识别度，那人一眼就确定了是他，起身朝他喊了声："嘿，江安澜！哥们！"

江家教育晚辈，算是那圈子里比较务实的，子弟上大学，就跟普通人一样住寝室，该怎么来怎么来。出国读书是不被允许的，江老先生不允许，江杰是例外，那是因为在江老先生眼里，次子第二任太太生的孩子，他并不太看重。

而最被看中的江安澜，因为天生体质差，上大学挑的就是离他从小就诊的那家医院最近的，也说要给他在校外买一间公寓住，并请人给他打扫卫生、做饭，但江安澜都说不必了。他其实挺烦被人当弱者对待的。上大学的时候，江安澜身体状况也确实还行，总体来说，那四年过得还算称心，跟同学也算相处得不错。

"我说，江少，真是太巧了，在这儿遇上了，我们有六七年没见了吧？这位美女是谁？女朋友吗？"

江安澜看着这位挺能说会道的同学，只是点了下头，然后跟经过的服务生说了句："给我间小包间。"换作平时，遇上曾经的同学，聊一会儿也无妨，但今天他的确不想多说什么，只想二人世界。

有在场的女同学也忍不住开腔："江安澜，今天是我们江泞同城的老同学聚会，没想到你也在这边，要不跟我们一起吃吧？"

江安澜淡淡地道："不了，你们吃吧，回头账单算我的。"

大伙纷纷说那怎么好意思呢。姚远在旁边看着，也觉得这人还真是一上来就主导了局面，所以说经济命脉就是咽喉要道嘛。

等到江安澜和姚远由服务员带着去了包间，这一桌人都不由自主地聊起了江安澜。

"我毕业后就没见过他了。"

"我也是。他后来不是去北大还是清华念硕士了吗？"

"没有，据说是看病去了。"

"不是说他开了家公司吗？在北京？"

"他爸是江文华，华业控股的老板，他还要自己开公司？我估摸着就是玩玩的。我上次在新闻里看到华业的一个奠基活动，他就在场，真牛逼。我们这群屌丝就只能在电视机旁观看一下，唉，真羡慕能生在那种家庭里的啊。"

"这话偏颇了，江安澜自身能力也不错啊，不是连一向自命不凡的温澄都对他很佩服吗？"

"江安澜为人还是可以的，就是不太爱理会人。别看他冷冰冰的性格，大学里喜欢他的女生还是不少的。刚看到江安澜女朋友了吧？算是大美女了吧？"

之前邀请江安澜共餐的女生翻了一个白眼，"世上美女还少吗？电视里那些女明星不都是大美女吗？真是少见多怪。行了，别说别人了，吃饭吧。"

这边方才说罢，另一边小包厢里，江安澜已经点完餐，刚拿起桌上的茶要喝，姚远突然说："我看刚才那群人里就有两个姑娘中意你。"

"咳！"江大少爷呛了一声，"什么？"

"女人的直觉很准的。"

江安澜淡然道："你想多了。再说，我的眼光很高，比如说长相得跟你差不多，性格也得跟你差不多。但凡多一分我嫌多，少一分我又嫌不足。"

姚远被说得挺不好意思的，拿了手边的纸巾揉成团朝他扔过去，江安澜笑着接住了，"我说真的，夫人不信就算了。"

久违的称呼让姚远红了脸，"你这叫饱汉不知饿汉饥。"

"夫人是饿汉？"

"我没说我啊。"姚远辩驳。

一贯冷艳的江安澜撩拨她，"你都有我了，还饥渴？也未免太不知足了。"

姚远觉得自己这是秀才遇上兵了，这兵以前还挺彬彬有礼的，现在则完全是软硬兼施了。

刚和好，不是应该要对她更好一点的吗？怎么这人却反其道而行之了呢？

与此同时，由于花开一时嘴快说了"我们家小君跟君临天下疑似复合"的言论，游戏里的人于是又都不淡定了。

阿弥："真的假的啊？"

花开："在一起吃饭了，你说真的假的？"

亚细亚："其实小君一直也没跟君临天下解除婚约嘛。"

阿弥："嗯，之前帮主去跟天下帮的人解除同盟的时候，君临天下不是说'随你，但请别私自动她的号'吗？那话是不是就是在警告我们老大别擅自解除他跟君姐姐的婚约啊？"

亚细亚："我突然觉得，可能小君跟君临天下压根就没'不好'过，不管是在游戏里，还是现实中。其实是我们帮主不待见天下帮的温如玉才去那啥的，他们两人不是从第一次网聚后就一直在相爱相杀吗？"

花开："噗，小亚真相了！不过，无论如何，小君她没事就好了。"

亚细亚："有事的是帮主，我还想多沾一点天下帮的光呢，结果就这么拆伙了。"

水上仙："我想骂人！"

亚细亚："哈哈哈，帮主大人你来了。"

水上仙："我都懒得说你们了，行了，来一组人跟我刷副本去。"

阿弥："我就想知道，我跟君姐姐还有没有机会了。泪。"

哆啦A梦："要不阿弥哥，我牺牲下，我们在一起吧？嘿嘿。"

亚细亚："二货攻配二货受吗？"

花开："哎哟，莫名戳中萌点，这种重口味的还真没见过。于是，我们帮也终于出了一对可供腐女排忧解闷的男男CP了吗？"

姚欣然看着屏幕抖着脚说："一群不知人间疾苦的孩子啊。"在等人来集合的时候，温如玉发消息过来了，一贯的笑容表情打前锋，"听说我们老大跟你妹复合了？"

"你行啊，在我帮里安插卧底。"

"呵呵，彼此彼此。"

"懒得理你。"

"我说，以前跟你合作时不是挺好沟通的吗？出价跟你收你妹妹的照片你也很痛快地给了，怎么现在每时每刻都跟吃了火药似的？同学，心平气和才能长命百岁啊。"

"那是以前，现在老娘不待见你，起开，别碍我眼。"

"不就是那次意外嘛，我看都看到了，你总不能让我自插双目吧？"

"求你自插。"

江安澜跟姚远饭后就去逛超市了。买完东西出来，两人就直接打车回了姚远的住处。一进家门就听到手机响，江安澜拿着两袋东西去餐桌边看他放在桌上的手机，不过他也就看了一眼，没接，转身将东西拿进了厨房。姚远跟在他后面，看着他的举动有些无语，"你不接电话吗？"

"不急。"

既然当事人不急，她也就不多说什么了。不过他手机刚停歇，她手机就响了，号码陌生，姚远一接起，那边就说："Hello表嫂，我是子杰。"

亏得姚远记性好，还记得曾经给她打过电话的赵子杰，不过那声称呼着实让她沉默了两秒，"你好，你找你表哥吧？"

"是啊，我打他电话他不接，所以打你的了。"赵子杰俨然一副熟人的样子说着，"你们都在江洐市吧？我刚从LA飞回来，在家呢，表嫂你家地址哪儿呢？我给你带了点礼物，给你送过去吧。正巧我也有点事要找表哥谈下，business。"

这时江安澜从厨房出来，问是谁。

"你表弟。"

大少爷眼睛眯了一眯，"不介意我来听？"姚远笑着把手机递给了他，只听他说："赵子杰，你很空吗？"

"安澜，我过去找你们吧，我在我爸妈这边。"

江安澜面无表情地说："你在家就多陪陪你爸妈。"

"我给表嫂带了瓶香水，迪奥的，今年刚出的，限量版。"

"她不用香水。谢谢你好意了。"

赵子杰被这声谢谢弄得目瞪口呆了下，随即反应过来是"别多管闲事，哪凉快哪待着去"的意思，估计还是碍于表嫂在，所以他才说得那么含蓄，否则早就劈头盖脸地骂过来了，罪名是越俎代庖。赵子杰虽然中文没学精通，但脑子还是灵活的，"哦，知道了，那我把香水送别人了。"

"挂了。"

"等等，安澜，那我出差的事要跟你报告下。"

"回头再说吧。"

赵子杰知道没戏了，"OK，那你代我向表嫂问声好。"刚说完，江安澜就收了线。赵子杰嘀咕："怎么这样？"

赵子杰的母亲秦玥出来给盆栽浇水，听到了儿子一个人在阳台上念念有词，不由问："咕哝什么呢？"

"妈，我觉得安澜结婚后，肯定会更加冷酷无情，你信不信？"

"胡说什么？"

"他那女朋友您听说过了吧？他为了她改掉了'江'姓，用老妈您的姓了。"

秦玥听了，皱眉叹息一声，她唯一的姐姐去得太早，安澜当时还那么小，秦玥想到这里，又忍不住红了眼眶。赵子杰看到母亲又多愁善感了，马上安慰道："妈，您的小心脏也太脆弱了吧。"

秦玥伸手打了下儿子的头，"你姨母是我最亲的人。当年你外公死在了战场上，外婆郁郁而终。你姨母那时才十五岁，我才十二岁，两人就这样成了孤儿。我们在亲戚里来来去去过继了好几轮，暗地里受了多少白眼、多少冷落。那时候但凡有什么好用的、好吃的，你姨母都是留着给我。后来国家表彰抗战烈士，你外公被定为了一等功，好多国家大人物来给我们送礼、慰问，你姨母说'为国效力是父亲一生的夙愿，只是他忘了他的家人如果没了他该怎么办'，你姨母虽然娇小体弱，但性格却是强硬独立的，那是她第一次当着那么多人的面掉眼泪。后来你姨母考上了大学，认识了安澜的爸爸。她结婚的时候跟我说，她是长女，而秦家总要后继有人的。生下安澜后，你姨母想等以后生了第二胎，就让孩子姓秦，没想到……"秦玥说着，忍不住拿衣袖去擦拭眼角，"唉，都是命。"

赵子杰揽住秦玥的肩膀，"你每次一说起姨母就要哭，好了好了，说真的，这家族故事我从小听到大，都能背出来了。"

秦玥看着儿子，恨铁不成钢，随后又感叹："安澜改'秦'姓，也算是完成你姨母的心愿了。说起来，安澜的女朋友，你见过吗？"

"见过，长得漂亮，身材也好，据我公司里的同事说性格也很不错。您也知道表哥这人有多挑剔，吃、用都是百里挑一的，更何况是人呢？"

"那姑娘是我们江浔人？"

"是的。"赵子杰突然灵机一动，说，"妈，晚上你叫安澜来吃饭吧？他在我们市，让他带上未来表嫂。"

于是江安澜没多久就接到了秦玥的电话，挂断电话后，他看向姚远，她盘腿坐在茶几旁的棕藤坐垫上，拿着茶道六君子在泡茶。他过去坐在她后面的沙发扶手上，低头看着她润茶、冲水，在等茶泡开的时候才说："我小姨叫我们晚上去他们家吃饭，去吗？"

"小姨？"

"嗯，我妈的妹妹。"

"哦。"姚远将茶依次慢慢地倒入两只紫砂杯里，随后拿了一杯给他，"去吧，反正在家也没事。"

江安澜微笑，"好。"喝了一口刚泡出的铁观音，茶香在唇齿间萦绕，"这茶挺好喝的。"

姚远莞尔，"学校同事送的，她说不贵，估计比不过你平时喝的那些高档的。"

"我主要看是谁泡的。"

"咳，好吧。"

这男人啊，可真是越来越会说话了。

第十七章
大神努力刷下限

晚上去见江安澜小姨的时候，姚远还是纠结了下穿什么。江安澜坐在床边，开着电脑看东西，这人已经完全不把自己当外人了。而姚远选了半天，还是决定穿裤子，不穿裙子。江安澜头也没抬，就说："其实你穿什么都好看。"

姚远一笑，"谢谢你这么看得起我。"她拿了短袖的格子衬衫和牛仔裤要进洗手间换，江安澜抬了抬头，说："你在这儿换吧，我不看。"

"我有点不信你。"

江安澜看着屏幕一笑，没说什么。

姚远从洗手间换好出来，他已经合上了电脑，看着她说："为夫与有荣焉。"

姚远忍不住堵他，"其实，比好看，你还是更胜一筹的……"

江安澜朝她招手，"你过来。"

"干吗？"

"我又不会将你吃了。"

到底脸皮还是不够厚，姚远讪讪然道："有旁人在的时候你可别这么乱说话。"她的心脏可没他强悍。

"这点夫人大可放心。"山不来就我，我就山。江安澜已经自行下床走到她面前，"我的表演费很高，只有你买得起账。"

要说江安澜这人寡情吧，确实是，他不近人情、不给面子那都是司空见惯的，但另一方面他又是深情的，他把他不多的感情全部投注在了一个人身上，完完整整。

晚上，在赵子杰家中，姚远见到了她高中的英语老师，没错，就是赵子杰的妈妈秦玥秦老师。当年姚远还是英语课代表呢。

人活得久了，还真是什么事都能遇上。姚远心里唏嘘不已。

秦玥也挺意外的，在玄关处就上下打量起了姚远，"你是姚远吧？"

"是，秦老师您好。"秦玥还没到五十，天生皮肤好，穿着又大方，姚远高中的时候就觉得她有种母仪天下的感觉。

秦玥带着笑给他们拿了拖鞋换，"真是有缘了。安澜，姚远这孩子可是我教过的学生里最中意的了，你倒好，把她追来当女朋友了。"

江安澜意外之后，只轻描淡写地说了句："我眼光高，挑来挑去就只有她能入眼。"

秦玥哈哈大笑，站在母亲身后的赵子杰更是好奇地盯着姚远看，第一次这么近距离地看到表哥的心上人，当她视线朝他望过来时，他举手"嘿"了声，然后朝表哥竖了下大拇指。

江安澜看了他一眼，赵子杰笑了下，就放下了手。一伙人到了客厅入座，姚远本来就是温和大方、神经大条，偶尔还会卖萌的人。虽然眼下情况有点复杂，但也没有特别尴尬，就是她细细想来，觉得跟他之间的联系，还真是千丝万缕，剪不断，理还乱。

桌上有茶水、瓜子，秦玥招呼他们："都是自家人，自便好了，姚远，别拘束。"

"好的……秦老师。"

江安澜看了她一眼，眼中有笑意，但他没说什么。不过秦玥倒是扑哧一下笑了出来，"我就说你这孩子我最中意吧。好了，小远，以后你就跟安澜一样，叫我小姨就行了。"

这发展得未免太快了点吧？无奈，姚远一贯尊师重道，只能答应说："是。"

后来秦玥听说姚远如今在大学里教书，又是连连夸赞了一番，也不由说起了以前。"小远在学校里一直很优秀，聪明又认真。还有，在我印象中，你的字写得很漂亮，不管是中文还是英文。我头一次看你作业的时候，就想了，这孩子的字怎么写那么好呢？"

"谢谢。"那声"小姨"，姚远到底还是没能叫出来。

赵子杰问："妈，她那会儿是不是就有很多人追了？"

"哦，这我就不知道了。"

赵子杰还要再问，江安澜放下茶杯，淡淡道："你是想我摔咧子吗？"子杰缩了缩脖子。姚远不懂，"什么是摔咧子？"

秦玥哑然失笑，"这两个孩子，摔咧子是老北京的方言，发脾气的意思。"

"哦。"姚远汗了一下，又听江安澜问："小姨，晚饭后要打麻将吗？"

"哎哟，好啊，刚巧凑一桌。你姨父这段时间被请去上海做演讲了，正好也没人在旁指手画脚。"看得出秦玥挺喜欢这项中国国粹的，

"那你们等着，我去做饭，完了打两圈消化消化。"秦玥一走，赵子杰就跟表哥说："安澜，你打算在这边留几天？"

江安澜的目光似有若无地扫了眼身边的姑娘，神情很温柔，"看情况。"姚远注意到了，但选择了沉默，很淡定地就当没听懂他话里的意味深长。

在赵子杰的心里，他表哥的形象一直是冷冷冰冰的，端着也好，鄙视人也好，然而现在却完全是一副柔情似水的模样。看到这一幕的赵子杰表示，李翔那话还是说浅了的。那句特通俗的话怎么说来着？哦，他那是有多喜欢这姑娘啊？都有点不像他自己了。

"还没看够吗？"江安澜说。

赵子杰忙尴尬地说："够了够了，我去给老妈帮忙。"

客厅里又只剩下两人，姚远终于忍俊不禁地说了一句："大神，您这感觉就像在清怪啊。"还是一路清过来的。

"有吗？何时？"江安澜淡定地问。

"之前去外面吃中饭的时候，以及刚刚。"

"哦。"

然后呢？姚远瞪着他，他终于笑了一下，"我们分开了那么长一段时间，现在我多争取点两人的独处时光也算人之常情吧？说来，这应该算是夫妻任务。"

这话是在抱怨她没"清怪"吗？

除了干笑，姚远不知道还有什么能表达出心中的无奈和……感动？

"你打麻将厉害吗？"大神又问。

"还行吧。"以前跟堂姐一家人打，她水平算不错的。

"那就行，等会儿好好表现。"

姚远刚想说"好"，而后一想，该表现得厉害点还是谦让点呢？然后她问了，江安澜答："我以前输的，夫人争取给我赢回来。"

这句话里信息量有点大哪，估计大神对麻将比较不在行，输得一直很耿耿于怀，于是拉了她来给他长面子？不过对于江安澜来说，他的不在行也不会差到哪里去吧？

饭后姚远帮着秦玥洗了碗筷，收拾了厨房间，四人就上了麻将桌。姚远这才知道江安澜对麻将确实不拿手，或者应该说他摸牌的手气真心差。

因为赵子杰说小赌怡情，所以还是赌了点钱。江安澜输最多，其次赵子杰，而秦玥和姚远都是赢的，两人赢得还有点不相上下，秦玥是技术好，姚远则是手气好。对此，秦玥有感而发地说："安澜找了小远当女朋友，那以后都赢不了他的钱了。"

江安澜漫不经心地说："小姨，风水总要轮流转的。"

在打麻将的过程中，姚远跟赵家母子聊着天，赵子杰挺能说的，普通话里夹杂着英文，头头是道地说着他在国外的那些所见所闻所感。姚远与他们聊得也挺自在。江安澜坐在她左手边，很少插话，只在他们谈到他时他才会接那么一两句，还特言简意赅。赵子杰见表哥今天心情不错，就大着胆子问："安澜，你们打算什么时候结婚啊？"

这话题江安澜挺中意，笑容真切，"等她点头，就结。"

姚远则是低头叹了一声。

晚上从赵子杰家回去后，江安澜在姚远家没留多久，就去了机场飞往北京。这些天电话一直不断，让他不得不先回京处理一些事。他走前对姚远道："你要是想我了，就给我打电话，我手机不关机。不想的话，也最好一天给我打两到三通电话，因为我在想你。"

姚远问："为什么不能是你打给我？"

江大少高贵冷艳地说："没有为什么，我就是要你打给我。"

好吧，傲娇的大神你赢了。

再度两地分隔的两人开始通过电话联络感情。

第一天，姚远是中午打过去的，江安澜问："你早上怎么没打来？"

姚远说："睡过头了。"暑假嘛，最大的好处不就是可以睡到自然醒吗？

"那你给我发张照片吧。"

"为什么？"

"弥补我上午所受到的心理伤害。"

"师兄，你这心灵有多脆弱啊。"姚远差点笑喷出来。

那天午饭，姚远约了堂姐一起吃，两人去涮火锅。在等菜上来的时候，姚远问："姐，你还生气吗？"姚欣然答："从来没生过，以后他要对你不好，我才会火。"

姚远动容地说："我就知道，从小到大除了奶奶，你最疼我。"

"那不废话嘛。"姚欣然笑骂，"总之，你跟他在一起觉得开心最重要，其他都是次要的。"

姚远淡淡笑了一下，"嗯，我知道。"

隔天中午，江安澜相约姚远上了游戏，他们的同时出现不出意外地引发了一场小轰动。

温如玉当即给公会里所有在线成员每人一百金币，让他们到世界频道去刷屏庆祝。

【世界】温如玉：恭喜君临帮主携夫人重返《盛世》，本帮因此大赦天下，以前得罪过天下帮的，今天路上遇到可免你们一死。

【世界】傲视苍穹：啦啦啦，所有在外打怪的、抢boss的、踢馆的天下帮帮众统统都回来帮会大堂庆祝！

世界频道被刷得目不暇接，男主角表示淡定，女主角觉得无压力。

姚远看自己帮会频道里也是一派激情澎湃的景象，看着这些一直在背后支持着她的朋友们，心里从来都是庆幸和感激的。她上去说："谢谢你们，让大家担心了。"

阿弥大哭脸："我能不能问最后一句……"

姚远："爱过。"

百花堂里的人都笑疯了，"小君卖萌可耻。"

这厢，江安澜已带着她来到了天下帮的地盘上，当姚远看到前方齐刷刷的一排人朝她鞠躬喊"大嫂好"的时候，不由得黑线千行，她这是进了黑社会吗？

百感交集之下，她打出一句话："同志们，辛苦了。"

而她接下来在面对这帮"辛苦的同志们"时，感到有些无法应付了。因为他们在附近频道刷屏刷得让人很想直接黑屏算了。

温如玉："帮主大人现在是不是如鱼得水、飘然若仙啊？"

傲视苍穹："嫂子皇恩浩荡，救我们于水火，让我们百家安康！"

落水："之前那段时间，帮主偶尔上来一次，就是……呜呜，总之就是好暴力。现在帮主好有爱，一切都是因为爱啊。"

雄鹰一号："落水，帮主从来不介意杀女号的。"

落水："大嫂在，我才不怕呢，大嫂求罩！"

傲视苍穹："若为君故只能罩（包括抱、维护等一切亲密行为）君临天下。老温，把这条写进帮规。"

温如玉："为毛？"

傲视苍穹："帮主在我旁边这么吩咐的。"

宝贝乖："我一赶到就被萌到了！帮主好！嫂子好！嫂子好久没来了，我们都好想你，你有没有想我们啊？"

傲视苍穹："咳咳，若为君故只能想君临天下，这条同样写进帮规。"

宝贝乖："老大刷下限都那么萌，不行了！大嫂是不是每天都被帮主这样'占有'呢？不行，鼻血！"

姚远："……"

她不知道，这种程度的刷下限只是某大神的冰山一角，以后的日子，她将被调戏得体无完肤。

庄小威之后又来找过姚远一次，是江安澜不在江浔的第三天。他先是一通电话打过来，开门见山地说："听说你跟君临天下又在一起了？"

这种私事姚远实在不想与外人道。庄小威也不等她回答，又径直说道："我刚下飞机，他爷爷的，航班晚点了两个小时！你说地方，我们出来见一面。"

姚远一惊，"不用了吧？"

"干吗？我就找你喝茶不行吗？又不会把你怎么样。"

姚远还是推拒说："那也不必了。"

"放心吧，我觉得你这人还不错，既然决定跟你做朋友了，就算我自始至终看不惯君临天下，也不会拿你开刀的。"

"你怎么又来这边了？"为游戏里那点恩怨，这样来来去去的，就不觉得太小题大做了吗？还有"朋友"这说法，是不是太过草率了点呀？他们才见过一次面吧。

结果对方很"哥俩好"地说："我来出差啊，我老爸要搞房地产了，我现在在帮他全国各地考察，就选择先来你这边了，够义气吧？"

姚远抽了两下嘴角，"你既然是来出差的，应该有很多事情要忙，我们就别见面了吧？"

"你怎么那么啰唆？再叽叽歪歪，我就去你家找你。你家地址我去你学校找人问，总会问到的。"

迫于那样的威胁，姚远不得不出门去见这位奇特的"朋友"。

结果也真倒霉，她刚坐上出租车，江安澜的短信就来了："我打你家里座机，怎么没人接？"

姚远只能含糊其辞地回："你不是说不给我打电话吗？"

"请不要转移话题。"

最终姚远承认了她要去跟庄小威见面的事，到底是不想对他有所隐瞒。交代的信息发出去后，对方久久没回，姚远有些小担心，毕竟他跟庄小威算是敌对关系，不过她想江安澜应该还不至于那么斤斤计较，何况她都说明白了。

结果对方的回复是："你出去了就别回来了。"

姚远僵化，接着对方又发来："刚开玩笑的，去吧，玩得开心点。"

这两句话里哪句是玩笑话，太明显了……

不过姚远还是去了，毕竟她答应了人家。但最终没跟庄小威见上面，因为他中途又打来电话，先是骂了一连串的脏话，然后说："我老子让我滚回去！算了，我下次来再见你吧。"

就这样，一出没头没尾的闹剧谢了幕，姚远哭笑不得地让出租车司机掉头回去。那晚，姚远跟江安澜视频的时候，她忍不住问："你认识那庄小威的爸爸？"

江安澜说："不认识。"

"哦。"果然是她想多了，就是嘛，他应该还不至于交际面那么广泛，广到山西去。这点姚远其实没想错，但她高估了江安澜的为人。

当时江安澜看着手机很有些不爽，他不爽的时候通常别人也别想好过。所以他叫李翱去查了庄小威他爸的电话，然后对李翱说："你扮他情人，给他爸打电话。"

李翱惊呆了，"什么？情人？"

江安澜温和地说："让他滚回家，这方法见效最快。"

李翱打完电话后，内心一直无法平静，"都说越漂亮的越毒，这话真不假，不管是植物，比如曼陀罗，还是动物，比如夺命仙子，以及人类，比如我的boss！"

深更半夜有人敲门，姚远睡眼惺忪地爬起来去看是谁这么没有时间观念。当从猫眼里望出去看到来者时，她瞬间清醒了，打开门就问："你怎么没跟我说一声就过来了？"姚远说着，回头看墙上的挂钟，指针指向一点，"还是这个点。"

江安澜进了屋后，才云淡风轻地说："我看看能不能捉奸。"

"你……"姚远算是服了他了，但听他说话的嗓音有些沙哑，不由问道，"你没事吧？"

江安澜坐到沙发上后，伸出一只手，说："没事，有点累而已。来，陪为夫坐一会儿。"

姚远担心，"那你赶紧去洗手间洗漱下就睡吧。"

江安澜微笑地看着她，姚远不苟言笑道："文明睡觉。"

一大清早又被一阵恼人的敲门声吵醒的姚远无语问苍天，正要挣扎着起来，身后有人抱住了她，"别去。"熟悉的气息吹拂着她的颈项，"扰人清梦，不管谁，都别理。"

姚远竟然差点忘了昨晚自己的床又分了一半给某人睡，"我说，昨晚是谁半夜敲门的？"

江安澜喃喃道："只许州官放火，不许百姓点灯，这话夫人没听过吗？"

姚远失笑，"听过，但是很少遇到。"

江安澜的指尖在她手臂上轻轻滑过，眼睛完全睁开了，"少见多怪吗？以后你慢慢会习惯的。"

姚远觉得自己这是遇上土匪了，"我还是去看看是谁吧。"

　　江安澜嗯了一声，"我去吧。"说完就下了床，简单套上了衬衫和长裤，迈开长腿出去了。

　　姚远心想，为了安全起见，自己还是跟出去看看吧。

　　来人不是别人，正是李翱。

　　尽管此时此刻，姚远穿着一身浅蓝色睡衣，披着米色外套，头发乱蓬蓬的，不过李翱看到她时，还是发自内心地再次赞叹，美女就是美女，不修边幅也完全不影响美感度，跟江安澜还真心是强强联合。"大嫂早，不好意思，一大早来就打扰你们了。"

　　"呃，你好。"姚远没想到是他的朋友，多少有点窘迫，她本以为是她堂姐。江安澜过来，将她外套上的纽扣一一扣起，然后说："先去洗漱下吧。"

　　"哦。"

　　等姚远进了洗手间，李翱返身去门外拖了两只行李箱进来，"老大，你的两箱衣物我给你带过来了。还有，我在你家祖宅里碰到老太太了，她说如果大嫂乐意的话，可以多过去找她喝喝茶。"

　　江安澜点了下头，表示知道了。

　　李翱左顾右盼，大嫂的地盘他没来过，不由好奇地多打量了几眼，"嫂子这儿装修得很别致嘛，哟，阳台上还养了不少盆栽，绿意盎然的，养得真好……"

　　江安澜已经走向厨房，李翱将行李拖到客厅沙发边，他望见他家老板拿了水壶烧水，然后听到洗手间里传来的水流声，而不知房间哪里挂着风铃，叮叮当当的声音似有若无地传过来。

　　李翱抬手挠了挠眉毛，"还真是有种旁人无从插足的感觉啊。"

　　姚远再次出来时，就没见到李翱了，"你朋友呢？"

　　江安澜将泡好的蜂蜜水拿给她后，才说："有事先走了。"

"哦？"

"怎么？"

"没，没怎么。"

李翱还真不是被江安澜那旁若无人的态度给弄走的，他是自动自发地识相闪人的。不过他倒是在楼下很巧地碰到了姚欣然，两人见过面，又都是记性好的机灵人，在认出了对方后相视一笑，姚欣然先开口："你家主子在我妹那儿呢？"

"可不是，你怎么也一大清早的……"

"跟你一样，劳碌命。"生物钟固定了，周末也是一早就醒，她本来是来约堂妹喝早茶的，不过听到江安澜在，就兴致索然了，朝李翱扬了扬下巴，"有空不？喝早茶去？"

"行啊。"于是两精明人一起去吃早饭了。

席间，姚欣然忍不住吐槽："原来他玩游戏是为了……你说你老板也真是的，谈感情跟打仗似的，还玩运筹帷幄，搞计划，战线还拉那么长，他不累吗？哎，要不是我妹喜欢他，我真觉得被你老板这种人看中算不上什么好事。"

"此言差矣，我老板除了不是很和善、不太好相处之外，其他方面还是挺OK的吧？"

"温如玉那厮也这样，你也这样，真不知道你们干吗对他那么马首是瞻？他不就是有钱吗？有钱了不起啊？"

"哈哈，确实了不起！我也是亏得他们江家出钱供我这山里的娃出来读书，才有今天的。"

"哎哟，山里出来的啊，还真看不出来。"

"那是，都出社会混了多少年了？"说到这儿的时候，李翱的手机响了，他一看号码有些眼熟，跟旁边的姚欣然说了声"不好意思"，就接了起来。

对方一上来就嗓门大开："你他娘的谁啊？"

"大哥，电话是你打过来的，你问我是谁？"

对面冷哼，"扮我情人？嗯？很好玩吗？北京号是吧？等老子查出来倒要看看是谁这么不怕死，等着，看我怎么整死你。"说着就收了线。

李翱慢慢呼出一口气，然后对姚欣然说："我收回上面说的我老板'其他方面OK'这话。"

第十八章

以后我归你管

　　美好的时光总是过得很快，姚远在新学期开始前的这段时间跟江安澜聚多离少地过了一段暖心的小日子。

　　而开学的头一天，时隔多年重新拿起驾照的江安澜开车送她去学校。校园里人来人往，江安澜开着赵子杰的跑车，为避免擦到行人，车子开得很慢，虽是黑色的普通款，但两门的到底抢眼，姚远坐里面就挺不自在的，要是被自己的学生看到多不好意思啊，她下意识地就将身子往下滑一些，再低一些。

　　旁边戴着墨镜的帅哥偏头看她，"跟我在一起很丢脸吗？"

　　姚姑娘坦白："不敢。"

　　"那就坐正了。"

　　"师兄，你把墨镜借我戴吧。"姚远头发又长到了肩上，她在后面扎了一束马尾，露出耐看的五官。她说话的时候带着笑，一言一语很能打动人，但江安澜不为所动地抓住了她伸过来要摘他墨镜的手，"男士的，你戴不合适。"

能遮脸就行了呀，"真小气。"

江安澜似笑非笑地说："你第一天认识我吗？我本来就很小气。"

对于自己的缺点如此供认不讳的人，姚远也实在无计可施了。好在到办公楼下时，附近没有多少人。她下了车，江安澜也跟着下来，转过来望向疑惑的她，解惑道："陪你上去吧？"

"不用那么客气吧？"

"这么见外？"

"哪能啊？"

"那就走吧。"

那天，姚远的同事们都见到了传说中姚老师那位很帅很酷的未婚夫，惊艳之后，大伙儿纷纷表示了祝贺。江安澜微笑道谢。

姚远送江安澜走出办公室后，忍不住对他感叹道："你今天态度真好。"

"我一向尊师重道。"

"你？"

男人脸色平静，"姚老师，你再笑，别怪我欺师。"欺师即"欺负姚老师"的缩写。姚远懂了，闭嘴了。

江安澜挺可惜地抿了下嘴巴，说："再陪我去见一位老师吧？"

江安澜带她去见的老师是经济学系的学科带头人。虽然是同所学校里的教师，但姚远跟他们级别差很大，所以也不熟悉，估计对方都不认识她这号小小选修课老师。

果然老教授在见到江安澜时，高兴地唤了声"小五"，看到姚远的时候，说终于带女朋友过来了，很漂亮啊，哈哈哈。

江安澜说："再过一年，带孩子来。"

老教授满意地点头，姚远欲哭无泪。从老教授的办公间里出来，姚远就问："贺老师不会是你家亲戚吧？"叫小五什么的……

"不是。"江安澜说，"他跟子杰的父亲是老友，曾经想要介绍他女儿给我，我婉拒了，我说我心里有人了。"

一句信息量很大的话，让姚远听得是心虚不已，小声说："谢谢您的抬爱。"

江安澜道："不客气。"

这人，嘴上还真是一点亏都不肯吃。

但是，他行为上却是处处迁就着她。因为她，他把大部分工作都带到了江浐来做，也在这儿买了房子，装修亲力亲为。他不会多说这些，但姚远清楚，并且感动着他的付出。

姚远望着江安澜的侧脸，本来冷峻的脸被阳光照着，显得十分柔和，她伸出手牵住了他的手，江安澜目不斜视，浅浅地笑了。

时光在相缠的指缝间流逝，没有比一段两情相悦的感情更能温柔彼此的岁月。而爱情发展下去就是婚姻，都说婚姻是爱情的坟墓，这话对于江安澜来说，就是狗屁，谁不想结婚谁就一辈子孤独。

他可一点都不想孤独。

再次两地分隔，在北京的江安澜看着公司外面入冬的景致，深深地皱了眉头。

"妈的。"

刚推门进来的赵子杰听到这骂声又默默地退了出去，逮到经过的同事甲说："你把这份文件拿进去，thanks。"

同事甲苦着脸说："副总，这两天boss的心情都不是很晴朗，你就别害我了，我上有老下有小，家里还有个吃货老婆，要是丢了工作……"

赵子杰骂了声"shit"，抓回文件啼笑皆非地说："你可真成啊，走吧走吧。"

同事甲迅速闪了人。赵子杰只得硬着头皮再次进入低气压中心，脸上倒还算淡定，"安澜，这份东西你过目下……我放你办公桌上了。"

江安澜回头看了眼，"李翱呢？"

"财务部有个员工开刀住院，他代表公司去探望了。"

江安澜嗯了声，走回办公桌前，翻看赵子杰拿进来的文件，才看了两秒就扔回了桌上，直直地看向前面的赵子杰，"你是洋墨水喝多了，脑子不灵光了吧？这种事情自己都拿不定主意了？"

赵子杰心里叫苦不迭，果然又撞枪口了。

"表哥这种危险狠毒的终极boss应该跟表嫂终身绑定才行，单独放出来太恐怖了，动不动就屠杀无辜。"近来也开始跟着李翱玩《盛世》的赵子杰苦中作乐地想。

姚远洗完澡后，开了电脑，天气一冷，她就又习惯性地裹了被子盘腿坐着。江安澜在的时候会说她这样坐着对腿部血液循环不好，她多次说明"我脚麻了会放下来的"都被无情地驳回，只能乖乖地端正坐姿。而此时管家不在，她又故态复萌。

她一上QQ就看到江安澜在线，确切地说是显示"Q我吧"的状态。

姚远忍俊不禁地发过去："师兄，你不会在等我吧？"

君临天下："［自动回复]是。"

不是只有离开、忙碌、请勿打扰时才有自动回复吗？这位英雄莫非又开挂了吗？"大神，你在逗我玩吧？"

君临天下："［自动回复]是。"

姚远沉思片刻，破釜沉舟地发过去："你是猪。"

君临天下："呵，中伤、诽谤，罪名成立，到我这边来服役吧。"

姚远笑出来："你上次是不是也是这么玩的？"手动"自动回复"什么的。

君临天下："不是。上次我把其他人都拉黑了。"

姚远："……"

君临天下："今天是什么日子知道吗？"

姚远苦苦思索一番，她上次无意看到他身份证，他生日是5月15号来着，而今天也不是什么法定节假日。

姚远："什么？"

君临天下："算了，上游戏吧。"

然后两人双双上了游戏。

这天一上去，他们就被天下帮和百花堂的人重重围住了，纷纷要求他们爆料私生活，君临老大平时喜欢做什么？若姐姐什么时候生孩子？

"生孩子？"姚远震惊了，不就是有段时间没上来嘛，怎么她都有点跟不上这剧情的发展了？

然后姚远被天下帮的宝贝乖告知了："嫂子，今天是您跟帮主大人结婚一周年纪念日啊。"

原来他们在游戏里已经结婚满一周年了。

而刚巧今天游戏里更新了一项功能，即已婚角色可"生成"孩子，说是孩子，其实就是宠物，不过是人形的。

上游戏后，她跟江安澜换成了语音聊天，他在那边抿了口茶，问："要生孩子吗？"

"是生成。"

"一样。"

哪里一样了？很明显的一种现实跟游戏的落差，姚远沉吟："别生成了吧，你又不喜欢小孩。"每次跟他出去，逛街也好，吃饭也好，但凡有小孩子在旁边吵吵嚷嚷，他就皱眉头。

"跟你生的我会喜欢。"

"是生成。"

"一样。"

好吧，进入了死胡同，姚远决定沉默是金了。

然后下一秒看到他一向空白的QQ签名上多出了一句话：我们结婚生孩子吧。

不是都结婚一周年了吗？

至于"生成"孩子，最终江安澜说"算了，没劲"，于是就没弄。不过江安澜那句QQ签名却一直没改掉，姚远就不懂了，直到进入这年隆冬，新年的钟声敲响，姚远才明白了那句QQ签名的真正含义。

除夕那晚，江安澜在北京吃完年夜饭后，飞到了江泞市。当时这边在下小雪，他穿着一件高领深棕色毛衣，外面披着一款Gianfranco Ferre的深蓝色呢大衣，撑着一把黑伞站在她家楼下，然后打电话叫她下来。

姚远也刚从乡下吃完年夜饭回来，凌晨时分接到他电话就跑下了楼，刚站到他面前，就听他说了那句："我们结婚吧，然后生孩子，不是生成。"

姚远张口结舌地看着他，可对方面上没有任何开玩笑成分。

"今天不是愚人节吧？"

"不是，除夕夜，辞旧迎新的好日子。"

"哈哈，师兄，您可真会说笑。"

江安澜眯了眯眼，"说笑？"然后他从裤袋里拿出了一只红色丝绒盒子，打开盒子，递到了她面前，"需要我下跪吗？"

"我……你……"

然后，某大少爷真的就单膝跪了下去。姚远惊呆了，回过神来，赶紧拉了他起来，这地上还是湿的呢，"别玩了，师兄。"

江安澜站起来后，面不改色地说："那你把戒指戴上。"

这口气怎么那么像要挟呢？他今天穿着蓝色的外套，皮肤白净，头发剪短了，更添了几分矜贵的气质，明明是一副翩翩佳公子的形象，偏偏做出来的事情、说出来的话就跟土匪似的。

显然，两人这半年来已算是同居了，虽然有些时候是分居两地，但多少有点举案齐眉的味道了。可一到谈婚论嫁，姚远下意识地就想逃避。

"那什么，上次我们在《盛世》里结婚的时候，你不是说，一辈子结一次就可以了吗？"

江安澜见招拆招，脸不红气不喘地无中生有道："对，只一次。夫人果然跟我心意相通，游戏里的婚礼是演练，现实才是实战。我会将网游里的那场虚拟婚礼如法炮制地在现实中办一场的，绝不会让夫人失望。"

"不，我不是……"

"你不用多说了，我都明白的。"

在姚远还一点都没明白的时候，江安澜已经将戒指戴在了她的左手无名指上，戒指不算大，但精致漂亮，也刚好符合她手指的尺码。

那一刻，有雪花轻轻落在他乌黑柔软的头发上，他眼眸中的笑意缱绻而温存，"以后我归你管。"

姚远一瞬间心如擂鼓。

江安澜求完婚后，隔天就让她带着他去见了她的家人。

姚远奶奶见到江安澜的第一反应是："这孩子长得真俊，跟我们家远远倒真是有几分夫妻相。"

姚欣然父母经由女儿那儿已经知道江安澜的身份，但表现得也很和善，他说他叫秦安澜，他们也就从善如流地唤他秦安澜。

大伯母私底下问了姚远一句："不管怎么样，对你好才是最重要的，钱财、名利都是其次。小远，他对你好吗？"

姚远的眼眶有点红，因为亲人的无限谅解和宽容，"他对我很好，大伯母。"

"那就好。你奶奶让我跟你说，能走开的，都不是最爱。走不开的，才是命定。人活在这世上，很多事情都是早已注定好的。小远，你爸妈如果活着，看到你终于找到归宿，只会为你感到高兴。"

姚远哽咽着点头，她知道，她对这份感情最大的犹豫就是亲人的态度，而其实根本无须多担忧，她的亲人永远都会站在她那一边。

不过很快，姚远就否定了"他对我很好"这话。

这年头惹天惹地也千万不要惹江安澜。

因为他永远能让你悔不当初。

好比，对婚礼的"要求"。

李翱听说老板要将婚礼办成类似当初游戏里的婚礼时，他跟他的小伙伴们都惊呆了！"游戏里我们是包了天禧宫举行婚礼的，而天禧宫，是以明清时期的宫殿为原型设计的……"换句话说，boss的这场婚礼举办的场地，得是故宫级别的。

"那就到故宫办吧。"江安澜这样说道。

"……"换别人，李翱绝对会回一句，你是无知呢无知呢还是无知呢？

但对着江安澜，他不敢说，只得硬着头皮提出其他可行性建议："老板，要不，去横店影视城吧？《还珠格格》什么的都是在那边拍的，虽然是仿故宫建的，但还原度还是很高的……"声音渐渐在老板冰冷的目光里消音。

对于江安澜的婚礼"要求"，连江老爷子听到后，都不由皱了眉头，对面前来跟他说这事的江安呈道："我老了，有点跟不上你们年轻人的思维了。这种事也亏得小五想得出来，那小姑娘怎么说？"

江安呈笑道："这事吧，归根结底，其实是安澜急着想结婚，而他心上人大概是不想这么快结婚吧，所以小五才会出此下策。”

“这事出总有因吧？好端端的，怎么会想到要跑故宫去结婚？”就算是见惯了大风大浪的老人也还是惊讶得不行。

总不好说是玩游戏的后遗症吧？江安呈心道。

最后，大半辈子都在为国为民的老人想了一番说：“虽然我们家没什么可供人诟病的，但毕竟也不是一般的家庭，太过高调会引起外面人的议论。更何况，这故宫岂是想用就能用的？”

爷孙俩正头疼，恰好江文国回来，见老爷子一脸阴云密布，自然出于关心问了情况。等听江安呈说了事情始末，他笑着说：“还别说，故宫旁边有一个风水好的地方，要借那宝地用一下，还真不是不可行的。”

真找了这样的地方办婚礼？姚远欲哭无泪，那简直就是不可思议、不可一世、不可理喻了！

她想逃婚。总觉得婚礼结束后，她极有可能被人“另眼相看”了。

于是姚远只能去求江安澜，“大神你赢了，我们就普普通通地结婚好不好？”

江安澜安抚地拍了拍姚远的手背，“不好。夫人的愿望，我都会想办法实现的。”

“……”

就这样，在这年三月份的第一天，江安澜与姚远“订婚”了，而正式的婚礼定在六月，地点是——某宫殿。

当这事传到游戏里的时候，大堆人马都疯掉了。

落水：“如果我是女人，我也要嫁给帮主！这根本跟去天上摘星星一样牛啊。”

宝贝乖：“帮主大人要害我嫁不掉了！”

子杰兄："这说明你们还不了解我表哥，我跟你们说，这都是正常水平线以内的。说真的，要是搁古代，如果表嫂不乐意跟他，他完全不介意组织人去强抢民女的。"

温如玉："子杰兄，你这是作死的节奏啊。"

子杰兄："呵呵，随便扯下淡又没关系，再说，我表哥他现在在飞往江浒的飞机上呢，看不到的。"

姚远："我在的。"

子杰兄："表嫂，么么哒，订婚那天你真是美呆了！期待你跟表哥的婚礼。"

"……"这赵子杰被李翱带着玩游戏，怎么被带得连说话腔调都一样了？

老实说，订婚后的两人，基本跟订婚前一样，最大的差别是：以前同床共枕他是抱着她睡觉的，现在却是背对着她睡了。有一次姚远鼓起勇气问为什么，江安澜看了她一眼，答："我们目前的关系处在非法和合法的灰色地带，有一件事我想等正式合法之后再做，但有时候想想，现在做了，也不算违法，所以比较为难，只能眼不见为净了。"

至此，姚远再也不敢随便问为什么，有什么问题直接打落牙往肚子里吞了。

而江安澜近来都会抽出点时间带着姚远去挑家私，他在江浒市买的坐北朝南的房子已经装修好，也慢慢地添置进去了不少东西，实木大床、布艺沙发、纯黑色的大理石餐桌等，墙上也挂上了油画。姚远是不懂画的，不过选的时候江安澜还是会问她意见，他说："你就看好看不好看吧，因为我主要看的不是画，是看着画时想着选画的人。"

姚远欲哭无泪，"大神，求你了，不要再说这种话了，让我有种'如果我不马上嫁给你就是十恶不赦的罪人'的强烈感受。"

房子虽已弄得差不多了，但刚装修好的，毕竟还是不能立刻住进去，所以江安澜现阶段在江泞市依然是住在姚远家里。这晚姚远再度求他："关于婚礼的举办地点，我们再商量商量吧？"

江安澜好整以暇地听着。

"到那种地方去办婚礼，你就不觉得太逆天了吗？"就如同看到敌人队伍里派出一个普通装备玩家就轻轻松松碾压了他们五十人精英部队的那种再也不相信爱了的感觉。

江安澜微笑道："放心，我会尽量弄得低调点的。"

到那宫殿里办婚礼就已经跟低调沾不上边了吧？

姚远再接再厉，苦口婆心劝道："这种行径应该会狠狠地拉仇恨值吧？我不想成为众矢之的。"

江安澜说："没有对外宣传，没有外人观礼，就部分亲朋好友及爷爷的一些战友来过过场。我们只是用了人家一处空置的地盘，我也承诺之后会出钱修缮那里。而这钱是我自己赚来的，干干净净，洁白无瑕，就如同我跟你，以及我们的婚礼。"

干干净净，洁白无瑕，就如同我跟你，这一句他说得缓慢，说得含沙射影，说得姚远一时语塞。

姚远最后自暴自弃地说："师兄，到底怎么样你才肯手下留情？"

江安澜听到这句，眼睛里有东西一闪而逝，他靠近她耳畔轻声说了些话。而这些话让姚远听得耳垂如滴血般通红。

此刻两人又是睡在同一张床上的，虽然相拥而眠已经很多次，但都只是单纯地眠而已。姚远有些狼狈地想爬起来，一只手却先一步拉住了她的手臂，将她带进了怀里。江安澜在她耳边轻声笑道："我现在又不会动你。不过，你知道等婚礼结束后，我们的第一次，我想要什么，那么害怕吗？"

"实在是……你太流氓了。"

江安澜的额头亲昵地贴着她的，"因为我想你对我投怀送抱，跟我求欢，想太久了。"

因为两人距离太过接近，彼此呼吸交错融合，骤然升高的温度烧得姚远天旋地转……

"考虑好了吗？到底要不要我手下留情？"

活了二十多年的姚姑娘，第一次深刻体会到了什么叫包藏祸心。

婚礼到故宫办什么的，根本就是给她下的套吧？为的就是……

这世上怎么就有这么……这么过分的人呢？

但最后姚远还是不得不跟恶势力低头。对着他一人丢脸，总好过当众丢脸。

第二天清晨，江安澜拥着刚睡醒的姚远说："你昨晚半梦半醒时说我诡计多端、用心险恶、绵里藏针？"

"你别一大早就来冤枉我，绵里藏针什么的，一定是你自己在梦中自我反思得出的结论吧。"刚醒来的姚远还没彻底清醒，对于犯上作乱什么的毫无压力。江安澜哭笑不得地叹息了句："对别人，我哪用得着藏？"

姚远爬起来去洗手间洗漱的时候，她的手机响了，江安澜顺手拿过来看，是山西太原的号码，他想了一秒就接了，对方的声音有点小激动："我是庄小威，我说，你真要跟君临天下结婚了？你真考虑清楚了？作为朋友，我忠告你一句啊，他对婚姻怎么看都忠诚不了几年，你看他游戏里就一波波换人。我是为你好，我跟你说啊，游戏里玩玩可以，现实中就别那么没心眼了，你玩不过他的！喂？怎么没声音啊？喂？"

"我是君临天下，我们的婚礼我不邀请你，但我允许你来参加我们的金婚纪念日。"说完就挂了电话，然后直接拉黑。

后来但凡妄图想要破坏"澜远恋"的人，都被江安澜或游戏中或现实里给出了红牌警告。据说被恐吓的最严重的那两位都去看心理医生了，当然，是真是假就不得而知了。不过按照江安澜的脾气，确实做得出那些常人做不出来的事情。

好比，婚礼。

婚礼最后因为姚远的自我牺牲、慷慨就义，终于跟故宫说了拜拜，而正式确定的地点是在京城某王府——明文规定可借用的地方。

大神真是铁了心要选古色古香的地方结婚了。

姚远觉得，虽然去某王府举办婚礼人身安全有保障了，但依然太过于高调吧？

婚礼前这一段时间，姚远真心是"心力交瘁"，不光精神，还有身体。婚礼前两周她就开始被带去量体裁衣，据说给她做礼服的人是曾经给大人物谁谁谁做过服装的某大师的女儿，年过四十的高级服装设计师，继承了其母亲的衣钵，接单不看背景和金钱，只凭她看人家顺眼不顺眼。而她看到姚远的第一眼就说了："年轻，漂亮，有生命力，美得不抢眼却有深度，就像那香山上的松柏，傲立，长青。"

姚远抹着汗表示感谢。

站一旁的江安澜未置一词，不过从北京城曲径通幽的胡同里出来时，他说了句："她要是男的，我都要以为她看上你了。"

"您太看得起我了。"

"不是。"江安澜淡淡否定，"我是看得起我的眼光。"

大神，你一天不冷艳会死吗？

"您说得在理。"

"嗯。"

姚远笑着摇头。

他们定制好礼服后，就要忙着挑选婚礼上要用到的各种东西。按照江安澜的计划，婚礼第一天是在北京举办，邀请男方的亲戚以及江家往来的一些世交友人，第二天则是去江泞市办，邀请女方的亲戚邻里以及一些网友前来参加。

一切都有条不紊地准备着，唯独姚远，不知怎么的，越近婚期，越发茫然起来。有一次她跟姚欣然打电话说了这种感觉，后者答："说得学术点，你这叫婚前恐惧症。"

在姚欣然边上旁听的大伯母接过电话："小远，没什么好担心的，大伯母在这边给你打气。别怕，婚礼就是一道门，推门进去就好了。"

姚远笑出来，"谢谢大伯母。奶奶最近好吗？"

"好，身体硬朗着呢，你就放心吧，老太太如今就宽心地等着喝我们家小远的喜酒了。"

姚远轻轻应答："嗯。"

第十九章

别开生面的婚礼

婚礼倒计时第三天，要当伴娘的姚欣然飞了过来。

这天试礼服，姚远站在矮凳上，设计师围着她做最后的调整。

南天朱色苏绣的广袖上衣，袖口镶着金线，丝丝蔓蔓地缠成攒枝千叶海棠纹，下身配以同色的软烟罗裙，后拖一袭曳地大氅，大氅上以暗金线绣着一只栩栩如生的凤凰。设计师还很符合当今潮流地将大红盖头改成了石榴红蝉翼面纱，以精美的头冠固定在头发上，华丽优雅。时光仿佛回到千年前的繁华盛唐。

江安澜在一旁试穿他的那套中式礼服，礼服的式样倒不复杂，黑红色暗龙纹直襟长袍，衣服垂感极好，腰间束着四指宽的纯黑色玉带，还很风雅地挂上了块玉佩，犹如一身贵气的皇家子弟。

前来围观的姚欣然表示，真是要闪瞎她的钛合金眼了，"我就说嘛，中国人就应该穿中式服饰，这韵味，啧啧，真是刻画入微、入木三分。"

　　但毕竟一套礼服是不够的，所以江安澜另外还订了新娘的婚纱、晚礼服和他的两套西装，都已在前天送达了设计师的店里，他们今天都要试穿下，如果不合适，还可以让设计师修改。姚远在换婚纱的时候忍不住感慨，"结婚好麻烦，一天要换那么多套衣服，为什么不能只穿一套呢？"

　　靠在帷幕旁等待的贵公子说："三套礼服中的三是吉利数，三星在天，可以嫁娶矣。"

　　"我怎么觉得你是在忽悠我呢？"姚远有点不信。

　　设计师微笑道："两套，三套，四套都有人穿的，五少大概喜欢'三'这数字吧？新娘子就配合下吧。"

　　"嗯。"江安澜目光波动，"三生有幸，能遇佳人。"

　　姚欣然哀号，"刺激没对象的人是吧？！"

　　帷幕后面的姚远也干咳了两声。

　　姚远换好婚纱出来，这一套西式婚纱比之前的中式那套要简洁得多，白色镂空兰花曳地婚纱、白色面纱、蕾丝手套，大方素雅。

　　姚欣然道："好吧，果然天生丽质难自弃，穿什么都抢眼。"

　　设计师点头道："新娘子出挑，新郎选衣服的眼光也不差，王薇薇的婚纱还是不错的。"

　　之后的紫色晚礼服，姚远一上身就被设计师夸道："典雅。"

　　新郎淡淡地说："我选的人，当然。"

　　"……"

　　姚欣然忽然想到什么，"话说，你们婚纱照还没拍吧？什么时候拍？"

　　江安澜看着新娘，"蜜月时，我拍。"

　　"咳咳！"新娘子又被自己的口水呛到了。

　　最后姚远要将衣服换下来的时候，设计师带姚欣然去外面品茶了，江安澜走进帷幕后方，让两名助手出去，他来就行。两小姑娘娇羞地走了，姚远回身看到他，微微愣了下，江安澜走到她身后，"累吗？"

"呃，还行。"

他双手搭放在她腰上，低头吻了吻她露出的白皙颈背，"小远。"

"嗯？"

"谢谢你愿意嫁给我。"

突然这样煽情，姚远有点hold不住，"怎么了？"

"我很高兴。"

"既然这样……那你就别咬我的……脖子了……吧？"

江安澜略带同情地看着姚远，随后低低地呻吟了一声，"真想吃了你。"

姚远一抖，闷声道："禽兽。"

不管姚远如何恐惧抗拒，婚礼这天还是如约而来了。

6月24号，宜嫁娶，宜行房。后来姚远回想起24号、25号这两天，都有种惊魂未定之感。

24号那天，某王府的正殿里，所有宾客分列两旁，微笑地看着新人进场。外面的阳光照进大殿，细小的微尘在空气里飞舞着，给这年代久远的殿堂增添了几分朦朦胧胧的温情。有一束光洒落在新娘的中式礼服上，那凤凰如血似火般闪耀，几欲展翅而飞。他们站在大殿的最前列，在一位德高望重的老人的宣读声中，拜了天地，拜了高堂，最后夫妻对拜。

礼成后，所有人都鼓掌，有几位老人还说，这一场婚礼，很好，让他们想起了半个世纪之前的岁月。这些人，都是江老爷子的战友，战场上走过来的人，妻离子散的不少，20世纪四五十年代，那会儿他们结婚的时候，虽然没有这样的排场，但那红桌红烛却是相似的。

近两个小时的仪式完了之后，所有人坐车转去了最近的五星级酒店。

姚远记得后来就是敬酒、敬酒、敬酒，以及新郎好帅。那件中式礼服贴身的设计配合他略消瘦的高挑身材，在那金碧辉煌的酒店宴客厅里，衬得他越发丰神俊朗。

姚远终于醍醐灌顶般地意识到自己真的嫁给了江安澜，哦，不，应该是秦安澜。

不管什么安澜，反正，她确实是嫁给了他。

三帝王综合体，噗。

"笑什么？"新郎问。

"没，没。"姚远举起酒杯对他说，"师兄，小女子三生有幸能与你共结连理。"

新郎握拳放嘴边，也咳了一声。

伴郎江安呈拎了一瓶白酒和一瓶红酒过来，刚好看到这场面，不由笑道："新娘子估计有点醉了。"他将两位新人空了的酒杯重新斟满，姚远抿了一口，"白糖水？"

"顺便补充体力。"江安呈说着，将那瓶葡萄酒递给一旁的伴娘姚欣然。

"可乐？"姚欣然问。

"可乐对身体不好，所以这瓶还是葡萄酒。"江安呈答。

"晕倒，那我宁愿身体不好，也不要喝醉啊。"

四人继续一桌桌敬过去，等到最后江家人那一桌时，姚欣然已经醉了，江安呈不得不将她扶到旁边的空位上去休息。

江安澜拿起桌上的一瓶红酒，满满地倒了一杯，姚远也倒了一杯，两人一起向老爷子举杯，一饮而尽。

江老先生也喝了手上的酒，欣慰地看看面前的小两口，自己最担心的孙子结婚了，还是跟他们江家有点渊源的女孩子，这大概就是所谓的因果轮回，冥冥中自有天注定，也好，也好。

"爷爷老了，从来不奢想你们这些小辈干出多少事业，混出多大名声，只要你们好好的。以后多回家来，多看看我们。最好来年能让我跟你们奶奶抱上曾孙，我们就心满意足了。"

江安澜笑笑，"嗯。"

姚远有些醉意地附和着点头，"我一直想生一男一女，好事成双，'造'吗？"

"哈哈哈，好，好事成双，好！"江老爷子开心地大笑。

江安澜搂着靠在他肩膀上醉得要打盹了的新娘子，对这桌上所有的家人敬了一杯酒，包括自己的父亲。他敬完后，对爷爷说："我带她去上面休息半小时再下来。"

"好好。"江老爷子连连点头。

江安澜带着姚远走开时，江文华看着儿子的背影在心里叹了一声，秦钰，我们的孩子，可比我们都要厉害啊。

一沾到酒店套房里的大床，姚远就睡着了。

不多时有人来敲门，江安澜刚将夫人的睡姿调整好，一边解领带一边去应门，开门看到外面站着的江文瀚时，不由停下了手里的动作，"小叔。"

江文瀚含笑温和地说："恭喜你，小五。"

"谢谢。"

"我刚飞回来，没赶上你们婚礼的吉时，这份礼物还是要给你们的，祝你们白头偕老。"江文瀚将手上的盒子递过去，江安澜接过。他知道前段时间小叔离京是特意为之，今天"迟到"想必也是。

"其他没事了，我下去跟你爷爷聊聊。"

"好。"关门前，江安澜说了一句，"小叔，以后姚家的事你不用再挂心。我们江家欠她的，我会还，但这跟我喜欢她、我娶她，没有关系。"

已经转过身去的江文瀚停下脚步，过了一会儿，他说："好。"

江安澜关上门回到床边，看着床上醉酒而眠的人。多年前他就知道，这一天迟早会来，从他认知到自己感情去向的那刻起，他就确定了，如果她能接受自己，他一定娶她。坦白说，初遇她那天，她送他去医院，他甚至莫名其妙且恶毒地想，如果自己今天会玩完，那他就拉这多管闲事的人陪葬。那时候他斜斜地歪坐在车后座里，就那么看着她，心里想着有她陪葬，心情竟然好了不少。而现在，他还是那样想，百年后要与她死同穴。

他江安澜心里有太多阴暗的地方了。

就像小叔去找她前，他曾跟小叔说了一句话："因为那件事，不管是谁过得更差一些，但起码，你欠她一句当面的道歉。"

就像他跟他父亲说的："我改姓，并不管您是不是不能接受，我只管我母亲是否希望，以及我能否跟她在一起。"

这心偏得都不成样子了。

"师兄……"床上的人这时翻了身，脸埋在了被子里，手抓住了身边人的衣角，"你帮我杀一下怪吧……我药水喝光了……喘不过气……"

江安澜将她翻过来，揶揄一笑，"你是想闷死自己吗？"然后低下头靠近她，轻声问，"姚远，我好不好？"

还闭着眼意识不大清醒的姑娘咕哝道："好……好一朵高岭之花。"

江安澜无言沉默两秒，"婚礼结束后，你记得采我这朵高岭之花就行。"

北京的晚宴过后，一行人便又飞去了江泞市。当晚，除新娘和伴娘外，都被安排住在酒店里。

第二天的婚礼相对于北京这场简洁得多。排场不张扬，但却照样很讲究。

江安澜这天是一身正统的黑色西装，姚远则是白色婚纱，姚奶奶在送孙女上迎亲的车时抹了抹眼泪，姚远也哭了。一旁的江安澜牵着姚远的手很恭敬地对老太太说："奶奶，您放心，我一定待她像您对她那样好。"

姚奶奶终于笑着点头，"好，奶奶祝你们永结同心、儿孙满堂。"

这天，在江泞市酒店的婚宴上，最闹腾的就是游戏里的那群人。

花开："小君真是美翻了！我要拍照，发到《盛世》的论坛上，天下第一美人什么的妥妥拿下啊！让那天天在网上曝液化照的水调歌谣一边凉快去吧！"

温澄："我说，敬两杯酒太便宜娶到嫂子的某人了，你们说要不要让帮主大人跳支舞什么的啊？"

众人齐齐喊要！

新娘子偷偷瞄身边的人，只见金贵的大少爷淡淡地问："要我跳舞？"

众人齐齐喊不敢！

温澄怒其不争，"今天这种日子你们都不敢，以后就别指望能看到你们的帮主大人出洋相了。"

姚欣然道："笨死了！让小君提要求嘛，唱歌也好，跳舞也好，今天这种日子，我看你们帮主敢不敢不从……"姚欣然的话还没说完，某帮主就说了："如果是夫人提的，当然。"

宝贝乖："大嫂，你让帮主跳舞吧！求你了！"

姚远望着某人，笑眯眯地道："听到了？"

众人翘首以盼，江安澜脱了西装外套，对旁边的江安呈说："麻烦帮我找四台笔记本来。"

于是，那天，宾客们欣赏了一场精彩绝伦的一对三游戏PK赛，江安澜的电脑连接了宴会厅的大屏幕，清晰地播放了比赛的全过程。只见君临天下一身红装，没错，他游戏里结婚时穿的那套，气势凌人地在屏幕上翻腾，飞跃，每一次出手都彰显出了他惊人的手速，绚烂的技能无时差地爆出，夺人眼球，如同一场浮光掠影般的舞蹈，最终PK掉了温澄的温如玉、李翱的傲视苍穹、姚欣然的水上仙。

江安澜合上电脑，站起来时睨视众人，淡淡一笑，"不是要看本帮主跳舞吗？"

"大神就是大神，就算刷下限也是大神级别的。"有人内心弱弱地道出事实。

终于，持续两天的婚礼在25号的午夜拉下了帷幕。

姚远洗完澡躺在江安澜在江浔市的新居时，深深吐纳，"总算，总算结束了！总算可以好好睡一觉了。"

江安澜从洗手间出来，穿着浴衣，躺到了她旁边，戴着结婚戒指的左手缠入她的发间，"夜才刚开始，夫人。"

"咳，你不累吗？要不我们……改天吧？"

"不好。你肇的事，你要对我负责。"

"我什么时候肇事了？"

"几年前。"

姚远扑的一声笑出来，"那你的忍耐力够好的啊。"

江安澜也微笑，"我会让夫人切身体会一下什么叫'忍耐力好'，以及'战斗力久'。"姚远还没来得及说他一秒高贵变下流，江安澜已俯身吻向她的嘴唇。亲吻之前，他又说："记得你之前答应过，我想怎么来，夫人都要'积极配合'。"

他的吻不再像之前那样循序渐进、留有余地，而是一上来便攻城略地，撬开她的牙齿，舌尖直捣入她口中与她的舌交缠在一起。

以前姚远从不觉得江安澜气势逼人，而现在，她却感觉到了。

当晚礼服被他褪下时，姚远红着脸艰难地说："你，你能不能稍微慢点？"

正亲吻着她圆润如玉的肩膀的男人抬起头，然后摇了摇头。接着他将她翻过身，解开了她的内衣扣子。姚远脸红心跳地想抓旁边的被子盖，却因被他从后背一路煽情地吻到腰下而弄得没了一丝力气，只能闭着眼睛难耐地呼吸着。

"安澜……"

满脸情欲的男人将她抱起来面对面地坐在他腰上，他一边吻她，一边慢慢地分开她的双腿……

姚远紧张得微微发抖，他进入她身体的那一瞬间，亲吻着她的额角深情呢喃："我爱你，小远。你呢？"

姚远全身火热，声音微弱，"我……我也是。"

江安澜沉笑着说："那我就不客气了。"

"……"

姚远婚前信条：淡泊明志，宁静致远。

姚远婚后信条：不要轻易惹家中大神。

姚欣然问："惹了会怎么样？"

姚远答："……会被要求'谈谈'。"

好比婚后某天，姚远从学校下班回家，刚进家门，看到餐桌边在喝水的人便惊喜道："你出差回来了？"

然后，因为昨天大神告诉过她"我明天上午的班机，大概傍晚的时候到家"，而明显某人给忘了，一副见到他很意外的表情，大神不高兴了，眯着眼说："到房里来谈谈。"

姚远无语。

虽然有的时候姚远会感叹怎么就这么仓促地嫁了人，因为嫁人后"人身自由"不能保障了，但有时候又非常庆幸自己嫁了人，因为有人撑腰的感觉真爽！

比如有一回她跟同事下班后去吃饭，外加唱歌。

姚远生平一大恨事就是唱歌不行，所以但凡跟朋友同事去KTV，她基本就是坐那儿当听众，很有自知之明地不上去丢人现眼。

这天有同事一定要拉她唱，"唱《情深深雨濛濛》，这歌调子可平了，朗朗上口，绝对不会走调。"

姚远拗不过对方，勉为其难地点了头，结果开唱第一句就走调了。

同事发狠，"我给你点国歌。"

姚远丢脸死了，刚好江安澜打电话来，她跑到外面走廊上接听，忍不住跟他说了这事，结果他听了后说："好，我知道了。"然后问了她在哪里，没说两句就挂了电话，也不知道他打来干吗。

半个小时后，大神出现在了包厢里，上去唱了一首《Because I Love You》，碾压了在场所有那些自称歌王歌后的人之后，带着爱人潇洒离场。

回去的路上，姚远发自肺腑地夸了一番大神，后者问："有赏吗？"

"啊？"

"那我提吧，下周我们蜜月，你乖点。"

所谓"乖点"，只可意会不可言传也。

姚欣然觉得自己是脑子进水了，才会陪着温澄来刚度蜜月回来的堂妹的新居里当电灯泡。

她吃早饭的时候心情还挺好，直到姓温的打来电话："大姐，我在你们市出差，中午我们跟安澜和他老婆，也就是你堂妹，一起吃顿饭吧？"

"神经，你要去自己去，我干吗要跟你一起去？"

"真不去？"

"滚。"

"姚欣然，作为单身人士，你真的很失败。"

"滚。"

"看人家这么恩爱美满，你就不想去破坏一下？"

"你心理变态啊。"

"哈哈哈。"温澄在那边笑得很欢乐，"我也想见见你啊。"

"你恶心不恶心啊？"

"反正恶心的不是我。"

总之，最后姚欣然不知怎么就被恶心得答应了这趟"吃饱了撑着"之行。

两人约了时间在江安澜的小区门口碰头。姚欣然先到，这小区她是第二次来，上次是堂妹结婚那天，来去匆匆没仔细看，这会儿一看，还真是高档，一眼望进去就是小桥流水、绿树成荫。而小区周边百米之内有地铁站，有广场，后面还有江泞市最大的生态公园。所以姚欣然忍不住拍了几张照片发了微博："跟某姓温的去堂妹夫家，没错，这是你们大神家小区大门，搞得跟罗马的万神庙似的。"而发的时候没注意到系统自动获取了位置数据，这导致之后另外两名同城的游戏玩家也出现在了大神家门口。

江安澜在开门看到温澄和姚欣然的时候已经有点不爽了，再看到走哪是哪和花开，更是一瞬间面寒如冰。温澄拍着帮主的肩安慰道："老同学，来者是客嘛。不过，既然人那么多了，中饭就叫外卖吧？"

江安澜冷哼，"我本来就没打算做。"

走哪是哪一脸期盼，"我其实想吃大嫂做的。"

"老实说，我做的没他做的好吃。"她是一般水平，大神以前也是一般水平，自从她无意间说了句"我怎么觉得婚后我反倒瘦了"的话后，大神做饭的水平就与日俱增、突飞猛进了。

这天，自然是叫的外卖，必胜客和日式料理。

温澄拿着一盒寿司走到阳台上，对正在眺望远方山脉的姚欣然说："你堂妹夫也真做得出来，叫的都是'快'餐。说起来，八月份我们公司组织去澳洲十二日游，可携带小伙伴，你这无聊人士要不要跟我一起？"

"我八月份跟朋友去厦门游，你要不要一起啊，帮我拎包撑伞？"

"大姐啊，这道选择题太好选了吧，明显的大龙虾和紫菜的差别。"

"不好意思，老娘对海鲜过敏。"

不小心听了墙角的走哪是哪惊疑不定，"你们在谈恋爱吗？"

温澄和姚欣然同时回头，异口同声道："跟他/她？我宁愿单身一辈子！"

俗话说，话不能说太满啊。

就像莫非定律，你越不想发生的事情它越会发生，所以将来你可能就是"如果不是跟他/她，宁愿单身一辈子"了。

下午江安澜送客人们走的时候，说："我不知道你们今天是来干吗的，下次别来了。"

花开忍着笑偷偷对姚远吐槽："你老公有点反社会啊。"

"……"

晚上姚老师问江安澜同学："你有点反社会？"

江安澜淡淡地答："有吗？我不'反社会'，我'反人类'，除你之外。"

第二十章
幸福很简单

　　国庆节过后，江安澜将公司乔迁到了江浒市。北京的三层办公楼转租掉了两层，只留了一层作为在京的子公司。赵子杰对此非常赞同，他以后再也不用家里北京两边跑了，更加不必头疼三天两头找不到领导了。

　　乔迁完后，一伙人吃饭，李翱点完菜就问老板："大嫂还不来吗？"

　　在用手机浏览新闻的江安澜只是嗯了声。

　　旁边一名新进的海归女职员跟赵子杰说："副总，我为了投奔你，从上海跑到北京，现在又转到了江浒，以后在这儿的吃住，您可都包的吧？"

　　"当然。"赵子杰很大方，顺便夸了几句这位跟他在海外做过几年同学的旧交，最主要是让表哥知道他招人没有徇私。

　　女职员语笑嫣然地对众人说："以后我哪里做得不好，大家可要给我指出来，知错而改才能进步。"然后又转向老板说，"听说老板结婚了？老板娘做什么的？"

江安澜这时抬头了，冷淡道："进我公司第一点要记住的，少说话，多做事。"

姚远到的时候，餐桌上的冷盘刚上，她推开门就微笑着赔礼道歉："不好意思，学校开会开到现在，迟到了。"姚远这天穿着一件白色雪纺的上衣，配着红色的高腰裙，头发简单地在后面编了麻花，显得特别秀美端庄。

江安澜朝她招了下手，姚远乖乖地过去坐到了他旁边的空位上，低头小声说："人这么多啊？"刚刚粗略一看，起码有十三四号人，之前两人短信聊时，他还说没多少人。

"嗯，饿了吗？"江安澜先给她倒了杯温茶。

姚远一口饮尽，继续轻声道："又渴又饿，今天开批评大会了，系主任在上面说，下面都没人敢说话，我茶喝光了，都不敢去倒。"说着，她偷偷吐了下舌头。

江安澜瞟了她一眼，"没出息。"

姚远轻笑，"你以为谁都像你那样狂妄啊。"

两人没能"恩爱"多久，有人跟姚远打招呼："老板娘好。"

姚远汗，"你们好。别叫我老板娘了吧，怪不适应的。"

之前那位女职员客气道："老板夫人长得真漂亮。"

姚远笑着点头，"漂亮可以有！"

大概是没想到她那么"直接"，不光女职员，其他人都不禁静默了一秒。

这不能怪姚远，中国人的传统美德她是最遵守的。但每次逛街买衣服，都被夸长得好、身材好、穿什么都好看，她谦虚得筋疲力尽。姚欣然有一回终于看不过去，说："以后谁夸你，你就直接点头接受。"

所以……

姚远摸了下耳朵，结果旁边江安澜还补充道："众所周知的事实，用得着多说吗？"

众员工纷纷表示，终于见识到老板"人性"的一面了，多么的疼老婆啊。

只有姚远知道，这人啊，是挺烦人家夸她外表的，用他的话来说就是"肤浅"。但姚远就不明白了，她以前问他到底喜欢自己什么，他不是也说外表的吗？这问题在多年后被他们家两岁的俊俏小帅哥口齿不清地提及："爸爸，妈妈说你娶她是因为她美美的。"

江安澜教育儿子："你妈笨，你不能跟着她一块儿笨，你爹我是透过本质看的现象，懂吗？"

小笨儿子不懂，坐边上的妈妈却懂了，郁闷了，"两位高人……我们现在是在外面吃饭，请给我留点面子，谢谢。"

这又是后话啦。

而关于"美色"的问题，两人之间的典故一直很多。

比如那天晚饭后两人回家，姚远随口对开车的人说："安澜，你公司里美女帅哥挺多的嘛。"

"有我秀色可餐吗？"

"……"

而到家后，他就让她"饱餐"了一顿。在他面前，果然言多必失……身啊。

再有，某天晚上滚完床单，姚远觉得渴，但又不想起来，翻来覆去，旁边的人道："再动吃了你。"

姚远立刻不动了，"话说，不是吃过了吗？"

"味道很美，想加餐不行吗？"

姚远这下是连呼吸都小心翼翼了，主要是刚才被吃得实在透彻，真没力气再来一次了。

旁边的人倒是下了床，没一会儿，一杯白开水递到了她面前，姚远感动不已，"你真好。"

"嗯，就算买卖不成，仁义还是在的。"

"……"

亲，用得着这样字字诛心吗？

眼下，秋去冬来，成为现实意义上的已婚妇女已半年多，姚远最大的感觉是：原来爱对了人，爱情就成了世上最简单的课题，幸福也成了世上最轻易的事。

然后，她想到自己的博士课题，头就大了，太难了！

孙云孙教授永远会让你认识到自身的知识面有多么不广。

"《关于明清小说木刻插图的研究》这要怎么写呢？明清小说本身我就看得不多，更别说对里面插画的研究了。"

姚远跟江安澜正逛超市买年货，后者说："我就看过《金瓶梅》。"

"你好重口。"

"这叫重口吗？这顶多算大众口味吧？"

"大神……你的三观到底是怎么样的？"

过年的时候，姚远有二十天年假，十天在北京，十天在江浐。

年假结束的前一天晚上，姚远跟江安澜窝在家中打游戏。

江安澜先上，姚远整理完明天去学校要带的东西后，才姗姗来迟进入游戏。

她一上线就听说君临天下在跟人打架，跟她八卦的人是她堂姐。

姚远："为什么打架？"

水上仙："哦，有人挑衅你男人，不过开场就被秒了。"

姚远："因为什么挑衅？"

水上仙："那人脑残吧，朝君临天下说，别以为有钱就……就被秒了。话说我以前也吐槽过他别以为有钱……好吧，我没傻到对着你老公当面吐槽。对了，你被评选为本年度的天下第一美人了！"

姚远："啊？！"

下一秒，姚欣然发了游戏论坛上某个帖子的链接给她。

姚远点进去就看到了她跟某人结婚的现场照，下面有几万条评论。

"这就是传说中的君临天下？"

"还有她老婆？就是游戏里的若为君故？！"

"他们现实中也结婚了？"

"啊啊，我以前跟若为君故抢过怪的，早知道让给她了，不，早知道帮她打怪了，那样的话说不定就……扼腕啊！这么漂亮的妞，因为一只怪而错失了！"

"楼上的，醒醒吧，你觉得你PK得过君临天下吗？各方面。"

"君临帮主好帅啊！我要加入天下帮！"

"听说若为君故操作也很强。"

"若为君故，要不要这么才貌双全啊？"

"其实我跟若为君故组过野队，人挺好的，说话也客气。不过，那君临大神我就不敢恭维了，至少我感觉他挺傲慢的。"姚远很想排一下这句。

这时旁边的人转头看到她的屏幕，说了一句："这帖，我也回复了。"

"啊？"

君临天下：在对的时间，遇见对的人，是一种幸福。

有句话怎么说？当有一天他（她）走进你的生命，你才明白，为什么你跟别人没有结果，甚至连开始都没有，因为他（她）们都不是你在等的人。

你在等谁，你其实一直都知道。

彼此有心，终会天长地久

　　《对的时间对的人》（以下简称《时间》）这篇文，是我尝试创作的第一部涉及网游题材的小说。但其实书里面网游内容并没写多少，主要还是以大神刷下限、美人吐槽、大神与美人谈情说爱引众人眼红吐槽为主的一篇轻松小白文。

　　老生常谈地说一下写《时间》这本书的初衷吧。

　　某天，我看到我的弟弟，也就是顾小弟，在玩游戏，我站在他后面看了一会儿后，问他："你在这游戏里算厉害吗？"

　　他说："姐，游戏你不懂啦，你去看电视吧。"

　　我说："看不起你姐吗？我如果用心去玩，肯定比你厉害。"

　　小弟不屑，"怎么可能？姐，你在游戏里绝对只能当小白，大神、高玩什么的，你永远不可能的啦。"

然后，我就去玩了游戏，被虐得很惨。

于是，我决定否极泰来、发愤图强……去写一篇大神虐众人的小说，找一下平衡感。

但可悲的是，我平衡感没有找到，因为江安澜大神，比所有我在游戏中遇到的高手都更犀利地将我狠虐了一番。主要是安澜这人吧，用文里的话来说就是"寡言腹黑、脾气糟糕、有点小坏的多重性格男"，有点折腾人，所以这难弄的大神导致我多次卡文。

好在，最后总算是完成了《时间》，虽然历时将近两年半，惭愧。

总的来说，这是一部跟《最美遇见你》一样，没有多少曲折的、欢快而积极的小说啦。可能年纪越大，现实生活中看到的不愉快越多，越想写简单、纯粹的感情。安澜跟姚远的故事，虽有点波折，但那也只是为了证明，总有一些相爱的人是不管面前摆着何等的难题，只要彼此真有心，总能顺利走下去的，最终天长地久。

我曾经在微博上说过一句话，每完成一本书，就像结束一段感情。

我对《时间》的感情，在此告一段落。但安澜跟小远的感情、温澄跟姚欣然的感情（maybe），会在他们的世界里继续。

最后，感谢我亦师亦友的图书策划人何亚娟，她从不给我太大的写作压力，反而给了我很多时间，让我可以好好地研究怎么将一本书写到最好。感谢她一路的鼓励和帮助。

感谢编辑燕兮对《时间》的悉心修正。

更感谢一直陪着我的读者们，你们永远是我能一直写下去的最强大的动力。

2014年4月30日